Über dieses Buch Über vieles, was in Kriminalromanen und Fernsehkrimis geboten wird, konnte Dieter Schenk, Kriminalbeamter, nur lachen oder sich ärgern. So entstand dieser ›Anti-Krimi‹, der ein realistisches Bild der Fahndungsarbeit zeichnet und beweist, daß Glaubwürdigkeit und Spannung einander nicht ausschließen müssen.
Der junge Fred Leß muß, frisch von der Polizeischule, als ›Kriminalmeister auf Probe‹ verschiedene Kommissariate durchlaufen. In den ersten Tagen seines Dienstes werden dem Team des 10. Kommissariates, dem Leß fürs erste als ›Durchläufer‹ (Kripojargon) zugeteilt wird, zwei neue Fälle übertragen: eine Rauschgiftangelegenheit und der Mord an einer jungen Prostituierten. Bei der Fahndung nach dem Mörder und den ›dealenden‹ Hintermännern stellt sich bald heraus, daß hier eine Querverbindung besteht.
Schenks Polizisten sind keine Supermänner, die in genialem Alleingang ihre Fälle lösen, sondern nüchterne Team-Arbeiter, die nicht nur gegen Verbrecher, sondern auch gegen Streß, Erfolgszwang, eigene menschliche Schwächen und bürokratische Zwänge kämpfen.

Der Autor Dieter Schenk, Jahrgang 1937, ist von Beruf Kriminalbeamter. Neben Hörspielen, Sport- und Reisereportagen ist er Drehbuchautor für die ZDF-Serie ›Soko 5113‹, die auf der Grundlage des Romanes ›Der Durchläufer‹ entstanden ist.

Dieter Schenk

Der Durchläufer

Roman

Fischer Taschenbuch Verlag

Wir danken folgenden Verlagen für die freundliche Erlaubnis
zum Abdruck der Gedichte:
Heinz Görig ›Uraltes Gewerbe‹, ›Lehrgeld‹, ›Ärm Kripomann‹
(S. 75, 76f., 141), aus Heinz Görig ›Krimi-Lyrik‹.
Kriminalistik Verlag, Heidelberg;
Erich Kästner ›Polly oder das jähe Ende‹ (S. 214f.),
aus Erich Kästner ›Lärm im Spiegel‹,
Gesammelte Schriften, Atrium Verlag, München 1959

Ungekürzte Ausgabe
Fischer Taschenbuch 8094
November 1983
Fischer Taschenbuch Verlag GmbH, Frankfurt am Main
Lizenzausgabe mit freundlicher Genehmigung der
S. Fischer Verlag GmbH, Frankfurt am Main

Druck und Bindung: Hanseatische Druckanstalt GmbH, Hamburg
Umschlaggestaltung: Rambow, Lienemeyer, van de Sand
Printed in Germany
780-ISBN-3-596-28094-X

Rechtsstaat, Menschlichkeit und polizeiliche Gewalt dürfen kein Widerspruch sein.

Fred Leß, Durchläufer im 10. K.

Der Ort der Handlung ist willkürlich gewählt.
Ähnlichkeiten mit lebenden Personen sind nicht beabsichtigt.
Ähnlichkeiten mit bestehenden Verhältnissen
sind bewußt und gewollt herbeigeführt.

Er hat ein flaues Gefühl im Magen. Das ärgert ihn, denn trotz seiner zwanzig Jahre oder gerade deswegen ist er durchaus selbstbewußt, weiß, was er kann, was er sich zuzutrauen vermag. Aber der Antritt des neuen Jobs macht ihn nervös. Neue Aufgaben, neue Umgebung, neue Gesichter – eine Gleichung mit vielen Unbekannten.

Zu allem Unglück hat er sich verspätet. In der Nähe des Präsidiums war einfach kein Parkplatz frei gewesen. Und mit jeder neuen Ehrenrunde war er ungeduldiger geworden. Jetzt stand sein VW älterer Bauart doch im Parkverbot.

Mit großen Schritten eilt Fred Leß dem Polizeipräsidium zu. Dabei schießt ihm dieser Michael Kohlhaas durch den Kopf, von dem er in der Zeitung gelesen hat. ›Hoffentlich schreibt mich der Typ nicht auf‹, denkt er. Dieser Gerechtigkeitsfanatiker verbrachte seine Zeit damit, die Fahrzeuge der Polizeibeamten im Parkverbot rings um das Präsidium zu notieren, ja sogar zu fotografieren. Über 60 Anzeigen hatte dieser Kauz schon gemacht, darunter auch gegen den Polizeipräsidenten wegen Begünstigung. ›Aber vielleicht ist es gar kein Sonderling, sondern nur ein mutiger Mensch? Parkverbot ist Parkverbot, und vor dem Gesetz sind alle gleich, steht schließlich irgendwo in der Verfassung. Oder sind Polizeibeamte etwas gleicher? Eine Krähe hackt der anderen kein Auge aus?‹ Fred Leß überlegt, daß da vielleicht wirklich etwas nicht in Ordnung ist, und nimmt sich vor, den Knollen zu bezahlen, falls der Polizistenjäger zuschlagen sollte.

Er nimmt am Eingang zum Präsidium zwei Stufen der Treppe

auf einmal. Gleichzeitig zieht er den Zettel aus der Rocktasche und liest, daß er sich im I. Stock des Altbaues auf Zimmer 163 einfinden soll. In der Eingangshalle herrscht ein geschäftiges Kommen und Gehen. Die Halle wirkt auf Leß düster, der Pförtner in seiner Loge sieht wie fast alle Pförtner mürrisch drein, und die dicken alten Steinsäulen blicken Leß kalt an. Alles in allem wird seine Stimmung nicht gerade besser.
Er schwingt sich in den alten Paternoster, Beamtenbagger genannt, der ihn ächzend und rumpelnd in den ersten Stock befördert. ›Hoffentlich ist dieses Ding nicht symptomatisch für meine Karriere bei der Kripo‹, denkt Leß. ›Aber immerhin, zwar altmodisch, jedoch nach oben geht's damit.‹ Leß ahnt nicht, wie recht er hat. Wer einmal unten als Beamter in den Paternoster eingestiegen ist, wird mit und ohne Vaterunser in die Höhe getragen, von Stockwerk zu Stockwerk befördert, er braucht fast nichts zu tun; ob er will oder nicht, es verdient oder nicht, er kommt irgendwo oben an. Es gibt natürlich auch viele, die mit eigener Kraft nach oben steigen, und andere, die wissen, wo sie den richtigen Knopf zu drücken haben, um in atemberaubender Geschwindigkeit emporgeschossen zu werden. Und dann gibt es noch das sogenannte Alimentationsprinzip des Berufsbeamtentums. Mit anderen Worten: Die Fleißigen erledigen zusätzlich die Arbeit der Faulen, und in seiner grenzenlosen Güte toleriert das der Staat nach dem Motto »ein fauler Beamter ist besser als gar kein Beamter«. Es spielen ja so einige Prinzipien bei den Beamten eine Rolle. Zunächst ist ein Beamter aus Prinzip Beamter, dann gibt es das Parkinson-Prinzip, das Peter-Prinzip, das Lebenszeit-Prinzip, das Ohne-Leistungszwang-Prinzip, das Treppenrauffall-Prinzip (oder Fahrstuhlprinzip) und das weitgehend unbekannte Faulenbeförderungs-Prinzip. Es funktioniert so, daß ein Vorgesetzter einem anderen einen faulen Beamten zuschiebt, indem er diesen weglobt und zur Beförderung vorschlägt.
Leß hastet durch den langen Flur. Er überlegt, daß er morgen unbedingt früher aufstehen muß. Dafür muß Frau Schön sorgen, seine neue Zimmerwirtin. Es war gar nicht so einfach,

gestern ein Zimmer in Frankfurt zu finden. Wie es scheint, hatte er mit Frau Schön, die um die sechzig sein mußte und eine echte Frankfurterin war, Glück gehabt. Sie waren sich auf Anhieb sympathisch gewesen, wenn er auch etwas abgespannt und müde ihre Fragen über sich ergehen ließ.

»Ei, so jung sinn Se und schon bei der Kripo? Sache Se, hawe Se schon viele Verbrecher gefange?«

»Nein.«

»Gell net, uff mich und mein Mann passe Se aber uff?«

»Ja, ja.«

»Ganz schön gefährlich der Beruf, den Se sisch da ausgesucht hawe!«

»Halb so schlimm.«

»Wenn's nach mir ging, der Kopp gehert 'n runner, dene Mörder. Mein Mann sächt immer, de Addolf, der war ja aach en Verbrecher, weche dem Krieg, awer für Ordnung hat er gesorcht . . .«

»Aber liebe Frau Schön«, protestierte Leß.

»Ne, ne, da konnt mer als aaständich Fraa nachts ruhich üwer die Straß geh!«

»Während Millionen anständige Menschen im KZ ermordet wurden«, warf Leß ein.

»Na ja, Herr Leß, richtich war das freilisch net, awer so viele warn's aach vielleischt gar net. Außerdem, Sie sinn doch viel zu jung, da warn Se noch gar net geborn. – Ich jedenfalls hab noch nie ebbes mit der Polizei zu dun gehabt. Und wenn unser Regierung net so Schlappschwänz wärn, mehr durchgreife täte, hätte Se net so viel zu dun.«

»Dann müßte ich mir ja einen neuen Job suchen«, meinte Leß.

Frau Schön ließ ihren altersschwachen Pudel, den sie offensichtlich abgöttisch liebte, von ihrem Schoß herunter.

»Also mei'm Sohn tät ich's net erlauwe, Schutzmann zu werde, wo die Welt heutzudaach so schlecht is. Sie brauche doch nur die ›Bild-Zeitung‹ uffzuschlache – mein Mann kauft die nämlisch jeden Daach – was so alles passiert. Nur noch Mord un Dotschlach. Der Frau Köhler von newenan hawe se neulich des

Portmanee im Kaufhof geklaut, aus der Handtasch, stelle Se sich des emal vor! Sie hawe doch sicher von dem Fall gehert?«
»Nein.«
»Was beabbeite Se denn?«
»Ich lerne noch.«
»So'n gut aussehender junger Mann wie Sie, die Uniform steht Ihne bestimmt ganz besonners!« meinte Frau Schön.
»Das hätte mir noch gefehlt. Ich bin doch bei der Kripo, da gibt es keine Uniform.«Leß mußte gähnen.
»Des is awer schad, wo ich Uniform so lieb – un Marschmusik dazu.«
Frau Schön streichelte liebevoll ihren Pudel. »Komm, Prinz, mer müsse Gassi gehn.« Und zu Fred Leß gewandt: »Ei, ich seh, Sie sin müd, lieber Herr Leß. War sicher en anstrengende Daach, gell? Jedenfalls bin ich froh, daß mer so'n sympathische Unnermieter bekomme hawe. Schlafe Se gut und denke Se dran, was mer die erst Nacht träumt, geht in Erfüllung!«

◇

Auf dem Türschild von Zimmer 163 steht »Zellmann – Verwaltungsamtmann«. Leß klopft und tritt ein.
Hinter dem Schreibtisch sitzt der Verwaltungschef Waldemar Zellmann, von allen Waldi genannt, über eine Akte gebeugt und nimmt von seinem Besucher überhaupt keine Notiz. Leß blickt auf einen schnurgeraden Poposcheitel, der das schüttere graue Haar korrekt in zwei Hälften teilt. Es dauert längere Zeit, bis Zellmann doch schließlich emporschaut.
»Sie wünschen?«
Leß blickt in ein rosig frisches Gesicht mit kleinen Hängebäckchen. Er schätzt den Mann auf etwa fünfzig. Hinter der goldumrandeten Brille schauen kleine Augen vorwurfsvoll zu ihm hoch.
»Ich bin für 7.30 Uhr zu Ihnen bestellt.«
Zellmann sieht auf seine Armbanduhr.
»Es ist aber schon 7.40 Uhr!«
Leß nimmt das Einberufungsschreiben aus seiner Tasche.

»Entschuldigung. Ich fand keinen Parkplatz.«
»Name?«
»Leß, Friedrich Leß.«
Leß überreicht ihm das Schreiben. Zellmann legt es vor sich auf den Schreibtisch und rückt seinen Stuhl zurück. Leß registriert einen altmodischen Hemdkragen, eine viel zu schmale Krawatte und einen älteren Anzugrock mit schmalen Revers.
»So, Sie wollen heute Ihren Dienst hier antreten? Bei der Kripo? Da passen Sie wohl auch hin, junger Mann. Lange Haare, unpünktlich, von sparsamer Haushaltsführung keine Ahnung, so sind die alle. Da lob ich mir die Schutzpolizei. Aber leider bin ich für beide zuständig.«
Bei seinen Worten wippt Zellmann mit einem langen Bleistift, den er zwischen Zeige- und Mittelfinger hält.
»Ich habe mich bereits entschuldigt, Herr Zellmann. Außerdem mußte ich Sie erst suchen.«
»Schon gut, ich erwarte von den feinen Herren der Kripo nichts anderes mehr.«
Zellmann erhebt sich jetzt, und Leß stellt fest, daß sein Gegenüber ausgesprochen kurze Beine hat und höchstens 1,65 cm groß ist. Zellmann geht zu einem Stahlschrank und entnimmt diesem eine Schachtel. Dann setzt er sich wieder an seinen peinlich ordentlichen Schreibtisch, auf dem Bleistifte, Kugelschreiber und Stempel in Reih und Glied liegen. Leß darf weiter stehen.
»Sie empfangen von mir: Dienstpistole, 25 Schuß Munition, Dienstanweisung für die Waffe, Reinigungsgerät, Signalpfeife, Pistolentasche, Dienstmarke, Dienstausweis, Taschenlampe. Die Taschenlampe benutzen Sie bitte nur dienstlich, meine Mittel für Batterien sind begrenzt.«
Bei seinen Worten legt er jeden Gegenstand säuberlich vor Leß hin.
»Bei Verlust ist eine schriftliche Meldung erforderlich – dreifach bitte!«
»Ich habe nicht vor, etwas zu verlieren.« Der Unmut in Leß beginnt sich langsam in Ärger zu verwandeln.

»Haben Sie eine Ahnung, was bei der Kripo alles verschlampt wird. Unterschreiben Sie hier.«
Er legt Leß eine Karteikarte vor und macht ein Kreuz, wo Leß unterschreiben soll.
Leß beginnt die Sachen in seine Manteltasche zu stopfen, denn er hat keine Aktenmappe dabei. Zellmann sieht zu und schüttelt mißbilligend den Kopf. Leß steckt auch den Dienstausweis ein.
»Halt! Sie müssen den Dienstausweis erst unterschreiben. Ich muß dabei Zeuge sein!«
Leß unterschreibt.
»Sie sind dem 10. Kommissariat zugeteilt. Gehen Sie in den II. Stock, Zimmer 214, und melden Sie sich bei Kriminalhauptkommissar Göttmann. Auf Wiedersehen.«
›Jawohl, zu Befehl, gleich bau ich ein Männchen, mache Meldung!‹ denkt Leß verstimmt und sagt mürrisch: »Wiedersehen.«

◇

Der Leiter des 10. K. sitzt in einem abenteuerlichen Schreibtischsessel, den er vor Jahren bei Freunden der amerikanischen Militärpolizei gegen ein Exemplar von Hitlers »Mein Kampf« getauscht hatte. Mittlerweile sind die dicken Lederpolster arg zerschlissen, und vor allen Dingen funktioniert der Mechanismus nicht mehr, der das Prachtexemplar bei Schwergewichtsverlagerung nach hinten zu einem Liegesessel werden läßt. Außer Göttmann kippt jeder, der sich in die Polster setzt, unweigerlich überraschend nach hinten und macht ein nicht gerade geistreiches Gesicht. Auch der eine oder andere Ganove wurde so um seine Würde gebracht, wenn auch die Tücke des Objekts meist mehr zur Verärgerung als zur Geständnisfreude beigetragen hat. Nur Göttmann allein beherrscht die Technik noch, ohne jedoch zum Leidwesen seiner Mitarbeiter den Trick zu verraten.
Vor Göttmanns Schreibtisch sitzt Leß. Beide mustern sich mit freundlicher Distanz. Vor allen Dingen ist Leß froh, nach seiner Begegnung mit Zellmann nun einen Gesprächspartner von

anderem Format zu haben. Bereits bei der Begrüßung hat er gemerkt, daß der 38jährige Göttmann mit seinen aufgekrempelten Ärmeln und seiner gelockerten Krawatte sichtlich aus anderem Holz geschnitzt ist.
»Mein Freund Zellmann hat gerade telefonisch angekündigt, daß Sie auf dem Wege zu mir sind. Ich hatte bis eben keine Ahnung, daß Sie dem 10. K. für zwei Monate als Durchläufer zugeteilt sind. Aber das wird auch Ihnen in den nächsten vierzig Jahren Ihrer Laufbahn noch öfter so gehen: Man erfährt heute, was man bereits gestern hätte tun sollen. – Doch nun zu Ihnen, Herr Leß: Wie ist es Ihnen auf der Polizeischule ergangen?«
»Meinen sechsmonatigen Kriminaleinführungslehrgang habe ich vorgestern beendet.«
»Ergebnis?«
»Mit ›gut‹ bestanden!«
»Bravo, ein Kommissaranwärter mehr. Gratuliere. – Haben Sie bereits eine Wohnung in Frankfurt?«
»Ja, ein möbliertes Zimmer in der Marquardstr. 35.«
»Telefonisch erreichbar?«
»Ja, bei Schön, Nr. 4 39 18 27.«
Göttmann macht sich Notizen. Währenddessen stellt Leß mit Genugtuung fest, daß Göttmanns Büro wenig aufgeräumt ist. Überall liegen Stöße von Akten herum.
»Verheiratet?«
Leß lacht: »Mit meinen zwanzig Jahren noch keine Ambitionen.«
»Führerschein?«
»Ebenfalls an der Polizeischule erworben.«
»Na bestens«, sagt Göttmann, »wenn Sie jetzt noch behaupten, daß Sie trinkfest sind und nicht mehr als eine Freundin haben, kann ein ganz brauchbarer Kriminalist aus Ihnen werden.«
»Für beides kann ich nicht garantieren«, antwortet Leß. »Aber als privates Hobby kann ich Ihnen Fotografieren anbieten.«
»Nun, dann sagen Sie mir mal, was eine Parallaxe ist?«
»Darunter versteht man die unterschiedlichen optischen Achsen zwischen Motiv, Objektiv und Film einerseits und Motiv, Sucher und Auge andererseits.«

»Donnerwetter, Sie verstehen tatsächlich etwas davon. Warum haben Sie den Beruf eines Kriminalbeamten gewählt?« testet ihn Göttmann weiter.
»Nach dem Abi wollte ich Journalist werden und Zeitungswissenschaften studieren. Aber das haute nicht hin, Numerus clausus, Sie wissen schon. So habe ich eine Zeitlang gejobt und mich anschließend beworben. Erstens bietet der öffentliche Dienst einen relativ krisenfesten Arbeitsplatz, und zweitens stelle ich mir die Arbeit ähnlich abwechslungsreich vor wie bei der Presse. Täglich andere Menschen – und außerdem ganz gute Aufstiegsmöglichkeiten.«
Göttmann ist mit dieser Auskunft recht zufrieden. Er mustert Leß, der auch äußerlich einen guten Eindruck auf ihn macht. Fred Leß ist 1,85 m groß, schlank, aber kräftig, seine dichten, dunkelgelockten Haare bedecken beide Ohren und wirken gepflegt.
»Das klingt ganz vernünftig, Herr Leß. Jedenfalls glauben Sie nicht, die kriminalistische Weisheit mit Löffeln gegessen zu haben, wie einige andere Abiturienten, die zu uns kommen. Und, gottlob, haben Sie auch keine James-Bond-Allüren. Manchmal entwickeln wir zwar den Charme von Jason King, aber meist fehlen uns die Blondinen dazu. Mit diesen Film- und Fernsehkrimihelden haben wir außer dem Dienstgrad nichts gemein, weder ihr Spesenkonto noch ihre geniale Kombinationsgabe. Aber diese Typen würden bei uns ohnehin bereits am psychologischen Aufnahmetest scheitern.«
»Das ist mir spätestens an der Polizeischule klar geworden«, antwortet Leß.
»Grau, teurer Freund, ist alle Theorie . . .«
»Und grün des Lebens goldner Baum«, ergänzt Leß.
»Nanu, Sie kennen Faust?« wundert sich Göttmann. »Ich dachte, der ist beim Abitur nicht mehr gefragt. Heute braucht doch ein Abiturient deutsche Literatur und deutsche Sprache nicht mehr zu beherrschen?«
»Da hatte mein Deutschlehrer andere Vorstellungen«, kontert Leß.
»Zurück zur Polizeischule. Wundern Sie sich bitte nicht, Herr

Leß, wenn Sie im 10. K. mehr Dinge erleben, als Ihre Schulweisheit sich träumen läßt – letzteres war Shakespeare. Trotzdem sollten Sie nicht vergessen, was Sie über Recht und Gesetz gelernt haben. Eines jedoch kann man kaum lernen, nämlich das Fingerspitzengefühl, mit Menschen umzugehen. Das hat man, oder man hat es nicht. Sie müssen heute mit einem Ganoven, einem Pfarrer oder einem Bankdirektor und morgen mit einem Penner, Mediziner oder einem Schreinermeister genauso reden können wie mit einer Dirne, von der Sie ein Geständnis erwarten.«

»Das ist bestimmt richtig«, meint Leß nachdenklich, »aber ein bißchen spielen doch wohl auch Berufserfahrung und Selbstsicherheit eine Rolle. Es wird doch ein Unterschied sein, ob Sie mich morgen die Vernehmung eines Bankdirektors machen lassen oder erst, nachdem ich zwei Jahre Betrug bearbeitet habe.«

»Natürlich«, gibt Göttmann zu. »Es gibt aber Beamte, die einfach keinen Kontakt finden. Sie bearbeiten einen Vorgang vorbildlich, erzielen aber nur schwer ein Geständnis. Und wir haben Beamte, die in kritischen Situationen schnell die Nerven verlieren und einen Widerstand provozieren, weil sie einfach unfähig sind, sich auf ihr Gegenüber einzustellen.«

»Dann sind sie eigentlich polizeidienstuntauglich«, wirft Leß ein.

»Ja, aber wir müssen mit ihnen leben. Übrigens, hat Ihnen mein Freund Zellmann bereits die Dienstwaffe ausgehändigt?«

»Ja. – Herr Zellmann ist Ihr Freund?« Leß ist ehrlich erstaunt.

»Das ist eine Art Haßliebe zwischen uns. Er ist ein solcher Pedant und nimmt sich und seine Verwaltung so wichtig, daß es einen unheimlich reizt, einen Kleinkrieg zu entfesseln. Zur Zeit korrespondiere ich wegen eines Bleistiftspitzers mit ihm. Er ist das Salz in der Suppe unserer täglichen Routine. Sie werden ihn noch kennenlernen.«

»Einen Vorgeschmack habe ich heute schon bekommen.« Leß denkt mit Unbehagen an die Begegnung mit Zellmann zurück.

»Das ist aber nicht nur hier so«, verallgemeinert Göttmann.

»Die Verwaltung sollte doch eigentlich für uns da sein, betrachtet sich aber als reinen Selbstzweck. – Übrigens, Ihre Waffe und die Munition möchte ich gerne bei mir einschließen.«
»Bitte schön.«
Leß kramt die Sachen aus seiner Manteltasche heraus, und Göttmann schließt sie in den Panzerschrank ein. Dabei erklärt er freundlich: »Ich möchte nämlich nicht, daß aus Unerfahrenheit etwas passiert. Wenn Sie ein bißchen länger bei uns sind, werde ich die Verantwortung übernehmen.«
»Ich hätte schon nicht Sheriff damit gespielt!« Leß ist leicht gekränkt und auch enttäuscht, schließlich hat er an der Polizeischule die Schießausbildung absolviert.
»Das unterstelle ich auch nicht, aber jahrelange Praxis macht vorsichtig«, antwortet Göttmann bestimmt.
Leß merkt, daß über diese Frage mit Göttmann nicht weiter zu reden ist, und wechselt das Thema: »Was bearbeitet eigentlich das 10. K.?«
»Das 10. K. ist zuständig für Sammelverfahren, Serienstraftaten und überörtliche Ermittlungen. Die anderen Fachkommissariate laden sozusagen auf uns ab, wozu sie keine Zeit – und manchmal auch keine Lust – haben. Wir müssen uns um den umfangreichen Einzelfall kümmern, der ein Fachkommissariat zu sehr belasten würde, weil es ja täglich immer neue Fälle dazubekommt. Leider sind wir nur zu fünft. Wir könnten zwanzig Beamte sein.« Göttmann lächelt. »Ich bin bei den anderen Kommissariatsleitern nicht sonderlich beliebt, weil ich ständig aus Personalmangel abwimmeln muß. – Kommen Sie, Herr Leß, ich stelle Sie den anderen Mitarbeitern vor.«
Gerade als sich beide erheben, stecken Horst Schickl und Heinz Flock die Köpfe zur Tür herein.
»Chef, in fünf Minuten große Frühbesprechung!«
»Mein lieber Horst, erstens kann ich die Anrede Chef nicht leiden, und zweitens kommt mal rein, ich will euch einen neuen Durchläufer vorstellen.«
Beide betreten das Büro, und Göttmann macht sie mit Leß bekannt: »Das ist Herr Friedrich Leß, Kriminalmeister auf

Probe, und das sind die beiden Starermittler des 10. K., Kriminalhauptmeister Schickl und Flock.«
»Wenn schon, dann Kriminalweltmeister, bitte«, erwidert Flock. Sie begrüßen sich alle mit Handschlag, und Leß hält ihren prüfenden Blicken stand. Er schätzt, daß beide zwischen 35 und 40 sind. Während Schickl eher distanziert wirkt, fühlt er sich zu Flock sogleich hingezogen.
Schickl und Flock sind sehr unterschiedliche Typen. Schickl ist schlank und drahtig, etwa 1,75 m groß, hat ein bleiches, länglich ovales Gesicht und pechschwarze strähnige Haare, die bis in den Nacken reichen. Er ist modisch gekleidet und könnte auch für einen Südländer gehalten werden. Insgesamt wirkt er verschlossen.
Flock ist ein Kumpeltyp, immer hilfsbereit und zu Späßen aufgelegt. Er ist bekannt dafür, daß er eine gottlose Klappe hat und auch ab und zu aus der Rolle fällt. Dies tut seiner Beliebtheit aber keinen Abbruch. Seine Schwäche ist das weibliche Geschlecht. Obwohl er mit seiner Größe, seinem Bauchansatz und seiner Stirnglatze nicht den Prototyp eines Adonis darstellt, steht er im Ruf ungeahnter Erfolge. Fehlendes Haupthaar gleicht er durch einen kräftigen Oberlippenbart aus, der auf beiden Seiten bis in die Mundwinkel hinuntergezogen ist. In der Kleidung ist er nachlässig, er trägt so gut wie nie eine Krawatte, und seine Hosen sehen auch nur selten ein Bügeleisen.
»Wir müssen gehen, sonst sind die besten Plätze hinten besetzt, vorne flimmert's. Jochen und Dieter sind bereits unterwegs«, sagt Flock.

◇

Der große Sitzungssaal liegt im V. Stock des Neubaus, der mit dem Altbau durch lange Flure verbunden ist. Aus allen Gängen strömen die Beamten in diese Richtung.
Leß empfindet die wohltuende Ruhe und Sicherheit, die von Göttmann neben ihm ausgehen. Göttmann ist vom Äußeren her ein Durchschnittstyp und wirkt fast etwas bieder; er hat ein volles Gesicht, mittellange dunkelbraune Haare und ist mit

seiner kräftigen Figur nur wenig kleiner als Leß. ›Vielleicht sind es seine Augen, die ihn so sympathisch machen‹, überlegt Leß. Seine erste Unsicherheit ist verflogen. Er hat das bestimmte Gefühl: ›Hier bist du richtig.‹
Göttmann erklärt Leß, daß jeden Montagmorgen um 9.00 Uhr für die gesamte Dienststelle eine große Versammlung stattfindet. »Eigentlich hat sie den Zweck, die Kommunikation zwischen allen Kommissariaten zu fördern und dafür zu sorgen, daß übergreifende Zusammenhänge nicht verlorengehen. In den letzten Jahren dient die Montagsbesprechung aber leider vorwiegend als Erfolgsnachweis für die Kommissariatsleiter, wobei jeder der Größte sein will.«
»Für mich trotzdem sehr interessant«, meint Leß.
»Sie sollten die Sache aber kritisch sehen. Außerdem ist der Sitzungssaal immer überfüllt. Das scheint auch typisch für den Vater Staat zu sein. Dienstgebäude werden grundsätzlich nicht auf Zukunft gebaut und platzen bereits nach wenigen Jahren aus den Nähten. Dann fängt man wieder an, und es kostet das Zehnfache. Einige unserer Außenstellen sitzen in angemieteten Gebäuden. Ein Schildbürgerstreich! In acht Jahren könnte man für die Mietkosten ein eigenes Haus bauen.«
Vor dem Sitzungssaal treffen sie Jochen Menges und Dieter Herle. Göttmann stellt vor: »Herr Leß, dies ist der Rest unserer Truppe, Kriminalhauptmeister Menges und Kriminalobermeister Herle. Meine Herren, Kollege Leß ist für zwei Monate Durchläufer bei uns.«
»Auf gute Zusammenarbeit!«
»Wünsch' ich ebenfalls!«
Sie nehmen alle in einer Stuhlreihe des überfüllten Saales, der an die 150 Personen faßt, Platz. Wer jetzt noch kommt, muß stehen.

◇

Trotz des Rauchverbots hängen dicke Zigarettenschwaden in der Luft. Die Fenster kann man nicht öffnen, weil der Straßenlärm des Verkehrs auf der Mainzer Straße zu groß ist. Der

Leiter des 4. Kommissariats tritt an das Rednerpult. Langsam verstummen die Gespräche. Einzelne lesen weiter Zeitung.
»In der Nacht vom vorigen Donnerstag auf Freitag ist es uns gelungen, eine gefährliche Einbrecherbande unschädlich zu machen. Nach wochenlangen Vorermittlungen wurden von uns 3 Täter auf frischer Tat festgenommen, als sie in den Taunus-Supermarkt einbrechen wollten. Bei den Festgenommenen handelt es sich um den Berufsverbrecher . . .«
»Zum Kotzen, diese Selbstbeweihräucherung«, sagt Flock zu Menges in einer Lautstärke, daß es auch andere hören können. Menges flüstert zurück: »Laß ihn doch, er leidet an Profilneurose.«
Leß sitzt zwischen Flock und Göttmann. Leise erklärt Göttmann: »Was Sie hier sehen, Herr Leß, ist ein großer Verein von Individualisten. Die Sachbearbeiter bei ›K‹ arbeiten weitgehend selbständig, denn nur so läßt sich Kriminalität sinnvoll bekämpfen. Eine solche Freiheit gibt es nicht in vielen Berufen. Dabei entwickelt so jeder seine Eigenarten. Interessant ist, wie das Arbeitsgebiet die Persönlichkeit prägt. Die vom 1. K. da vorne fühlen sich als Stars; sie bearbeiten Kapitalverbrechen, stehen oft in der Zeitung. Rechts neben uns sitzen die Betrugs-Spezialisten vom 7. und 8. K., wir nennen sie Stockschirmkriminalisten. Sie trinken nur Kaffee, kein Bier. Vor uns die Kollegen vom Staatsschutz hüllen sich immer in Schweigen. Die vom Einbruchskommissariat – hinter uns – sind handfeste Haudegen. Da herrscht ein rauher, aber herzlicher Ton. In der Mitte vor uns sitzen Kollegen vom Erkennungsdienst, Brand und Sprengstoff. Sie umgeben sich mit einem Nimbus von Wissenschaft und Technik. Die Leute von der EDV sind unsere ›Eggheads‹, meist intellektuelle Typen. Ist Ihnen schon aufgefallen, daß die Beamtinnen teilweise sehr jung und hübsch sind? Früher hatten wir überwiegend Blaustrümpfe. Die abenteuerlichen Figuren vorne rechts sind vom 12. K., der Fahndung. Sehen wie Ganoven aus. Sind aber in Ordnung, man kann Pferde mit ihnen stehlen. Trinken nur zuviel Bier.«
»Und das 10. K.?« fragt Leß.

»Das müssen Sie selbst herausfinden!« antwortet Göttmann verschmitzt.
»Ich hätte nicht gedacht, daß Arbeitsgebiet und Kundschaft so auf die Mentalität und die Umgangsformen abfärben«, wundert sich Leß.
Inzwischen ist der Leiter des 13. K. ans Mikrophon getreten: »In der vergangenen Nacht wurde von einer Streife der Schutzpolizei vor dem ›Blue-Note‹ ein VW-Bus kontrolliert, weil Haschqualm aus allen Ritzen drang. Es wurden fünf Typen festgenommen und in dem Fahrzeug Haschisch in kleinen Mengen gefunden. Einer der Festgenommenen, ein Franzose namens Maurice Pirot, hat angedeutet, daß in Offenbach eine größere Menge Heroin lagere und dort auch der Händler wohne. Dieser Fall muß als Haftsache heute bearbeitet werden, wozu das Rauschgiftkommissariat nicht in der Lage ist. Wir haben heute vier andere Haftsachen und sind mit Vorgängen total überlastet. Ich schlage vor, daß die Sache vom 10. K. übernommen wird, zumal ein Händlerring dranhängen kann.«
Göttmann steht auf. »Ich mache darauf aufmerksam, daß das 10. K. zur Zeit sieben dicke Verfahren in Arbeit hat. Ich sehe mich daher nicht in der Lage, diese Rauschgiftsache zu übernehmen.«
»Ich kann beim besten Willen nicht«, beteuert der Leiter des 13. K. »Von meinen 16 Beamten sind zur Zeit 3 auf Lehrgang, einer ist zur EDV abkommandiert, einer in Kur, und zwei sind krank. Außerdem erwarten wir eine Heroin-Lieferung aus Rom.«
»Dann geben Sie mir einen Beamten des 13. K. dazu!« fordert Göttmann.
»Unmöglich!«
»Ich bitte um eine Entscheidung des Gruppenleiters!« verlangt jetzt Göttmann.
Menges stößt Flock an: »Wie die aussieht, können wir uns an den fünf Fingern abzählen!«
Flock antwortet überlaut: »Wo die Haschpappis seine Lieblingskinder sind!« Einige Kollegen drehen sich um und lachen.

Der Gruppenleiter, Erster Hauptkommissar Heinrich Stanelle, sitzt wie immer in der ersten Reihe und steht widerwillig auf. Er macht sein übliches Mißmutsgesicht, so als sei er tödlich beleidigt, weil ihn jemand angesprochen hat, und das auch noch wegen eines dienstlichen Problems. Mit seiner weinerlichen nasalen Stimme fragt er Göttmann: »Ist das 10. K. zur Zeit voll besetzt?«

»Ja, mit stolzen fünf Beamten plus einem Durchläufer.«

»Dann übernehmen Sie!« Stanelle setzt sich wieder.

Wiederum nicht gerade leise sagt Flock zu Leß: »Der Heini Stanelle hat auch die große Narbe auf dem Rücken!«

Leß, der das nicht versteht, sieht Flock groß an und fragt leise: »Was für eine Narbe?«

»Wo man ihm das Rückgrat 'rausgenommen hat.«

»Aber er hat doch klar und deutlich entschieden?«

»Weil er befürchtet, daß ihm das 13. K. keine Pressemitteilungen mehr bringt, mit denen er glänzen kann.«

Göttmann, der noch immer steht, protestiert: »Ich lehne die Verantwortung dafür ab, wenn wir deswegen in den nächsten 14 Tagen in den anderen sieben Ermittlungsverfahren nicht weiterkommen und mache das auch aktenkundig!«

Stanelle muß sich nochmals hoch bemühen. Mit einer Essigmiene sagt er: »Sie machen gar nichts aktenkundig, ich bitte Sie nachher um eine Rücksprache.«

Göttmann wendet sich an den Kommissariatsleiter: »Ist dem 13. K. bekannt, ob die Festnahmen vor oder nach Mitternacht erfolgten?«

»Nach Mitternacht.«

»Also richterliche Vorführung auch morgen möglich?«

»Ja.«

»Ich denke, die Vorführung muß innerhalb von 24 Stunden erfolgen?« flüstert Leß Flock zu.

»Nein, bis spätestens zum Ende des auf die Festnahme folgenden Tages.«

◇

Ein Opel-Caravan älterer Bauart fährt durch Frankfurt in Richtung Offenbach. Es ist kurz nach Mitternacht. Auf der regennassen Fahrbahn spiegeln sich die Scheinwerfer der entgegenkommenden Fahrzeuge. Heinz Flock, der am Steuer sitzt, meckert über die Qualitäten des Dienstwagens, dessen Scheibenwischer schmieren und nur drei kleine Streifen klar wischen, vor denen er dauernd den Kopf hin und her bewegt. Er schimpft auch über die lebensgefährliche Straßenlage des Pkws, darüber, daß der Wagen nicht mehr schneller als 80 km/h läuft, über den dritten Gang, der nur noch durch einen Kraftakt zu schalten ist, und erregt sich darüber, was dem Staat das Leben von Beamten wohl wert ist, wenn ein Auto in so schlechtem Zustand nicht schon bei einem Tachostand von 110000 km ausrangiert wird, weil dies laut Dienstvorschrift eben erst bei 130000 km geschehen darf. Schließlich sinniert Flock laut nach, wie man den Kilometerzähler im Stand von 110000 auf 130000 trimmen könnte.
Flocks Selbstgespräche werden von Menges unterbrochen, der vorne neben ihm sitzt, während im Fond des Autos Horst Schickl dem Einschlafen nahe ist und Leß hellwach seinem ersten Einsatz entgegensieht.
»War eigentlich der Götte heute nach der Frühbesprechung beim Heini?«
»Ich glaube nicht«, antwortet Schickl, »der läßt sich zweimal laden.« Schickl wird wieder munter, nachdem er mehrmals laut gegähnt hat.
»Hat aber Zivilcourage, euer Chef!« meint Leß.
»Das kann man wohl sagen«, bestätigt Menges. »Er ist nicht so schnell aus der Reserve zu locken, läßt sich aber auch nichts gefallen. – Und er mutet uns nichts zu, was er nicht jederzeit selbst erledigen würde.«
»Bis auf seinen Spleen mit den Klassikern – Goethe, Schiller und so – ist er in Ordnung«, läßt Flock seine Meinung hören.
»Ich halte ihn für recht gebildet«, sagt Leß.
»Trotzdem hat er keine höheren Ambitionen, und wir halten alle zusammen wie Pech und Schwefel. Haben auch Glück,

daß kein Quertreiber in unserem kleinen Haufen ist. Also richten Sie sich danach, Herr Leß!« ermahnt ihn Schickl.
›War eigentlich überflüssig‹, denkt Leß, spricht es aber nicht aus.
Sie fahren an einer Apfelwein-Kneipe vorbei. Aus dem Eingang kommen fünf oder sechs junge Frauen, lachen, kichern, spannen ihre Regenschirme auf, scheinen in feuchtfröhlicher Stimmung zu sein. Vermutlich ein Damenkegelclub.
Flock verlangsamt das Tempo. »Ich möchte nur wissen, wer die Weiber alle . . .«
»Du jedenfalls heute nacht nicht, Heinz!« lacht Menges.
»Euer Franzmann hätte aber ruhig auch früher den Mund aufmachen können«, brummt Flock verdrießlich und gibt wieder Gas.
»Es war eine schwere Geburt mit ihm«, sagt Schickl. »Der Maurice Pirot ist kein echter Krimineller. Kommt aus reicher Familie, Vater Industrieller, Ehe geschieden, Maurice nach Paris, dort Jazz-Musik studiert und im Quartier Latin angefangen zu fixen. Bereits mehrere Entziehungskuren. Dann restlos ausgeflippt, mehrere Apothekeneinbrüche in Frankreich. Wird deshalb zur Festnahme gesucht und muß jetzt ausgeliefert werden. Hatte Pech, der Junge, daß er letzte Nacht in dem VW-Bus saß.«
»Und warum hat er erst heute spät abends auf die Kommune in Offenbach hingewiesen?« fragt Flock.
»Wir mußten stundenlang seinen Ehrenkodex zerpflücken, er ist zu anständig und wollte niemanden verpfeifen«, erklärt Menges.
»Und wie haben Sie es geschafft?« erkundigt sich Leß.
»Indem wir ihn an seinem eigenen Schicksal von der Gefährlichkeit des Rauschgifts überzeugten.«
Das Auto fährt durch mehrere Pfützen. Das Wasser klatscht und prasselt gegen den Fahrzeugboden.
»Hat eigentlich jemand an Kif gedacht?« fragt plötzlich Flock.
»Verdammt, nein!«
»Dann wird's aber Zeit!« sagt Flock.

Menges ergreift das Funkmikrophon: »Main für Main 61 kommen.«
Der Funksprecher meldet sich: »Hier Main.«
»Wir sind auf der Fahrt nach Offenbach, Detlev-Langberg-Str. 83. Veranlassen Sie bitte, daß sofort der Rauschgifthund zur Durchsuchung einer Kommune dorthin gebracht wird.«
»Verstanden. Ende mit Main 61.«
»Mensch, Jochen, mußte das so im Klartext sein? Braucht nur einer der Typen mitgehört zu haben!« erregt sich Flock.
»Wird schon nicht der Fall sein«, sagt Schickl.
»Wir werden sehen. Die steh'n jetzt vor der Tür, sagen ›Grüß Gott, ihr lieben Bullen‹ und überreichen uns ein Kilo Heroin.« Flock ist ärgerlich.
»Streitet euch nicht«, sagt Schickl, »wir sind ja schon da. Rechts 'rein, da ist die Detlev-Langberg-Straße.«
»Fahr nicht direkt vor das Haus«, rät Menges.
»Sehr klug, alter Polizeitaktiker«, entrüstet sich Flock wegen dieser Selbstverständlichkeit, und Schickl fragt, ob die Offenbacher Kollegen informiert sind, was aber vergessen wurde.
»Total überorganisiert, der Einsatz heute nacht«, stellt Flock aufgebracht fest.

◇

Sie steigen alle leise aus. Es hat aufgehört zu regnen. Sie sind in einem Neubauviertel gelandet; rechts der Straße stehen Mehrfamilienhäuser mit bis zu fünf Stockwerken, links Einfamilienhäuser. Peitschenlampen, die sich leicht im Wind bewegen, erhellen die Gegend mehr, als ihnen lieb ist. Hinter nur wenigen Fenstern brennt noch Licht.
Schickl deutet auf den übernächsten Wohnblock. Möglichst unauffällig gehen sie in diese Richtung. Flock fragt Leß, ob er keine Taschenlampe mithat. Leß verneint.
»Merke dir: bei nächtlichem Feindflug Taschenlampe, Notizbuch und Pariser nicht vergessen!« klärt Flock ihn auf.
Menges schlägt vor, daß Horst Schickl alleine zum Eingang des Hauses geht und an den Klingeln nachsieht, da er die Namen

der Typen im Kopf hat. Schweigend warten sie, bis er zurückkommt. »Nach den Klingeln vermutlich 1. Stock, Wennekamp. Vielleicht da, wo noch Licht brennt. Die Haustür ist zu.«
Menges versucht sich eine Pfeife anzuzünden. Der Wind bläst immer wieder das Streichholz aus. Endlich gelingt es.
»Habt ihr euch von dem Franzmann denn nicht die Kommune beschreiben lassen?« will Flock wissen.
»Nein, leider vergessen«, gesteht Schickl ein.
»Heinz, langsam machst du mich nervös mit deiner Besserwisserei!« braust Menges auf.
»Wir können unmöglich klingeln. Die riechen den Braten und schmeißen alles ins Klo«, sagt Flock.
Schickl schlägt vor, sich das Haus von hinten anzuschauen.
Auf der Rückseite befindet sich der Parkplatz des Wohnblocks. Hier ist es fast dunkel. Die Wohnung im 1. Stock ist auch hinten beleuchtet. Auf dem Parkplatz sind verschiedene Pkws und ein Lkw abgestellt. Außerdem liegt Gerüstmaterial herum, da das Haus offensichtlich gerade verputzt worden ist.
»Und nun?« fragt Menges.
»Wir sind so schlau wie vorher«, meint Schickl.
»Vom Dach des Lkws kann man vielleicht in die Wohnung sehen.«
Flock wendet sich an Leß. »Komm, Benjamin, du bist der Jüngste und Längste, steig 'rauf!«
Über die vordere Stoßstange und Motorhaube klettert Leß auf das Dach des Führerhauses und schaut zu der Wohnung 'rüber. Gleich darauf beugt er sich zu den Kollegen herunter und flüstert aufgeregt: »Junge, Junge, da steht eine, bindet sich den Arm ab und gibt sich eine Spritze!«
»Okay, Ziel erkannt, die drückt. Komm 'runter«, sagt Flock.
»Aber wie 'reinkommen?« fragt Schickl.
»Hier liegen doch Leitern, wir steigen auf den Balkon . . .«, sagt Schickl.
»Und die Balkontür machen die schon auf . . .«, ergänzt Menges.
»Oder wir schlagen die Scheibe ein!« meint Flock.

Leß und Flock tragen eine Leiter zum Haus und stellen sie mit Hilfe der anderen an den Balkon. Flock steigt hoch, Leß folgt.
Schickl flüstert zu Jochen Menges: »Wir hätten doch den Offenbacher Kollegen Bescheid sagen sollen!«
Menges gibt ihm recht: »Wenn uns hier jemand beobachtet, werden wir als Einbrecher festgenommen.«
»Dann ist der ganze Einsatz im Eimer.«
»Und das Heroin schwimmt in der Offenbacher Kanalisation!«
Menges empfiehlt: »Geh' du besser vorne an den Eingang, Horst, falls jemand durch das Treppenhaus türmen will. Außerdem könntest du eventuell die Offenbacher Kollegen abfangen.«
»Okay, Jochen, hoffentlich kommt ihr zu dritt klar.«
Schickl geht, und Menges klettert ebenfalls die Leiter hoch. Nun stehen sie alle drei auf dem Balkon. Da die Gardine zum Teil zugezogen ist, werden sie nicht bemerkt.
In dem Zimmer sitzen zwei junge Männer und ein Mädchen auf dem Boden um einen flachenTisch herum, auf dem Räucherstäbchen brennen. Ein weiteres Mädchen ruht teilnahmslos auf einer Matratze.
›Jetzt wird es also ernst!‹ denkt Leß, der mit einer Mischung aus Neugier und Spannung diesem Moment entgegengefiebert hat.
»Los!« flüstert Flock.
Menges und Flock haben die Pistole in der Hand. Mit dem Metall der Waffe klopfen sie heftig an die Scheiben des Fensters und der Balkontür.
»Polizei! Aufmachen! Hier Kripo, sofort öffnen!« rufen sie gleichzeitig.
Die drei am Tisch springen erschrocken auf, starren zum Balkon und scheinen vor Schreck wie gelähmt. Nur die vierte Person reagiert überhaupt nicht.
Flock ruft erneut: »Ihr sollt aufmachen, versteht ihr nicht? Wir schlagen die Scheibe ein!« Und wieder bumst er mit der Pistole gegen die Scheibe.
Endlich macht einer der Männer ein paar Schritte, legt den Riegel der Balkontür um und springt zurück.

Menges drückt die Balkontür auf, und die drei Beamten treten ins Zimmer.
An den Wänden hängen große Poster, auf dem Boden liegt ein Berberteppich, in einem Bücherregal steht eine teure Stereoanlage, aus deren 80-Watt-Lautsprechern ostasiatische Musik erklingt. Der Raum ist überheizt.
Langsam erholen sich die Kommunebewohner von ihrem Schrecken. Die spätere Personalienfeststellung ergibt, daß es sich um einen Gunther Flach und um das Ehepaar Werner und Elke Wennekamp handelt. Alle sind Anfang zwanzig.
Leß schaltet die Stereoanlage ab. Menges geht auf Gunther Flach zu und zeigt ihm seinen Dienstausweis: »Wir sind von der Kripo, damit Sie nicht denken, es handele sich um einen Überfall.«
Plötzlich fangen alle gleichzeitig an zu reden.
»Sie sind wohl von allen guten Geistern . . .«
»Verdammte Bullen!«
»Nazimethoden!«
»Schlimmer als die Kriminellen!«
Flock poltert dazwischen: »Ruhe! Ruhe, verdammt noch mal!«
Flach brüllt zurück: »Warum kommen Sie nicht durch die Tür, wie jeder anständige Mensch? Das ist doch eine Unverschämtheit!«
»Kann man sich auch nur in einer Kapitalistendiktatur erlauben!« ruft Frau Wennekamp dazwischen, und Werner Wennekamp, der noch den gefaßtesten Eindruck macht, erklärt: »Ich werde sofort meinen Rechtsanwalt anrufen.«
Menges versucht mit seiner Stimme durchzudringen: »Nun beruhigen Sie sich bitte. Man kann ja kein vernünftiges Wort sagen.« Sein Beschwichtigungsversuch bleibt jedoch erfolglos, da Flock unmittelbar darauf lautstark feststellt, daß es in dem Raum wie in einem orientalischen Männerpuff stinkt.
Daraufhin schreit ihn Gunther Flach an: »Was haben Sie um diese Zeit in unserer Wohnung zu suchen?«
Und Elke Wennekamp herrscht ihn an: »Ziehen Sie gefälligst Ihre Schuhe aus. Von uns wird dieser Raum auch nur in Strümpfen betreten!«

»Geht leider nicht, wir haben Schweißfüße« grinst Flock zurück, was Werner Wennekamp zu der Reaktion veranlaßt, dann sollten sie gefälligst mit dem Mief in ihren Büros bleiben.
In der Tat sind die Kommunebewohner barfüßig, auch das bewußtlose Mädchen auf der Matratze an der Wand.
Leß, dem das Durcheinander die Sprache verschlagen hat, macht ein Fenster auf.
Menges unternimmt einen weiteren Versuch, den Streit zu schlichten: »Nun hören Sie doch bitte mal zu. Wir entschuldigen uns in aller Form, daß wir Sie so erschreckt haben.«
Dieser Ton verfehlt nicht seine Wirkung.
»Warum haben Sie dann nicht ganz normal an der Haustür geklingelt?« fragt Flach etwas ruhiger.
»Weil wir verhindern mußten, daß Sie Beweismittel vernichten.«
»Was für Beweismittel?«
»Rauschgift!«
»Das ist doch lächerlich!«
Menges versucht ihnen klarzumachen, daß es Beweise dafür gebe, daß in dieser Kommune zur Zeit eine größere Menge Heroin lagerte. Er entschuldigt sich nochmals für das ungewöhnliche Vorgehen. Werner Wennekamp sagt, daß sie leider keinen Stoff hätten, und fragt nach einem Durchsuchungsbefehl.
»Den brauchen wir nicht, weil Gefahr im Verzuge ist«, erklärt ihm Menges.
Frau Wennekamp mischt sich ein: »Das wird Sie teuer zu stehen kommen. Hier gibt es kein Rauschgift.«
Flock zeigt auf das geistesabwesende Mädchen. »Und was hat die da gedrückt?«
»Das war Berliner Tinke«, sagt Flach, »der letzte Rest. Hier steht das leere Fläschchen.«
»Und wenn wir unsere Zustimmung verweigern, daß die Durchsuchung stattfindet?« will Werner Wennekamp wissen.
»Dann müssen wir sie notfalls auch gegen Ihrèn Willen durchführen. Also machen Sie bitte keine Schwierigkeiten«, sagt Menges bestimmt, und zu Leß gewandt: »Holen Sie bitte Herrn Schickl hoch.«

»Kapitalistenknechte, Imperialistenschweine!« faucht Elke Wennekamp.
Das sind Reizwörter für Flock. »Reden Sie nicht einen so ausgemachten Unsinn. Ist Ihnen wohl noch nicht aufgefallen, daß in der Arbeiterklasse, die Sie unbedingt zu vertreten scheinen, auch Rauschgift genommen wird?«
»Weil die multinationalen Konzerne die Arbeiter damit gefügig machen wollen!« antwortet Elke Wennekamp.
»Nein, weil Leute wie Sie das Zeug verkaufen und riesige Gewinne damit erzielen«, entgegnet Flock.
»Ihr Bullen seid doch alle die Diener einer vom US-Imperialismus besetzten Kolonie.«
»So lange ihr alle dieses linke Parteichinesisch redet, das weder ein Arbeiter noch sonst wer versteht, ist mir um unsere Demokratie nicht bange.«
Das Rededuell wird durch das Eintreffen von Leß und Schickl unterbrochen, die von dem Hundeführer, einem uniformierten Kollegen, und dem Rauschgifthund Kif begleitet werden.
»Herr Leß, stellen Sie bitte die Personalien von diesen vier Personen fest, machen Sie dann über Funk EDV-Abfrage, und bestellen Sie das DRK hierher«, ordnet Menges an.
»Einen Krankenwagen?« fragt Leß.
»Wir liefern das Mädchen in die Psychiatrie ein. Eine reine Vorsichtsmaßnahme, sie könnte eine Überdosis gedrückt haben. Wir fangen jetzt mit der Durchsuchung an.«
Die Beamten verteilen sich in die verschiedenen Räume. Während das Wohnzimmer ordentlich und aufgeräumt ist, herrschen in den anderen Räumen eine Unordnung und ein Schmutz, wie sie Leß in einer Wohnung nicht für möglich gehalten hätte. Alle Zimmer dienen als Schlafräume, es liegen Matratzen herum, die Bettücher strotzen vor Dreck, Aschenbecher scheint man nicht zu kennen, wochenlang ungespültes Geschirr in der Küche, mindestens zehn volle Abfalltüten und stinkende schmutzige Wäsche im Bad . . . Der Gestank aus den anderen Räumen mischt sich mit den Düften der inzwischen erloschenen Räucherstäbchen im Wohnzimmer, so daß sogar

der Rauschgifthund Kif mehrfach niest und mit erhobener Nase indigniert von Zimmer zu Zimmer läuft.

◇

Jeden Morgen treffen sich alle Beamten des 10. K. im Büro ihres Kommissariatsleiters zur Frühbesprechung. Gemeinsam werden das Programm für den Tag festgelegt und die einzelnen Phasen der Ermittlungen diskutiert, um den rechtlich, taktisch und kriminalistisch besten Weg zu finden. Göttmann führt als Primus inter pares den Vorsitz.
Leß ist heute pünktlich, obwohl er erst um halb 3 Uhr ins Bett gekommen ist. Er wundert sich, daß auch alle anderen bereits zum Dienstbeginn erschienen sind.
Menges, Herle und er haben schon Platz genommen. Menges zieht genüßlich an seiner Pfeife, während Herle in der Tageszeitung blättert. Nichtraucher Göttmann hatte versucht, ein Rauchverbot einzuführen, war aber auf den Protest seiner Mitarbeiter gestoßen, die außer Menges starke Zigarettenraucher sind. Selbst daß er die anderen als Umweltverschmutzer beschimpft und ihnen sogar mit einer Anzeige wegen Körperverletzung gedroht hatte, war ohne jegliche Wirkung geblieben.
Feine Rauchwolken ziehen aus Menges' Pfeife in Richtung Göttmann, der an seinem Schreibtisch den Durchsuchungsbericht der vergangenen Nacht überfliegt. Menges treibt einen regelrechten Pfeifenkult. In einem ledernen Pfeifenkoffer führt er mindestens sechs Pfeifen mit, deren Pflege, Reinigung, Stopfen und Anzünden ihn ständig beschäftigen.
Flock liebt es daher, immer wieder festzustellen, daß Menges der einzige echte Kriminalist unter ihnen sei. »Die Tabakpfeife wird als eine Art Statussymbol der Kripo angesehen«, pflegt er seine Feststellung zu begründen. »Schuld daran sind Krimifiguren wie Sherlock Holmes oder Maigret. In Wirklichkeit ist die Zahl der Pfeifenraucher bei der Kripo natürlich nicht größer als in anderen Berufsgruppen. Und daß es für die Kripo jetzt an der Polizeischule Lehrgänge im Pfeifenrauchen gibt, wie böse Zungen behaupten, muß energisch bestritten werden.«

Leß beobachtet Menges und Herle. Menges ist der Senior unter ihnen; er ist 44 Jahre alt, 1,75 m groß, breitschultrig und kräftig. Sein glattes dunkelblondes Haar ist gescheitelt und modern geschnitten, so daß es leicht die Ohren bedeckt. Neben der Nase ziehen sich Falten rechts und links zu den Mundwinkeln herunter, was seinem Gesicht einen etwas pessimistischen Ausdruck verleiht, der jedoch im Widerspruch zu den Lachfalten um seine Augen steht. Tatsächlich ist Jochen Menges ein ausgeglichener und besonnener Mensch.
Dieter Herle ist mit seinen 30 Jahren der Jüngste im Team des 10. K. Er ist schlank, etwa 1,70 m groß und trägt fast immer eine Lederjacke. Er hat dünne hellblonde Haare und Augenbrauen, auffallend schmale Lippen und eine gerade Nase. Er wirkt sehr ehrgeizig.
Inzwischen haben sich auch Horst Schickl und Heinz Flock einen Platz gesucht, und Menges beginnt Göttmann über den Einsatz der vergangenen Nacht zu berichten.
»Also, wie gesagt, wir haben keinen Krümel Rauschgift gefunden. Das Mädchen haben wir in die Psychiatrie eingeliefert. Die anderen wurden nicht gesucht, so daß wir wieder abziehen mußten. Das war eigentlich schon alles von heute nacht.«
»Gab es schon Akten über sie?« fragt Göttmann.
»Ja«, sagt Leß, der diese ausgewertet hatte, »Teilnahme an Demonstrationen, und vor 1½ Jahren Verdacht des Rauschgiftschmuggels aus Amsterdam durch das Ehepaar Wennekamp.«
»Sowohl die Leute als auch die Örtlichkeiten waren an sich eindeutig«, bemerkt Schickl.
»Du glaubst also nicht, daß dir Pirot einen Bären aufgebunden hat?« fragt Göttmann weiter.
»Nein«, antwortet Menges an Stelle von Schickl. »In der Kommune leben neun Personen. Fünf wurden in dem VW-Bus festgenommen, die waren also irgendwie überfällig für die anderen. Wenn die wirklich 1 kg Heroin in der Wohnung hatten, wären sie bescheuert gewesen, auf uns damit zu warten.«
Herle, der bei der gestrigen Aktion nicht dabei war, will wis-

sen, warum die Durchsuchung so spät gemacht wurde. Menges erklärt ihm, daß sich der Franzose Maurice Pirot erst gegen 22 Uhr zu einem Geständnis bequemt habe.
Daß Dieter Herle am Vorabend nicht eingesetzt worden war, lag an seiner jungen, hübschen und recht anspruchsvollen Frau. Herle ist von Natur aus ein sehr eifriger und einsatzfreudiger Kriminalist, der es zu etwas bringen will. Seine Frau vertritt aber die Auffassung, daß er in erster Linie mit ihr und nicht mit der Dienststelle verheiratet sei. So lebt der Ärmste immer in einem Zwiespalt, entscheidet sich aber meist für den Dienst. Bei überraschenden Einsätzen, wie gestern abend, holen ihn seine Kollegen jedoch möglichst nicht, um ihm das Leben nicht unnötig schwer zu machen.
Bei den anderen ergeben sich solche Probleme nicht. Flock ist – wie könnte es auch anders sein – ledig. Schickl lebt seit Jahren von seiner Frau getrennt, spricht aber mit niemandem darüber. Menges und Göttmann führen eine so intakte Ehe, daß die bessere Hälfte Verständnis für den Beruf des Mannes hat. Beide Familien verkehren auch privat miteinander, seit Göttmann bei einer schweren Schlägerei blitzschnell seinen Arm über Menges' Kopf gehalten hatte, bevor ein Betrunkener einen Stuhl darauf zerschmettern konnte. Der Arm war gebrochen. Damals waren sie noch bei der Schutzpolizei. Frau Göttmann hat ihre Einstellung einmal so umschrieben, daß es ihr lieber ist, wenn ihr Mann in seinem Beruf aufgeht und voll zufrieden ist, weil das letztlich der Familie zugute komme, die ein ausgeglichenes Oberhaupt nötig habe. Übrigens bei zwei Söhnen und einer Tochter kein Wunder.
Leß meldet sich zu Wort: »Was ich gestern schon fragen wollte, wie ist das eigentlich rechtlich mit der Durchsuchung zur Nachtzeit?«
»Es muß doppelte Gefahr im Verzuge liegen«, klärt ihn Göttmann auf. »Einmal weil kein Richter erreichbar ist und zweitens, weil man nicht bis zum Tage warten kann, ohne den Durchsuchungszweck zu gefährden. Dann geht es auch ohne richterlichen Beschluß.«

»Das weiß aber der Bürger nicht.«
»Nein, meistens nicht. Deswegen werden wir immer wieder nach einem Durchsuchungsbefehl gefragt, selbst wenn wir ihn nicht brauchen.«
»Herr Göttmann«, fragt Leß weiter, »darf ich als Neuling einmal ehrlich meine Meinung sagen?«
»Aber selbstverständlich.«
»Ich finde, daß unser Vorgehen gestern zu hart war. Dieser Überfall vom Balkon aus stand in keinem Verhältnis zu dem, was dann bei der Sache herauskam.«
»Was stört es die deutsche Eiche, wenn sich die Sau daran wetzt?« wirft Flock ein.
»Nein, Herr Flock, so einfach wollen wir es uns nicht machen«, antwortet Göttmann. »Denn wie unser Kollege Leß reagieren ja auch viele Bürger.« Er wendet sich Leß zu: »Sicher wissen Sie nicht, welchen immensen Schaden 1 kg Heroin anrichtet. Eine solche Menge reicht für Tausende von Fixen, und einige wenige Spritzen genügen schon, um eine totale physische und psychische Abhängigkeit zu erzeugen. Heroin ist das stärkste suchterzeugende Mittel der Welt, von den jährlichen Rauschgifttoten ganz zu schweigen. – Haben Sie eine Ahnung, was 1 kg kostet?«
»Nein.«
»Etwa 150000 DM«, erklärt Göttmann.
»Wie kommt dieser hohe Preis zustande?«
»Um 1 kg Heroin herzustellen, braucht man etwa 10 kg Morphin-Base, die man aus ca.100 kg Opium gewinnt. Das ist der Grund; hinzu kommen der Risikozuschlag, das Bezahlen der Kuriere und die Gewinnspannen im Groß- und Zwischenhandel.«
»Rauschgifthändler müßte man sein!« sagt Herle.
Göttmann fährt fort: »Dann haben Sie einen für viele typischen Fehler gemacht, Kollege Leß. Man kann das polizeiliche Handeln nie allein danach beurteilen, was hinterher dabei herausgekommen ist. Nehmen Sie zum Beispiel unseren Fall. Der Hinweis des Maurice Pirot, daß in dieser Kommune 1 kg Heroin

lagerte, war ernst zu nehmen. Er war auch glaubhaft, weil die Gesamtumstände dafür sprachen. Nur diese Ausgangslage war entscheidend und rechtfertigt meines Erachtens das Vorgehen. Wenn man vom Rathaus kommt, ist man immer klüger.«
Menges schaltet sich ein: »Wenn zum Beispiel nachts um 3 Uhr in der Bahnhofstraße eine Fahndungsstreife einen Mann mit Koffer kontrolliert und der Koffer ist voller Zigarettenschachteln, weil der Mann um die Ecke kurz vorher drei Automaten geknackt hat, ist jeder voll des Lobes für die aufmerksamen Beamten. Waren aber in dem Koffer Socken und Unterwäsche, werden die Beamten zerrissen, weil sie einen armen unschuldigen Bürger verfolgen.«
»Mit diesem Konflikt müssen wir bei der Polizei halt leben«, sagt Göttmann.
»Wenn man es so sieht, haben Sie recht«, meint Leß, und Göttmann fordert alle auf: »So, jetzt aber für heute an die Arbeit. Die Vernehmungen der fünf VW-Bus-Gammler müssen zu Ende gebracht werden. Anschließend richterliche Vorführung. Hoffentlich haben wir die Sache dann vom Hals.«

◇

Sie zeigen ihre Dienstausweise und die von einem Staatsanwalt ausgestellte Besuchserlaubnis vor, werden in das große Besucherbuch eingetragen, hinterlegen ihre Dienstwaffen, werden telefonisch im Gebäude B angemeldet und können jetzt die Außenpforte verlassen.
Menges, Schickl und Leß betreten den Innenhof der Justizvollzugsanstalt. Strafanstalt oder Zuchthaus darf man ja nicht mehr sagen, obwohl die alten dicken Mauern, die Atmosphäre und der Ton der Justizwachtmeister sich in nichts änderten.
»Wenn sich dieses große Tor hinter mir schließt, habe ich immer ein ungutes Gefühl im Magen«, stellt Menges mit Unbehagen fest. Sie müssen quer durch den Innenhof bis zu dem etwa 100 m entfernt gelegenen Block B gehen.
»Das geht mir ähnlich«, sagt Schickl, »irgendwie hat man insgeheim Angst, es könne sich nicht mehr öffnen. Vielleicht ist das der

Urtrieb des Menschen nach Freiheit. Die Vorstellung, wie ein Tier eingesperrt zu sein, ist wider die menschliche Natur.«
Der Innenhof ist mit Kopfsteinpflaster gedeckt. In den Spalten zwischen den einzelnen Steinen wächst feines grünes Moos.
Das nachdenkliche Gespräch zwischen Menges und Schickl setzt sich fort. »Man hat ein schlechtes Gewissen und weiß nicht warum.«
»Vielleicht fühlt man sich irgendwie mitschuldig, wenn man die Leute hinter den Mauern sieht«, antwortet Schickl. »Nicht als Kripomann, sondern als Teil dieser Gesellschaft, weil sie nicht verhindern konnte, daß so viele im Leben straucheln.«
»Oder weil man nicht immer davon überzeugt ist, daß alles gerecht zugeht, und sich fragt, ob nicht teilweise die Falschen sitzen.«
»Beziehungsweise sich überlegt, wie schnell man bei einem politischen Umsturz selber sitzen kann, ohne etwas dafür zu können. Passiert doch täglich irgendwo auf der Welt.«
Sie erreichen den Eingang zum Gebäude B. Leß stellt das von ihm getragene Tonbandgerät ab und sagt: »Donnerwetter, diese Gedanken hätte ich bei hartgesottenen Kriminalisten nicht vermutet. Sozusagen Reflektionen aus dem Unterbewußten. Dann ist es, Gott sei Dank, nicht nur mir so unheimlich.«
Nachdem sie geklingelt haben, wird die Tür durch einen Justizwachtmeister geöffnet. »Sie sind telefonisch angekündigt. Ich bringe Sie zum Vernehmungszimmer.«
Er geht voran, und sie durchqueren einen Flügel des Gebäudes. Es ist jetzt gegen 1/2 9 Uhr morgens, und ein Kalfaktor sammelt klapperndes Geschirr ein, was in dem langen Gang widerhallt. Die Fliesen des Fußbodens sind spiegelglatt und sauber. Rechts und links der Wand ist ein Streifen von ungefähr einem Meter, der nicht mit den Schuhen betreten werden darf. Menges macht Leß auf diese unsinnige Vorschrift aufmerksam, die ein Relikt aus dem 19. Jahrhundert ist.
»Das ist genauso, als müßte die Polizei wie 1890 kontrollieren und nachmessen, welcher Bürger einen Zylinder in welcher Höhe tragen darf.« Schickl schüttelt den Kopf.

Der lange Zellentrakt, die vielen Türen rechts und links mit ihren großen Schlössern und schweren Beschlägen, die Eisengitter im fahlen Gegenlicht des Fensters am Ende des Ganges verstärken das beklemmende Gefühl bei Leß.
Der Wachtmeister schließt die Besucherzelle auf und läßt sie eintreten. In der Mitte des kahlen Raumes steht ein großer Tisch, an seinen beiden Enden befinden sich je zwei Stühle. Zur Überwachung bei Besuchen ist der Tisch in der Mitte durch ein vielleicht 30 cm hohes Brett abgeteilt. Auch unter dem Tisch ist eine totale Trennung beider Seiten vorgenommen. Sonst sind keine Einrichtungsgegenstände vorhanden.
»Ich hole jetzt den Pirot«, sagt der Justizwachtmeister. Er spricht den Namen deutsch aus.
Die drei Beamten setzen sich auf die Stühle. Leß sieht das relativ kleine Fenster mit der Sichtblende, die Gitter davor, die weiß getünchten Wände, von denen teilweise der Putz abblättert, die geschlossene Zellentür. »Hier kann man ja Platzangst bekommen!« stößt er hervor.
»Diese Zellen haben alle den gleichen stickigen Geruch«, bemerkt Schickl, und Menges fügt hinzu: »Auf die Dauer hält das kaum einer aus, ohne seelischen Schaden zu nehmen.«
»Es gibt aber auch so abgestumpfte Ganoven«, sagt Schickl, »denen ist alles ziemlich egal. Die sitzen drei Jahre Knast auf einer Arschbacke ab, wie sie häufig selbst sagen.«
»Ich würde hier verrückt«, stellt Leß fest. Er sucht vergebens eine Steckdose für den Netzanschluß des Tonbandgerätes. Schickl erklärt ihm, wie das Gerät auf Batterie läuft und wie er es zu bedienen hat.
Maurice Pirot wird gebracht. Er ist klein und schmächtig, hat den Habitus eines Südfranzosen und sieht auch wie ein solcher aus – mit Ausnahme seiner Hautfarbe, die sehr blaß ist. Seine schwarzgelockten Haare und sein Oberlippenbart wirken ungepflegt. Er ist noch jung. Leß schätzt, daß er nicht viel älter als er selbst ist. Ihm fallen Pirots Augen auf, die deprimiert in die Runde blicken, aber nicht ohne Wärme sind.
Leß schaltet das Tonbandgerät ein.

»*Bonjour, Maurice, comment ça va*?« begrüßt ihn Menges.
»*J'ai mal au cœur*. Hoffentlich lassen Sie mich bald hier 'raus.« Pirot spricht deutsch mit leichtem französischem Akzent.
»Das entscheidet nachher der Richter«, antwortet ihm Menges. »Aber ich glaube, gegen eine Auslieferung nach Frankreich ist ohnehin nichts zu machen. – Darf ich Ihnen Kollegen Leß vorstellen?«
»*Pourquoi* kommen Sie zu dritt, ich habe Ihnen beiden doch gestern abend alles gesagt. Haben Sie das Heroin bei Wennekamp gefunden?«
»Nein«, sagt Schickl.
»Das habe ich mir fast gedacht.« Pirot steckt sich eine Gauloise an. Leß fällt auf, daß Pirots Hände leicht zittern.
»Wennekamp ist schlau. Er hat zu lange auf uns gewartet und den Stoff weggeschafft.«
»Deswegen haben Sie uns auch so lange hingehalten. Besonders fair ist das nicht«, hält ihm Menges in einem ruhigen Ton vor, und Schickl meint, daß dies seine Position bei dem Richter nicht gerade verbessere.
»*Oui*«, sagt Pirot, »ich weiß, aber ich habe sowieso keine Chance. Mein Vater hat zu große wirtschaftliche Macht. Der Generalstaatsanwalt gehört zu seinen Bekannten. Er wird auf jeden Fall meine Auslieferung nach Frankreich durchsetzen.«
»Könnten Sie sich denn nicht mit Ihrem Vater arrangieren?« fragt Menges.
»Nein, nie!« Pirot zieht hastig und tief an seiner Zigarette. »*Mon père* ist Generaldirektor eines Elektrokonzerns. Ich als sein einziger Sohn hätte sein Nachfolger werden sollen. Aber ich bin nicht zu einem Manager geboren. *Impossible*.«
Er schüttelt heftig den Kopf. »Ich habe ein musisches Naturell, wie meine Mutter. Ich kann nicht jeden Tag zur gleichen Zeit in dasselbe Büro zu denselben Menschen gehen und unter fünfzig Briefe die gleiche Unterschrift setzen. Ich brauche Freiheit«, sein Gesicht verklärt sich, »will musizieren, dichten, diskutieren. Sehen Sie, dies Gedicht habe ich heute nacht in der Zelle geschrieben.«

Pirot nimmt einen gefalteten Zettel aus der Hemdtasche und gibt ihn Leß.
Leß liest vor:

wird es bald
schatten bruder meiner seele
zerflogst du um mich endgültig meinen träumen zu überlassen
seltsame art zu fragen
jedoch
was ich im schein der 30 watt
spät morgens oh gott protest-mitfühlend erlesen
geschehen sah
beteuerte nur die rinnsale und gespinste
von zeit und form und qual
meinen körper schräg gegen mich selbst stellend
versuchte ich mir klar zu machen
was es zu sagen hat wenn
die venen knorplig den kopf zerdrücken und
die nacht steht
und als ich weinend die träume meiner mutter zertöpperte
den morgen zerpötterte
die proteste der letzten und einzigen liga für menschenrechte
zerriß
die briefe einer elfe lachend verschlang
gingst du
lang lebte mein selbst nicht sich

Ein betretenes Schweigen tritt ein, als Leß zu lesen aufhört. Schließlich fragt Leß: »Woher können Sie denn so gut Deutsch?«
»Mein Vater stammt aus Toulon, aber meine Mutter aus dem Elsaß.«
»Das alles ist aber noch kein Grund, als Junkie zu enden!« wirft ihm Schickl etwas zusammenhanglos vor.
Erregt springt Pirot auf. »Wie will ein deutscher Beamter das beurteilen? Alle Welt weiß doch, welche Musterexemplare

bürokratischer Ordnung deutsche Beamte sind. Auch die Listen der Juden zum Transport in die KZs waren in Ordnung, und die Registrierung der entfernten goldenen Zahnplomben nach der Vergasung war in Ordnung. Hier ist immer alles in Ordnung.«

Pirot hat bei seinen Worten den Stuhl zurückgestoßen und läuft hin und her, soweit es die Enge des Raumes gestattet.

Ganz leise sagt Schickl: »Mein Onkel ist im KZ Dachau umgekommen.«

Pirot hält inne, starrt Schickl an und setzt sich langsam hin. Über eine Minute lang blickt er vor sich auf den Tisch. Dann sagt er: »Ich bitte um Entschuldigung.«

»Lassen wir also unsere unbewältigte Vergangenheit aus dem Spiel. Sie berechtigt nicht zu einem Vorurteil gegen uns und berührt auch nicht Ihre Probleme«, stellt Menges fest.

»Sie haben recht.« Pirot atmet wieder ruhig. »Also: Ich bin gegen den Willen meines Vaters nach Paris gegangen, um Jazz-Musik zu studieren. Zu Hause habe ich es nicht ausgehalten, obwohl wir im Reichtum schwammen. Meine Mutter hat mich unterstützt. Dann hat sie sich von meinem Vater getrennt; er gab mir keinen Sou. So langsam ging es bergab. Ich verkehrte in einem Kreis von Jazz-Musikern, lernte Chet Baker und Stan Getz kennen, zog meinen ersten Joint durch, dann warf ich LSD-Trips, erlebte meinen ersten Horror-Trip, und schließlich kam die Nadel. Das war der Anfang vom Ende.«

»Waren demnach die Einflüsse im Quartier Latin in Paris schuld?« fragt Menges.

»Nicht nur. Hauptursache dürfte die totale Ablehnung durch meinen Vater gewesen sein. Zunächst machte ich gute Fortschritte im Studium, blies ganz passabel Trompete, bin sicherlich auch begabt. Mein drop-out begann, als die Ehe meiner Eltern kaputtging. Ich hasse meinen Vater, nur er war schuld. Selbst hier in Deutschland hat er mich in seinen Klauen. Es ist alles sinnlos.«

Leß empfindet Mitleid mit Maurice Pirot. Er begreift, daß hier

kein Krimineller im üblichen Sinn vor ihnen sitzt, sondern ein in jungen Jahren gescheiterter Mensch, der den Boden unter den Füßen verloren hat.
»Haben Sie auch mit Rauschgift gehandelt?« will Schickl wissen.
»Zuerst konnte ich den Stoff mit meinem Geld bezahlen. Dann habe ich meine Schallplattensammlung für ein Butterbrot verkauft. Schließlich mußte ich dealen, um meinen Bedarf zu finanzieren. Ich habe auch in Apotheken eingebrochen, deshalb stehe ich in Frankreich im Fahndungsbuch.«
»Und in Deutschland?« bohrt Schickl weiter.
»Ich bin seit sechs Wochen hier. Zwei Jahre Hölle in Frankreich habe ich hinter mir. Unter anderem drei Entziehungskuren unter falschem Namen. Jetzt habe ich eine chronische Hepatitis. Zur Zeit bin ich *clean.*«
»Wovon haben Sie gelebt?« erkundigt sich Menges.
»Ich habe im ›Blue Note‹ Trompete geblasen und mal hier, mal da bei Freunden geschlafen, zuletzt bei Wennekamps.«
Leß wendet keinen Blick von Pirot, der nervös beim Sprechen mit den Streichhölzern spielt. Er legt bereits zum dritten Mal mit sechs Streichhölzern ein Haus, um es mit einer Handbewegung wieder zu zerstören. Leß fragt Pirot, ob er glaubt, von dem Zeug ganz loszukommen.
»Ich kann es nur hoffen. Sie haben es sicher noch nie erlebt. Wenn Sie fixen und dann der *flash* kommt«, seine Augen glänzen, »dieses unsägliche Gefühl, die Sie durchströmende Wärme, das Loslösen von allen Sorgen, dieses zeitlose Glück.« Sein Gesicht verdunkelt sich. »Aber erinnern Sie mich nicht an das Erwachen. *Terrible.* Die immer kürzer werdenden Abstände, in denen jede Zelle des Körpers nach dem Gift fiebert. Und die tausend Tode, die man stirbt, wenn man es nicht rechtzeitig bekommt. Schließlich die Entziehungskuren. Den Körper spürt man als zuckende, aufgedunsene Masse. Man ist zu schwach, aufzustehen, kann aber auch nicht liegen, ein unerträglicher Zustand. Die Körperoberfläche brennt, als würden Ameisen unter der Haut laufen, und man krümmt sich vor

Schmerzen, als zerreiße es einem die Eingeweide. Ich wünsche es selbst meinem Vater nicht. *C'est plus qu'un crime*!« Pirot atmet schwer. »Warum haben Sie uns dann mit dem Kilo Heroin an der Nase herumgeführt?« fragt Schickl.
»Verstehen Sie nicht den Konflikt, in dem ich mich befinde? Die in der Kommune sind doch meine Freunde, sie haben mir geholfen, sie waren gut zu mir. Ich kann sie nicht so einfach 'reinlegen.« Pirot zündet sich eine weitere Gauloise an und zieht den Rauch tief ein. »Ich habe nicht genug Abstand, im Innersten bin ich noch ein *addict*. Ich werde vermutlich nie loskommen von dem Zeug. Ich verdamme meine Schwäche, meine Labilität, dieses gottverdammte Rauschgift. Aber ich kann der Versuchung nicht widerstehen, wenn ich persönlich Schwierigkeiten habe, ich kann sie nicht anders meistern. Kennen Sie *queue de dragon*?«
»Nein«, sagt Schickl.
»Das ist das Einatmen des Rauches von einem Gemisch aus Heroin und Barbituraten, welches auf Aliminiumpapier über einer Kerze erhitzt wird. Ich werde schon bei dem Gedanken high!« seufzt Pirot.
»Sie werden sich zugrunde richten!« bemerkt Schickl.
»Ich bin froh, mit Ihnen über meine Probleme reden zu können«, antwortet Pirot. »Wenn ich depressiv bin, meine Paranoia habe, ist der Schritt zur bewußten Überdosis leicht wie eine Feder. Meine Leber ist total kaputt, warum nicht im Rausch sterben?«
Jetzt wirkt Pirot wieder so niedergeschlagen wie zu Beginn der Vernehmung. Leß überlegt, daß er offensichtlich starken Stimmungsschwankungen unterworfen ist und ziemlich fertig zu sein scheint.
Menges fragt weiter: »Aber Sie sind doch gegen Rauschgift? Gestern haben Sie es uns gesagt!«
»*Naturellement*, ich würde alles dafür geben, es nie angerührt zu haben. Jetzt ist es zu spät. Habe ich eine Chance bei dem Richter?«
»So wie wir es beurteilen, nein«, antwortet ihm Menges.

»Auch nicht, wenn ich Ihnen zwei mir bekannte Dealer nenne?«
Nur zögernd kommen diese Worte über Pirots Lippen.
»Auch dann vermutlich nicht. Der Richter kann sich nicht über das französische Auslieferungsbegehren hinwegsetzen. Es sind internationale Abkommen.«
»*Bon.* Sie sind ehrlich. Das gefällt mir. Ich bin von der Brigade Mondaine anderes gewöhnt. Doch, wie man in Frankreich sagt: *Il n'y a que le premier pas qui coûte.* Nur der erste Schritt zählt.«
Nochmals zögert er, überlegt, schließlich gibt er sich einen Ruck:
»In der Kommune Wennekamp war tatsächlich 1 kg Heroin. Ich habe das Schicksal ein wenig verzögert. Entschuldigen Sie. Lieferant ist ein Pariser Dealer. Er heißt Jacques Rémon und wohnt Paris, Ile de la Cité, Nr. 9 Quai aux Fleurs. Er bekommt jeden 10. und 20. im Monat 1 kg Heroin aus Marseilles in seine Wohnung. Er versteckt es in einer Lautsprecherbox. – Darüber hinaus: Hier im ›Blue Note‹ verkauft ein Hassan Ouriaghli Haschisch in jeder Menge. Sehr gute Ware, nur schwarzen Afghan oder roten Libanesen. Sie brauchen nur nach Hassan zu fragen.«
Pirot macht eine Pause. Dann sagt er traurig:
»Bitte bringen Sie mich jetzt zum Richter. *Et le combat cessa, faute de combattants.*«
»Was heißt das?« will Schickl wissen.
»Und endlich schwieg der Kampf, da es keine Kämpfer mehr gab.«

◇

Er sitzt wie immer hinter seinem Schreibtisch. Sogar die Zeitung läßt er sich dorthin bringen. Alle kennen ihn fast nur in dieser Position. Freiwillig geht er nur, wenn er muß – und dann meistens auf die Toilette. Der kriminalistische Alltag interessiert ihn nur, wenn er auf seinem Schreibtisch landet. Mit nach außen erkennbarem Widerwillen nimmt er ihn dann zur Kenntnis. Pünktlich zum Dienstschluß ist er verschwunden. Zu Hause

ruft ihn niemand an, denn eine Entscheidung, die weiterhilft, ist nicht zu erwarten. Seine Mitarbeiter nehmen ihn nicht für voll, trotzdem ist er da, verdient sein Geld am Schreibtisch – verdient er es? – und ist manchmal nicht zu übergehen. Auch durch Göttmann nicht.
Göttmann sitzt ihm gegenüber. Heini Stanelle sieht ihn vorwurfsvoll durch seine Brille mit getönten Gläsern an.
»Sie sagen, die richterliche Vorführung findet heute statt?« Göttmann kennt die müde Gereiztheit in Stanelles Stimme.
»Ja.«
»Gehen die Leute in Haft?«
»Wohl kaum, außer dem Franzosen.« Göttmann überlegt, ob Stanelle wohl magenkrank ist. Das würde immerhin einiges erklären, sogar teilweise entschuldigen. Aber es müßte ein Dauerleiden sein, seit vielen Jahren. Sein schmales, längliches Gesicht mit der langen nach unten gebogenen Nase zeigt einen Ausdruck, als hätte er in eine Zitrone gebissen.
»Na bitte, ich hab' es ja gewußt. Warum stellen Sie sich immer gegen mich? War doch fast keine Arbeit in der Sache.«
»Im Gegenteil«, antwortet Göttmann, »jetzt fängt sie erst an. Und das habe ich kommen sehen. Ist doch immer dasselbe. Man reißt eine Sache auf und setzt eine Kettenreaktion in Gang.«
»Wie soll ich das verstehen?«
»Menges hat mich eben aus der Haftanstalt angerufen. Er hat handfeste Hinweise auf zwei Dealer.«
»Die müssen Sie ja nicht verfolgen.«
»Einverstanden«, sagt Göttmann, »ich gebe sie an das 13. K. ab.«
»Das ist ausgeschlossen.«
»Ja, soll ich sie in den Papierkorb werfen?«
»Muß man denn unbedingt etwas machen?«
»Ich bitte Sie. Sind wir bei der Kripo oder der Heilsarmee?« Göttmann merkt, daß er wieder an dem Punkt angelangt ist, wo ihn sein Gruppenleiter zwingt, laut zu werden. Stanelle hat dies aber auch erkannt und weicht aus.

»Na, na!« Er lenkt ab und hält einen Bogen Papier hoch. »Hier hat sich übrigens einer beschwert, er sei vom Hund gebissen worden. Ein gewisser Gunther Flach.«

»Ich weiß, das war Kif«, antwortet Göttmann.

»Kif?« Stanelle blickt verständnislos.

»Kif, der Rauschgifthund bei der Durchsuchung. Der Typ hat zu dem Kollegen von der Schutzpolizei ›leck mich am Arsch‹ gesagt, und das hat der gute Kif dann wörtlich genommen.«

»Aber deswegen kann man doch nicht den Hund auf einen Menschen hetzen!« empört sich Stanelle.

»Was heißt hetzen? Er hat die Leine etwas locker gehalten. Wir sind doch nicht der letzte Dreck, daß wir uns jede Beleidigung gefallen lassen müssen. Außerdem hat Kif nicht gebissen, sondern nur ein bißchen gezwickt. Dazu hat er eine viel zu feine Nase.«

»Habe ich richtig gehört«, fragt Stanelle, »der Hundeführer ist von der Schutzpolizei?«

»Ja, von ›S‹.«

»Gott sei Dank!« Stanelle legt erleichtert das Beschwerdeschreiben auf den Schreibtisch zurück. »Na, dann geht es mich nichts an. Will weiter nichts davon wissen. Ich gebe es weiter an die Schutzpolizei, sollen die damit fertig werden.«

»Was ändert das?« Der geringschätzige Unterton bei Göttmann ist nicht zu überhören, Stanelle reagiert aber nicht darauf.

»Egal, mir kann jedenfalls keiner einen Vorwurf machen. Ich erwarte dann heute nachmittag die Pressemeldung von Ihnen.«

»Was für eine Pressemeldung?« Göttmann ist irritiert, weil er an den Hundebiß denkt.

»Na die in der Rauschgiftsache.«

Göttmann kennt seinen Gruppenleiter. Sie sind jetzt bei einem Thema angelangt, bei dem der Heini munter wird.

»Ich habe Ihnen doch eben gesagt, daß noch zwei Dealer dran hängen.«

»Deswegen kann ich doch schon einmal die Festnahme der fünf Haschbrüder bekanntgeben. War doch ein schöner Erfolg«, meint Stanelle.

Göttmann muß wieder deutlicher werden: »Erstens erfolgte die Festnahme durch eine Streife der Schutzpolizei; wir sollten uns nicht mit fremden Federn schmücken. Zweitens ist außer ein paar Krümeln Shit in dem VW-Bus bisher nichts herausgekommen, und drittens wollen wir zwei große Dealer fangen und sollten jedes Aufsehen vermeiden.«

»Aber Sie wissen doch, Pressegesetz. Wir sind verpflichtet«, verlangt Stanelle.

»Wir sind gar nichts, solange öffentliche Interessen gefährdet sind!«

»Jetzt stellen Sie sich schon wieder so an!« mault Stanelle. Göttmann weiß dank jahrelanger Erfahrung mit Heini, daß jetzt ein Schuß in die volle Breitseite angebracht ist, und sagt laut: »Herr Stanelle, ich will Ihnen einmal etwas sagen. Die Presse kann mir gestohlen bleiben. Meine gute Erziehung verbietet mir, es anders auszudrücken. Diese Publicitysucht einiger Herren dieser Behörde mache ich nicht mit. Von mir gibt es erst Pressemeldungen nach Abschluß der Ermittlungen! Ich habe zu tun! Auf Wiedersehen!«

Er verläßt eiligen Schrittes das Büro.

◇

Gerichtsgebäude und Gefängnisse haben gemeinsam, daß sie in einer Zeit gebaut wurden, als der Staat strafte und der Verurteilte zu sühnen hatte. Schuld und Sühne, Rache und Vergeltung, Sicherung und wenig Besserung entsprachen dem Zeitgeist. Dies zeichnet auch die Bauten aus. Betritt man ein Gerichtsgebäude, so schlägt einem der »Muff aus hundert Jahren« entgegen. Dicke Mauern aus Naturstein, Hallen, Säulen, ausladende Treppen, Kühle und Düsterheit. Die selten fehlende steinerne Justitia, altrömische Göttin des Rechts, wirkt eher müde als weise. In ihrer Hand die Waage, Symbol des Ausgleichs, der Gerechtigkeit. Gerechtigkeit? Auf den Waagschalen haben doch früher auf der einen Seite die Allmacht des Staates und der anderen der arme Sünder gesessen. Sie sollte die Binde von den Augen ruhig abnehmen, die alte Dame,

sehend die heutige Zeit beurteilen und nicht im vorigen Jahrhundert leben, wenn auch unsere Strafprozeßordnung am 1. Februar 1877 im Reichsgesetzblatt auf Seite 253 verkündet wurde.
Am Karlsplatz in München gibt es gar noch heute einen Justizpalast. Wie muß es wohl dem kleinen Mann in einem Palast zumute sein, wenn er sein Recht sucht. Ob der Fürst dem Untertan, der Herr dem Diener Gerechtigkeit widerfahren läßt?
Unser Recht ist im Wandel. Der Kriminelle soll nicht nur gerecht bestraft, sondern auch so beeinflußt werden, daß er sich in der Gesellschaft zurechtfindet, arbeitet und nicht mehr rückfällig wird. Er soll die Schulbildung nachholen, einen Berufsabschluß erzielen, auf eigene Füße gestellt werden und nicht Tüten kleben, Körbe flechten oder das Schweißen für den nächsten Panzerschrank erlernen. Man kann einen Menschen nur resozialisieren, wenn dem die Sozialisierung vorausgeht.
Es gibt inzwischen auch moderne Justizgebäude, hell, sachlich, zweckmäßig und neutral. Aber auch da sitzen manchmal Staatsanwalt und Gericht erhöht, der Angeklagte zu ihren Füßen »erniedrigt«.
Und es gibt ältere und jüngere Rechtsvertreter, menschliche, fortschrittliche, modern denkende Juristen. Aber es gibt auch solche, die einer überholten Juristentradition verhaftet sind, ihre Robe als Uniform tragen, auch wenn sie noch jung an Jahren sind.
Den Entscheidungen der Bundesverfassungsrichter gebührt sicher auch dann Respekt, wenn sie keine Gewänder tragen, die an die angebliche Unfehlbarkeit kirchlicher Würdenträger erinnern.
Der normale Bürger will mit Polizei und Justiz nichts zu tun haben. Verständlich. Diesen Eindruck machen auch die Leute, denen man im Gerichtsgebäude begegnet. Verängstigt, scheu, aufgeregt warten sie vor den Gerichtssälen oder irren durch die langen Flure. Gerichtsdiener schieben beladene Aktenwagen von Geschäftsstelle zu Geschäftsstelle, und nur die schwarze Robe eines Anwaltes, Staatsanwaltes oder Richters, die wür-

devoll, wichtig und gemessenen Schrittes vorbeidefiliert, scheint sich in dieser Umgebung wirklich wohl zu fühlen.
Gegenüber der Tür zu dem Büro von Richter Dr. Reichert steht eine lange stabile Holzbank. Auf ihr sitzen die vier festgenommenen Typen aus dem VW-Bus, die auch in der Kommune Wennekamp leben. Heinz Flock und Dieter Herle stehen neben der Bank. Herle hat eine Akte unter dem Arm. Flock geht zu der Tür des Dr. Reichert, drückt die Klinke herunter und stellt fest, daß das Zimmer verschlossen ist. Er sieht auf seine Armbanduhr und verzieht das Gesicht.
»Hat doch keinen Zweck, daß du das zum fünften Mal versuchst«, meint Herle zu Flock.
»Jetzt platzt mir bald der Kragen. 10.20 Uhr und der ehrenwerte Herr Amtsrichter ist immer noch nicht da.«
»Bei der Justiz müßte man sein.«
»Nach dem Motto: Hast du Arbeit, oder bist du bei der Justiz?« Flock blickt böse.
Herle schimpft weiter: »Wenn Staatsanwälte und Richter sich an den 8-Stunden-Tag hielten, brauchten sie nicht über Arbeitsüberlastung zu klagen. Mich wundert es gar nicht, daß von den jährlichen vier Millionen Strafverfahren zwei Drittel eingestellt werden.«
Eine hübsche Stenotypistin trippelt den Gang entlang. Flock registriert, daß der Rock viel zu kurz und aus der Mode ist, die Form ihrer Beine aber nur mit dieser Kleidung richtig zur Geltung kommen. Das Mädchen geht ebenfalls auf die Tür von Dr. Reichert zu und drückt vergeblich die Klinke.
Flock macht eine kleine Verbeugung in ihre Richtung: »Fräulein, ich kenne Sie, aber ich komme nicht auf . . .«
»Ist Herr Dr. Reichert noch nicht da?« unterbricht sie ihn.
Flock antwortet: »Darf ich Sie darauf merkwürdig machen, der Herr ist noch nicht momentan.«
»Ich soll bei der Haftsache Protokoll führen«, sagt sie, »er kommt doch sonst immer um 10.00 Uhr.«
»Aber ich bitte Sie, Sie können ihn doch beim Frühstück nicht so hetzen«, frozzelt Flock weiter.

»Sie sind sicher von der Kripo?«
»Nein, von der Firma Kummer und Elend.«
Die Stenotypistin deutet auf die Bank: »Werden die alle vier vorgeführt?«
Herle schaltet sich ein: »Die und ein weiterer.«
»Hoffentlich geht es schnell«, sagt die Protokollführerin, »denn Dr. Reichert hat dienstags seinen Schachnachmittag.«
»Bei uns ist dienstags immer Brauereibesichtigung, wir sind auch in Eile«, spöttelt Flock.
»Was wird den vieren denn vorgeworfen?« will sie wissen.
»Rauchen in der Einbahnstraße«, sagt Flock.
Ihn trifft ein strafender Blick, und schnippisch sagt sie: »Können Sie auch vernünftig reden?«
»Nach dem 10. akademischen Viertel nicht mehr«, entgegnet Flock.
In diesem Augenblick trifft Karl Göttmann ein. Er fragt: »Was ist los, ihr steht so vielsagend 'rum?«
»Der Herr Richter beliebt seinen Morgenschlaf noch nicht beendet zu haben«, sagt Flock spitz.
»Immer dasselbe«, schimpft Göttmann. »Wir reißen uns ein Bein aus, und die Justiz betätigt sich als Bremsblock. Habt ihr schon auf der Geschäftsstelle nachgefragt?«
Herle berichtet, daß auch dies geschehen, Dr. Reichert aber offensichtlich noch nicht im Hause sei.
Der eine Festgenommene steht auf und fragt Flock, ob er mal auf die Toilette darf. Flock geht mit ihm. »Aber hauen Sie bloß nicht ab«, sagt er, »sonst muß ich Ihnen ein Abführmittel aus Eisen verabreichen. Folgen Sie mir unanständig.«
Göttmann erkundigt sich bei Herle, ob bei den Vernehmungen etwas herausgekommen sei, was Herle verneint, da alle die Aussage verweigert haben. Göttmann erzählt Herle, daß Menges und Schickl mehr Glück hatten und zwei gute Tips erhielten. Herle bemerkt, daß dann idiotischerweise der anständigste von allen als einziger in Haft geht.
Göttmann zuckt mit den Schultern: »Französisches Auslieferungsersuchen, kann man nichts machen.«

Nun treffen Leß, Menges und Schickl mit Pirot ein. Pirot hat seinen Parka an, obwohl es gar nicht kalt ist. Mit großem Hallo wird er von seinen Leidensgenossen auf der Bank begrüßt. Herle fährt dazwischen: »Hört bitte auf, miteinander zu quatschen.«
Schickl und Menges berichten Göttmann leise von dem genauen Hergang der Vernehmung Pirots, und Leß bittet Göttmann, für Maurice ein gutes Wort bei dem Richter einzulegen. Göttmann meint, daß dies zwar keinen Erfolg haben werde, verspricht es aber trotzdem zu tun.
Flock und der Festgenommene kommen von der Toilette zurück. Nun erscheint auch Amtsgerichtsrat Dr. Reichert. Er sieht mißmutig die Personengruppe auf der Bank an, schließt sein Zimmer auf und bittet darum, daß zwei Beamte der Kripo mit ihm kommen. Göttmann und Flock folgen ihm.
Während Dr. Reichert seine Robe aus dem Schrank holt, bietet er ihnen Platz an und fragt: »Was haben Sie denn da für illustre Wesen? Doch nicht etwa politische Täter? Die langen Haare und so ungepflegt, verletzt direkt mein ästhetisches Empfinden am frühen Morgen.«
Dr. Reichert ist über fünfzig, wirkt mit seinem zerfurchten Gesicht und seiner Knollennase aber noch älter. An seinem Kinn erkennt man 2 Narben, vermutlich Schmisse, die auf eine schlagende Verbindung in der Studentenzeit hinweisen.
Göttmann erklärt ihm, daß es sich um Verstoß gegen das Betäubungsmittelgesetz handelt.
»Furchtbar verwahrlost«, sagt Dr. Reichert, »stinken die? Hoffentlich verrichtet keiner seine Notdurft in meinem Zimmer. Soll es ja schon alles gegeben haben.«
»Das soll sich einer wagen«, antwortet Flock. »Ich würde ihn mit der Nase in seine eigene Scheiße stecken. Entschuldigen Sie den Ausdruck, aber bei der Vorstellung gehen mit mir die Gäule durch.«
Das Telefon klingelt, und Dr. Reichert hebt ab..
»Hier Dr. Reichert. Ja. – Ja. – Ist hier Herr Göttmann?«
Göttmann zeigt auf sich. Dr. Reichert telefoniert weiter: »Ja, in

Ordnung, ich richte es ihm aus.« Er legt den Telefonhörer zurück. »Herr Göttmann, in der Nähe des Flughafens ist ein Mord passiert. Sie sollen sofort dort hinkommen. Furchtbar, furchtbar, diese Welt.«
Göttmann steht auf, weist Flock an, in der Haftsache weiterzumachen, und verabschiedet sich.

◇

»Main für Main 51 kommen.«
»Hier Main.«
»Hier spricht der Leiter 10. K. Wo ist der Tatort, es soll sich um einen Mord handeln.«
»Richtig. Weibliche Leiche von Spaziergängerin erschossen aufgefunden. Fahren Sie Flughafen, sodann Stadtwald östlich vom Flughafen, zwischen Bundesautobahn und Bahnlinie, verlängerte Hölzernkreuzschneise.«
»Ist Erkennungsdienst bereits unterwegs?«
»ED ist schon an Ort und Stelle. Sie sollen Leiter 1. K. vertreten, da dieser verhindert. Außerdem bestehen Zusammenhänge zu einer Sache, die Sie bearbeiten.«
»Verstanden. Ende mit Main.«
Göttmann legt das Funkmikrophon zurück. Leß steuert den VW-Käfer durch den Stadtverkehr. Göttmann gibt ihm Anweisungen, wie er fahren soll, denn Frankfurt ist noch immer eine einzige Baustelle.
»Worauf müssen wir besonders achten, Herr Göttmann?« fragt Leß.
»Erstes Gebot: Hände in die Tasche, damit man selbst keine Spuren verursacht. Zweitens: Gesamteindruck verschaffen. Handelt es sich um Unglücksfall, Selbstmord oder Verbrechen? Drittens: Wo sind Spuren, wo sind Beweise, wo ist die Tatwaffe? Wie kam der Täter zum Tatort, wie ist er geflüchtet? Viertens: Wer ist das Opfer, können Täter-Opfer-Beziehungen bestehen, wer hat ein Motiv?«
»Bißchen viel auf einmal«, stöhnt Leß.
»Fünftens«, fährt Göttmann fort, »vor allen Dingen Ruhe

bewahren. Zum Beispiel nicht so rasen wie Sie, wir kommen schon früh genug hin, davon wird die Leiche auch nicht lebendig.«
Profi Göttmann lächelt aus den Augenwinkeln zu Leß ’rüber.

◇

Etwa 100 m vom Tatort entfernt bleiben sie auf dem Waldweg hinter dem VW-Bus des ED stehen und steigen aus.
Noch kann Leß außer einigen Kriminalbeamten im Wald nichts feststellen. Mit gemischten Gefühlen geht er neben Göttmann näher heran. Für Leß ist es das erste Mal in seinem Leben, daß er eine Leiche sieht. Zwar war er schon auf mehreren Beerdigungen, hat aber bisher immer vermieden, die Leiche zu sehen. Nun geht kein Weg daran vorbei, er kann und will sich nicht drücken, hat aber Angst davor, mit eigenen Gefühlen konfrontiert zu werden, die er nicht unter Kontrolle hat. Dabei verlangt es sein Beruf, daß er solche Situationen verkraften kann. Er hat gehört, daß dies im Fachjargon heißt, »leichenfest« zu sein; diesen Ausdruck findet er abscheulich. Leß verhehlt sich aber auch nicht, eine gewisse Neugier zu haben auf das, was ihn erwartet.
Plötzlich schrickt er zusammen. Ein donnerndes Geräusch – ohne Ankündigung, unvorbereitet trifft es ihn. Er blickt nach oben und findet die Erklärung. Nur in geringer Höhe fliegt ein Düsenriese im Landeanflug über die Baumwipfel hinweg. Leß erinnert sich sofort, daß sie ja in unmittelbarer Nähe des Flughafens sind und dies vermutlich die Einflugschneise ist.
Mit Göttmann zusammen erreicht er einen Kollegen, in dem er den Leiter des ED vermutet. Er blickt sich um. Die Leiche liegt zwischen einigen niedrigen Büschen, er kann nur undeutlich ein Bein und eine Hand sehen. Im Umkreis von etwa 10 m ist um die Leiche durch ein rotes Band von Baum zu Baum abgesperrt. Das Unterholz des Hochwaldes besteht teilweise aus kleinen Buschgruppen, ansonsten aus Sumpfgras. Leß sieht, daß vereinzelt Nummernschilder bei gefundenen Spuren ge-

steckt sind, wo zur Zeit auch zwei Beamte Fotoaufnahmen machen. Vier Beamte gehen suchend umher.
»Guten Tag, Herr Göttmann, hat es Sie mal wieder erwischt?« begrüßt sie der Leiter des Erkennungsdienstes.
»Ja, Mädchen für alles.«
»Sieht nach Mord aus. Den engeren Tatort haben wir noch nicht betreten.«
»Schon was gefunden?« fragt Göttmann knapp.
Der Leiter des ED zeigt auf die mit Nummern markierten Stellen: »Einen Schuh, der andere ist am Fuß des Opfers, zwei Reifenabdrücke auf dem Weg, einen Zettel« – ein Jet heult mit ohrenbetäubendem Lärm über ihre Köpfe –, »ich wiederhole: einen Zettel, ferner eine Handtasche. Das ist alles.«
»Schußwaffe?«
»Bisher keine.«
Göttmann geht auf den Fundort der Handtasche zu. Leß folgt ihm und beobachtet, wie Göttmann dünne Gummihandschuhe aus seiner Rocktasche zieht und sie sich über die Hände streift. Leß nimmt an, daß Götte immer welche dabei hat, und gräbt seine Hände weisungsgetreu in die Hosentaschen, obwohl ihm nicht ganz klar ist, was er hier im Wald versehentlich anfassen könnte. Sie bleiben neben der Handtasche stehen. Neben ihr steckt das Nummernschild 4.
»Ist die Tasche schon fotografiert?« fragt Göttmann.
»Ja.«
Göttmann hebt sie vorsichtig hoch und öffnet sie. Zunächst sieht man nur ein gebrauchtes Taschentuch. Dann entdeckt er in einem Innenfach einen kleinen Würfel aus Staniolpapier. Er wickelt ihn auf, und eine dunkelbraune Substanz kommt zum Vorschein.
»Sieht nach Haschisch aus.« Göttmann riecht daran. »Tatsächlich, keine schlechte Qualität. Riecht intensiv nach Cannabinol.«
Göttmann legt die Handtasche wieder hin und bemerkt, daß an ihr noch nach Fingerabdrücken gesucht werden müsse.
Mit Getöse überfliegt ein Jumbo-Jet den Tatort.

»War das der vermutete Zusammenhang zu unserem Fall?« will Göttmann wissen, als der Lärm vorüber ist.
»Nein«, antwortet der Leiter ED, »es handelt sich um den Zettel dort drüben.«
Sie gehen zu Nummernschild 3. Göttmann hebt den Zettel, der anscheinend aus einem Notizbuch herausgerissen wurde, auf und liest: »Pirot bei Wennekamp.«
»Wir haben über Funk EDV-Abfrage gehalten«, schaltet sich der Leiter des ED ein. »Beide Namen tauchen in einer Rauschgiftsache beim 10. K. auf.«
»Verdammt noch mal, das ist richtig!« Göttmann starrt die Kugelschreiberschrift an, als wolle er sie zwingen, mehr über ihre Bedeutung preiszugeben. Er bückt sich und hebt zwei Haarnadeln auf.
»Sieht fast so aus, als hätte der Täter hier den Inhalt der Handtasche geleert, bevor er sie wegwarf. Der Zettel muß dabei, von ihm unbemerkt, hingefallen sein.«
Man hört das Geräusch eines Fahrzeugs. Die Beamten blicken auf und sehen, wie sich auf dem Waldweg ein VW nähert, bei den Dienstfahrzeugen stehenbleibt und ein Mann, der eine Kamera über der Schulter hängen hat, aussteigt.
»Es ist nicht zu fassen!« schimpft Göttmann. »Das ist Freising vom ›Expreß‹. Die haben mal wieder den Polizeifunk mitgehört. Diese Pressefritzen sind wie die Schmeißfliegen. Herr Leß, gehen Sie ihm entgegen, er soll keinen Schritt näher kommen. Verbieten Sie ihm auch zu fotografieren.«
Leß läuft dem Reporter entgegen und stellt sich ihm in den Weg. In der Zwischenzeit berichtet der Leiter des Erkennungsdienstes, daß die Spuren des äußeren Tatorts bereits vermessen und fotografiert sind, lediglich die Reifenspur muß noch vermessen und ausgegossen werden. Den Tatortbericht hat er auf Memocord gesprochen. Er einigt sich mit Göttmann, daß noch ein Gerichtsmediziner geholt wird und daß man auf Übersichtsaufnahmen mit dem Polizeihubschrauber wegen der Einflugschneise verzichten muß.
Leß kommt zurückgerannt. Der Reporter ist dabei, wieder in seinen Wagen einzusteigen.

»Das war eine schwere Geburt«, sagt er etwas atemlos. »Warum darf er eigentlich nicht fotografieren, wenn er sich umsichtig verhält?«
Göttmann erklärt ihm, daß der Täter, sollte er je ermittelt werden, das Bild des Tatortes nicht in der Zeitung sehen darf, denn er muß auf Einzelheiten in der Vernehmung festgelegt werden, die nur er wissen kann, falls er tatsächlich den Mord begangen hat.
Leß meint, daß dies aber oft falsch gemacht werde.
»Ja leider«, antwortet Göttmann. »Am Tatort hat niemand außer uns etwas zu suchen. Was ich da schon alles erlebt habe! Da kommen Staatsanwalt, Polizeipräsident, Presse, Bürgermeister, Kriminalbeamte, Schutzpolizisten, Landrat – und alle vernichten Spuren oder legen neue. Wir haben einmal wochenlang bei einem Bankraub einen Hut als wichtige Spur behandelt, bis es sich herausstellte, daß er dem Staatsanwalt gehörte. – So, kümmern wir uns um den eigentlichen Tatort.«
Die drei Beamten gehen jetzt zu der Leiche. Leß will von einer anderen Seite unter der Absperrung durchschlüpfen. Göttmann hält ihn zurück und erklärt ihm, daß alle nur einen Trampelpfad benutzen dürfen, der noch markiert werden muß.
Leß steht vor der Leiche. Ein Mädchen, Mitte 20, brauner Lederrock, helle geblümte Bluse, kastanienrote lange Haare, hübsch – das registriert er zuerst. ›Gleich wird sie sich bewegen, sich aufrichten, sprechen, sie darf doch nicht tot sein‹, denkt er. ›Aber die Augen! Nein, sie schläft nicht, ihre Augen blicken starr nach oben, in die Wipfel der hohen Buche. Dann dieses kleine häßliche Loch an der rechten Schläfe, dunkel, schmutzig, es paßt nicht zu dem gepflegten Teint des Gesichts, zerstört alles, das Loch und die Augen, so sieht eine Tote aus, Mord, mein Beruf.‹ Leß schließt die Augen, er muß sich sammeln.
Der Leiter des ED hebt den einen Arm des Opfers hoch. »Sehen Sie, die Totenstarre ist voll ausgeprägt, danach ist sie also mindestens 5–6 Stunden tot. Die Totenflecke hier am Arm sind nicht mehr wegdrückbar, das ist ca. nach 12 Stunden der

Fall. Ich nehme an, daß die Tat gestern abend oder heute nacht erfolgte.«
»Vielleicht kann der Gerichtsmediziner den Zeitpunkt noch etwas genauer bestimmen«, meint Göttmann.
»An der rechten Schläfe ist der Einschuß.« Der ED-Mann zeigt auf die Stelle. »Die braune . . .«
Seine Worte gehen unter in den Geräuschen eines Düsenklippers.
»Die braune Verfärbung um die Einschußwunde ist der Kontusionsring, weil das Geschoß die elastische Haut zunächst nach innen gestülpt hat. Um den Kontusionsring sind Pulvereinsprengungen. Der Schuß ist folglich aus nächster Nähe abgegeben worden.«
Leß hat sich gefangen. Er hört den fachlichen Ausführungen zu, interessiert sich dafür, denkt mit, zieht Rückschlüsse. Er erkennt, daß hier der Trick liegt. Die Tote, das ist der Fall. Es ist nicht seine Schwester, nicht seine Nachbarin, er kennt sie nicht. Er darf also auch nicht an ihr Schicksal denken, ein schlimmes Schicksal, aber sie ist ja tot. Merkt es nicht mehr, unwiderruflich. Millionen Menschen haben ein schlimmes Schicksal, man kann nicht immer Anteil nehmen. Solche Gefühle muß man abschalten, sich dazu zwingen.
Und es geht, wenn man sich ganz auf den Fall konzentriert. Ein menschliches Drama, aber, wenn überhaupt, kann man doch nur helfen, indem man den Täter fängt. Leß wird aus seinen Überlegungen gerissen.
»Hier liegt die Hülse!« Ein Beamter, der ca. 4 m entfernt mit einem Metallsuchgerät tätig ist, bringt die Hülse, Kaliber 7,65.
»Das ist ein wichtiger Fund!« stellt der ED-Leiter fest. »Jetzt wissen wir, daß hier der Tatort ist und die Leiche nicht später hierher gebracht wurde.« Er weist den Beamten an: »Fotografieren und vermessen Sie die Stelle, wo die Hülse lag. Außerdem verständigen Sie über Funk den Schußwaffensachverständigen. Wir brauchen ihn zur Bestimmung des Standortes des Schützen.«
Göttmann überlegt laut: »Der Täter hat demnach auf das Mäd-

chen aus nächster Nähe geschossen, vermutlich überraschend. Vielleicht hat er ein überfliegendes Flugzeug ausgenutzt. Dadurch war das Mädchen abgelenkt, und der Schuß war nicht zu hören.«
»Ganz schön raffiniert, dieser Dreckskerl!« kann sich Leß nicht versagen festzustellen.
»Herr Leß, denken Sie daran, daß wir den Flugplan aller landenden Maschinen in den letzten 24 Stunden ermitteln.«
»Ja, mach' ich.«
Ein anderer Beamter kommt und berichtet: »Wir haben den Abstand der Reifenspur vermessen. Nach unserer Tabelle müßte er der Spurbreite eines Mercedes 280 entsprechen. Es könnte aber auch ein Chevrolet sein.«
»Sind individuelle Besonderheiten an den Reifen feststellbar?« will Göttmann wissen.
»Leider keine.«
Göttmann verabschiedet sich von dem Leiter des ED und bittet ihn, nach Abschluß der Tatortarbeit den weiteren Bereich nach der Waffe abzusuchen. »Ich werde dafür sorgen, daß man Ihnen dazu noch zwanzig Beamte von ›S‹ schickt. Und bitte veranlassen Sie, daß die Kleidung des Opfers noch heute zum Landeskriminalamt gebracht und nach Faserspuren untersucht wird, die von der Kleidung des Täters anhaften könnten. Gleiches gilt für Haare. Und lassen Sie Erdproben vom Fundort und dem Waldweg mitbringen, der Toten Fingerabdrücke abnehmen und den Zahnstatus erheben.«
»Alles klar, Herr Göttmann, wird erledigt.« Der ED-Mann lächelt, weil er das alles ohnehin berücksichtigt hätte, aber er mag Göttmann.
»Ich darf mich herzlich bedanken. Bis später!«
»Ich möchte nur wissen, was das Opfer mit Maurice Pirot und dem Ehepaar Wennekamp zu tun hat«, sinniert Göttmann, während er mit Leß zum Auto geht. »Vielleicht liegt hier der Schlüssel? Hätten wir sie erst einmal identifiziert! So ist das meistens, Herr Leß. Am Anfang steht man vor lauter Rätseln. Es ist wie ein extrem schwieriges Puzzle. Erst muß man sich die

Steinchen dazu suchen, um sie dann auch noch richtig zusammenzusetzen.«
Wiederum donnert eine Düsenmaschine über ihre Köpfe hinweg. Das Fahrgestell ist ausgefahren, die Landeklappen stehen schräg.
»Das war vermutlich das letzte, was das arme Mädchen in ihrem Leben gehört hat«, sagt Leß und denkt, daß es eben doch nicht ganz so einfach ist, sich über alle Gefühle hinwegzusetzen. Er ist erleichtert, die Sache hinter sich gebracht zu haben.

◇

»Ich habe Ihnen doch gesagt, daß das Gespräch genehmigt ist. Das muß Ihnen genügen. Also ich wiederhole: Paris, das ist die Vorwahl 00331, und dann 7 26 29. Haben Sie verstanden? – Ja – Verlangen Sie Monsieur Pierre Carpentier. – Auf Apparat 259. Gut.«
Göttmann macht ein Gesicht, als hätte er gerade in Nachbars Garten ein Pfund Kirschen geklaut.
»Stellt sich vielleicht an, die Vermittlung«, grinst er.
»Wenn das der Waldi erfährt«, sagt Menges und reibt sich die Hände. Er sitzt Göttmann in dessen Büro gegenüber. Göttmann wird wieder ernst. »Ist mir doch egal. Der einfachste Weg ist immer der beste. Über Interpol dauert es eine Ewigkeit. Außerdem wollen die vielleicht ein Rechtshilfeersuchen vom Gericht, weil es sich um eine Durchsuchung handelt. Alles viel zu kompliziert.«
Sie beratschlagen, was sie machen sollen, falls Pierre nicht da ist, und kommen nicht auf den Namen des anderen französischen Kollegen, dieses kleinen Dicken, mit dem sie voriges Jahr im Anschluß an eine BKA-Tagung einen Zug durch Sachsenhausen gemacht haben. Es war ein äußerst vergnüglicher Abend, weil er sich als Pfarrer Ponosse aus Clochemerle ausgab und kein Mensch merkte, daß er eine Romanfigur von Gabriel Chevallier nachahmte.
Das Telefon klingelt. »Hier Göttmann, hallo, hallo, ja, Pierre, bist du am Apparat? Bestens, hier Karl Göttmann, erinnerst du

dich? Prima – wie immer – *comme ci, comme ça* – und bei dir? – Paß auf, ich habe eine Bitte. Wir bearbeiten eine Rauschgiftsache und haben einen Hinweis auf einen Heroinhändler in Paris. Er soll jeden 10. und 20. im Monat 1 kg Heroin aus Marseilles bekommen. Versteckt es dann in seiner Wohnung, in einer Lautsprecherbox. Bitte? – Lautsprecherbox, verstehst du, Radio. Ja. Er heißt Jacques Rémon und wohnt Paris, Ile de la Cité, Quai aux Fleurs, Nr. 9. Hast du? Nr. 9. – Ja, unbedingt zuverlässig. Jetzt am 10., richtig. Ihr müßtet mal observieren – ja eben, dann Durchsuchung. – Fein, du sagst mir dann Bescheid. Vielen Dank, *merci*, und grüße – wie hieß er noch? Jean Calèche – genau, grüße ihn, auch von Jochen Menges. Auf Wiederhören – *au revoir*.«

Göttmann legt auf.

»Das müßte in Ordnung gehen.«

»Ich bin mal gespannt.«

Jean Calèche, jetzt erinnern sich beide wieder. Nie werden sie vergessen, wie er in der Äppelwoi-Kneipe die Messe gelesen hat. Das ganze Lokal lag unter den Tischen vor Lachen.

Göttmann und Menges erheben sich.

»So, gehen wir 'rüber zu den Jungs, die warten schon mit der Frühbesprechung. Was liegt heute an, Jochen?«

»Obduktion der Toten, dann müssen wir uns Pirot und Wennekamp noch mal vornehmen«, antwortet Menges mit der Pfeife zwischen den Zähnen.

Im gleichen Moment betritt Dieter Herle das Büro. Er ist ganz aufgeregt.

»Guten Morgen, Chef, guten Morgen, Jochen. Was meint ihr, was mir passiert ist! Hat mir doch so ein Schwein mein Auto heute nacht geklaut. Ich gucke aus dem Fenster, traue meinen Augen nicht, es ist spurlos verschwunden.«

»Herzliches Beileid«, sagt Göttmann trocken.

»Besoffen warst du nicht?« will Menges wissen.

»Aber nein.« Herle tut beleidigt.

»Du bist ja selbst dran schuld«, stichelt Menges. »Du pflegst sie zu gut, deine heilige Kuh. Mein dreckiger Schlitten interessiert keinen Einbrecher.«

»Wenn ich den erwische«, schimpft Herle, »ich schlage ihm alle Zähne ein. So eine Gemeinheit. So ein Mensch gehört für mindestens zwei Jahre eingesperrt!«
»Na, na, Dieter. Denk mal an die Verhältnismäßigkeit, wie lange willst du dann einen einsperren, der einen schwereren Einbruch begangen hat«, beschwichtigt ihn Menges.
»Ist mir egal. Ich habe schon das 5. K. verständigt.«
»Und du meinst, daß da viel passiert? Die haben heute morgen 15–20 weitere Pkw-Diebstähle vorliegen und werden doch nicht geschlossen hinter deinem Auto herrasen.«
»Aber ich bin doch ein Kollege!«
»Und wenn schon. Sei doch vernünftig, du weißt doch selbst, man kann nicht viel machen. Dein Opel ist weg und wird hoffentlich bald unbeschädigt aufgefunden.«
»Alle Zähne schlage ich dem ein. Ausgerechnet ich. Konnte sich doch einen anderen aussuchen.«
Göttmann hat sich nachdenklich die Unterhaltung zwischen dem aufgebrachten Herle und Jochen Menges angehört. Nun sagt er: »Interessant, interessant. Ein Pkw-Diebstahl kostet uns sonst doch ein müdes Lächeln. Ist man aber selbst betroffen, sieht das ganz anders aus, nicht wahr? Ich glaube, wir vergessen oft, mit welchen Gefühlen Geschädigte zu uns kommen und wie gewaltig sie von der Polizei enttäuscht sind, wenn sie auf Unverständnis stoßen. Selbst wenn wir nicht helfen können, sollten wir wenigstens das Gefühl geben, daß wir unser Bestes tun. Routine macht unmenschlich.«

◇

Der Geruch macht Fred Leß zu schaffen. Eigentlich riecht es nach Krankenhaus, nur viel stärker nach Lysol. Leß bildet sich aber ein, daß es nach Leichen riecht.
Er befindet sich mit Flock im Obduktionsraum des Gerichtsmedizinischen Instituts. Alles ist peinlich sauber, die gelben Fliesen und die blitzenden Instrumente. In der Mitte des Raumes steht ein großer Tisch, auf dem seziert wird. Auch dieser ist mit Fliesen verkleidet, muldenförmig ausgehöhlt, an seinen

Rändern befinden sich Abflußrinnen. Über dem Tisch hängt eine Lampe, ähnlich wie man sie aus einem OP-Saal kennt. In dem Raum ist es kühl, so daß Leß fröstelt.
Auf der Fahrt zur Obduktion hatte Leß gefragt, warum sie an der Obduktion teilnähmen, denn gar zu gerne hätte er sich gedrückt. Flock hatte ihm erklärt, wie wichtig es sei, daß der Sachbearbeiter der Kripo anwesend sei und daß dies immer der Fall sein müsse. Denn der Obduzent könne Angaben über die Todesursache und die Todeszeit machen, über das Verhalten und Vorgehen des Täters, über die von ihm benutzte Waffe und ob die hierdurch verursachte Verletzung zum Tode führte oder ob andere Ursachen in Frage kämen. Diese Erkenntnisse könnten wichtige Hinweise für die Ermittlungen sein und müßten sofort verwertet werden. Auch habe der Obduzent häufig Rückfragen über den Tatort, die Lage der Leiche oder sonstige Umstände des Falles.
Flock hat Leß darauf vorbereitet, daß es gesetzlich vorgeschrieben ist, bei jeder Obduktion Kopf, Brust und Bauchhöhle zu öffnen. Im Falle des erschossenen Mädchens komme es zwar in erster Linie auf das Geschoß im Schädel an, welches für die Bestimmung der Waffe gebraucht werde, aber trotzdem würden auch alle anderen Untersuchungen vorgenommen. Ganz theoretisch könne es ja sein, daß die Schußverletzung gar nicht tödlich war, sondern daß das Opfer an einem Herzschlag starb. Leß meinte, dies würde doch gar keinen Unterschied machen. Flock klärte ihn auf, daß unter Umständen die Frage eines versuchten oder vollendeten Mordes davon abhänge.
Auf dem Sektionstisch liegt das erschossene Mädchen. Leß hat gesehen, wie die Leiche von dem Obduktionsgehilfen vermessen wurde und wie Professor Mehl den äußeren Zustand beschrieb und auf Tonband sprach.
Die Situation kommt ihm unwirklich vor. Da liegt ein Mensch und ist doch keiner mehr. Allerdings hat er mehr Abstand gewonnen, denn ohne Kleidung haftet der Toten nichts mehr an, was mit pulsierendem Leben zu tun hat. Er akzeptiert die

Unabänderlichkeit. Nur die völlige Nacktheit stört ihn, verletzt seine natürliche Scheu, da er diesen Zustand aus intimster Zweisamkeit kennt, Momenten in seinem Leben, die zu den schönsten und eindrucksvollsten zählen. Unwillkürlich muß er daran denken und findet die Parallelität scheußlich. Flocks Bemerkung gegenüber dem Obduktionsgehilfen, daß es eine »schöne Leiche« sei, geht ihm wider den Strich. Als von dem Obduktionsgehilfen der Scheidenabstrich gemacht wird, hat er wieder dieses ablehnende Gefühl, diese innere Sperre gegen alles, was hier vor sich geht, weil ein Tabu verletzt wird.
Er wird aus seinen Gedanken gerissen, denn Professor Mehl hat damit begonnen, die Verletzung zu beschreiben:
». . . eine kreisrunde, etwa 9 mm im Durchmesser messende Kopfschwartentrennung mit leicht vertrockneten Rändern. Aus dieser Verletzung quillt etwas verflüssigtes Gehirngewebe, das blutig durchsetzt ist. Der umgebende Kopfschwartenbezirk ist etwa in Fünfmarkstückumfang deutlich angeschwollen.«
Flock sieht Leß an und bemerkt, wie blaß er ist. »Beiß die Zähne zusammen, Fred«, versucht er ihn aufzumuntern.
Professor Mehl fährt fort: »An der oberen Begrenzung ist eine Knochenlamelle von 9 mm Breite und 6 mm Länge ausgebrochen. Über dem Knochendefekt wölbt sich weiches Gehirngewebe vor. Es sind kleine Schmaucheinsprengungen zu erkennen. Sonst keine Verletzungen bzw. Blutunterlaufungen der Kopfschwarte. Die Schläfenmuskulatur frei von Durchblutungen.«
»Achtung, Fred, nicht erschrecken. Jetzt wird der Schädel aufgesägt«, bereitet Flock ihn vor.
Der Obduktionsgehilfe macht einen Schnitt und klappt die Haare wie einen Skalp nach hinten.
Leß macht ein verkrampftes Gesicht.
Mit einer kleinen Säge durchtrennt der Obduktionsgehilfe rundum den Schädelknochen und hebt das Schädeldach ab.
Langsam beginnen sich die Wände, die Lampe, die Personen um Leß zu drehen. Er sieht nur noch verschwommen, was um

ihn herum vorgeht. Er hat heftiges Herzklopfen, und in seinen Ohren rauscht es. Ganz fern hört er die Stimme des Professors.
»Man erkennt in den hinteren Abschnitten des linken Scheitellappens unmittelbar dem Knochendefekt des Schädeldachs anliegend eine Trümmerzone, die kanalartig die Basis des linken Schläfenlappens zerfetzt hat.«
Gehirn, Blut, Knochensplitter, Leichengeruch, Schamhaar . . .
›So sieht mein Kopf innen aus . . .‹ Leß beginnt zu schlucken.
». . . in Richtung auf die rechte Hälfte des Türkensattels und hat vor diesem die vorderen Abschnitte der Brücke zerstört, auch die Blutgefäße an der Hirnbasis, insbesondere den circulus arteriosus . . .«
Leß würgt, beginnt zu laufen, erreicht den Gang, die Toilette und muß sich übergeben.

◇

Leß ist noch immer blaß, als er nach Hause kommt. Er zieht sich im Flur den Mantel aus und wird zuerst von dem Pudel und dann von Frau Schön freundlich begrüßt.
»N'abend Herr Leß, Schluß für heut? Ei mer kann ja auch net Tag und Nacht Verbrecher fange, gell?«
»Guten Abend, Frau Schön.«
»Wisse Se, viel zu wenich Polizei gibt's. Mehr Polizei auf die Straß, an jed Eck en Schutzmann und mehr Zivile, wie Sie, üwerall, wo se die Ohrn uffmache. Glaube Se mir, die Kriminalität tät net dauernd steiche.«
Frau Schön streicht sich ihre Schürze glatt.
»Allzuviel Polizei ist auch von Übel«, sagt Leß müde.
»Sage Se des net. Mer hätte widder mehr Ordnung. Die Schutzleut fahrn heutzudaach doch nur noch mit'm Auto. Kaa Wunner, wenn die kan Ganov mehr fange. Und mehr Kriminale, wie früher!«
Frau Schön zieht ihren Pudel, der Leß die Hände lecken will, am Halsband.
»Ein paar Kriminalbeamte zusätzlich könnten wir schon gebrauchen, aber alles mit Maß und Ziel, Frau Schön.«

»Herr Leß, darf ich Ihne e paar Bratkartoffel mache?«
»Um Gottes willen, heute nicht. Sehr lieb von Ihnen, Frau Schön, aber mir ist noch schlecht, ist der Appetit vergangen.«
»Ja, ja, die junge Leut. Zuviel Eis und Schlagsahn, gell! Ei dann gucke Se nachher bißche Fernsehn mit uns. Ich freu mich schon, 's gibt so e bayrisch Volksstück.«
Leß hat schon die Tür zu seinem Zimmer geöffnet.
»Danke. Das interessiert mich nicht so sehr, ich gehe heute früh ins Bett. Ein anderes Mal, Frau Schön.«

◇

In Begleitung eines Justizwachtmeisters sind Jochen Menges und Horst Schickl in der Strafanstalt auf dem Weg zu deren Direktor. Es sei etwas passiert, hat der Justizwachtmeister ihnen erklärt, als sie zur Vernehmung von Maurice Pirot erschienen. Etwas, das ihnen der Chef selbst sagen wolle. Als sie am Zimmer des Direktors ankommen, bleibt der Justizwachtmeister stehen und legt sein Ohr an die Tür.
»Nun machen Sie schon«, drängt Menges, aber der Wachtmeister verharrt in gebückter Haltung und horcht. Schließlich hat er sich überzeugt, daß sein Chef nicht beim Telefonieren ist und er folglich klopfen darf.
»Nicht zu fassen«, bemerkt Menges.
Der Wachtmeister tritt devot ein und meldet die Kriminalbeamten an.
»Ah, die Herren von der Kripo«, sagt der Direktor. »Ich habe schon Ihre Dienststelle angerufen. Da waren Sie bereits unterwegs.«
»Was ist denn los?«
»Maurice Pirot, Sie wissen schon, Sie kennen ihn, äh, er ist tot.«
»Was?«
»Wie bitte?«
Menges und Schickl reagieren gleichzeitig.
»Ja, Freitod.«
»Das darf doch nicht wahr sein.« Schickl setzt sich auf einen Stuhl.

»Doch, heute nacht. Wir haben ihn morgens gefunden.«
»Ja, kontrollieren Sie denn nachts nicht die Zellen?« Menges kann es gar nicht fassen.
»Selbstverständlich. Aber er lag normal im Bett, von außen war nichts Ungewöhnliches zu erkennen.«
»So ein verfluchter Mist!«
»Wie hat er es gemacht?«
»Pulsadern geöffnet.«
»Und das konnte man nicht rechtzeitig feststellen?«
»Nein, das Blut wurde vom Bett aufgesaugt. Als wir ihn so fanden, war es zu spät.«
»Können wir in seine Zelle?«
»Selbstverständlich.«
Menges und Schickl stehen in der Zelle, fassungslos, sprachlos. Sie schauen sich um. Das Bettgestell ist ohne Matratze. In dem kleinen primitiven Holzschrank liegen einige Sachen von Pirot herum, der Deckel der Kloschüssel, die ausgerechnet gegenüber dem Kopfteil des Bettes angebracht ist, steht hoch.
Als erster findet Menges wieder Worte. »Horst, den armen Maurice haben wir auf dem Gewissen.« Menges macht einen niedergeschlagenen Eindruck.
»Red' doch nicht so einen Unsinn.«
»Ich könnte mir in den Hintern treten.«
Schickl überlegt. Dann sagt er: »Ach Quatsch, wir haben ihn doch fair behandelt. Und daß er die zwei Dealer versungen hat, kann er sich nicht so zu Herzen genommen haben.«
»Das mein' ich nicht.«
»Ich versteh' dich nicht.«
»Mann Gottes«, entgegnet Menges erregt, »geht dir kein Licht auf? Der Junge war doch nicht normal. Er hätte dringend in nervenärztliche Behandlung gemußt, nicht hier in den Knast. Überleg doch mal. Dieses eigenartige Gedicht: Schatten, Bruder meiner Seele usw. Dann sprach er von einer Überdosis, von im Rausch sterben. Und zum Schluß, daß er nicht mehr kämpfen will.«
Schickl faßt sich an den Kopf. »Eigentlich hast du recht.«

»Siehst du, und wir Idioten haben das nicht erkannt, weil wir nichts anderes im Kopf hatten als Rauschgifthändler. Der Mensch Pirot hat uns doch herzlich wenig interessiert, er war Mittel zum Zweck, wir wollten nur etwas über Dealer von ihm hören. Haben ihn ausgepreßt und dann fallenlassen, als wir ihn nicht mehr brauchten.«

»Wenigstens hätten wir uns um ihn kümmern sollen, nachdem der Richter gestern Haftbefehl erließ«, räumt Schickl zerknirscht ein.

Menges fährt aufgebracht in der Selbstanklage fort:

»Wir haben einfach nicht registriert, in was für einer Verfassung er war. Er hat sogar gesagt, daß er auf keinen Fall zurück nach Frankreich will, zu seinem gehaßten Vater. Verdammt noch mal, wir wissen doch aus Berufserfahrung, wie labil diese Rauschgiftleute sind. Sicher, er war zur Zeit nicht körperlich süchtig, denn er hatte keine Entzugssymptome. Aber mit Sicherheit war er psychisch abhängig.«

»Scheißberuf!« entfährt es Schickl.

Menges lehnt an der Zellenwand. Er merkt nicht, daß er seinen dunklen Sakko verschmutzt.

»Ja, Scheißberuf, da hast du recht. Wir sind doch nur darauf programmiert, Verbrecher zu fangen. Wer war der Einbrecher, wer war der Räuber, wer der Rauschgifthändler? Sind geil darauf, immer wieder Erfolg zu haben, festzunehmen, einzusperren. Es ist ja auch so einfach. Das Gesetz ist auf unserer Seite, die Moral auf unserer Seite, das Gewissen auf unserer Seite. Wir ziehen immer auf der richtigen Seite. Die auf der Schattenseite, das sind unsere Gegner, um jeden Preis. Wir mogeln uns 'ran, erschleichen Vertrauen, täuschen Verständnis, Mitgefühl vor, beherrschen alle psychologischen Tricks, haben Einfühlungsvermögen – bis wir wissen, was wir wissen wollen. Ziel erkannt, Ziel erreicht, fallenlassen.«

Menges ist immer heftiger und lauter geworden.

»Na ja, Jochen, ganz so schlimm ist es nun wieder nicht«, beschwichtigt Schickl.

»Doch, mich kotzt das an. Du hast doch auch schon zu vielen

Ganoven einen guten Kontakt gehabt. Sie haben dir ihr Herz ausgeschüttet, alles zugegeben, du warst ihr Beichtvater, stimmt's?«
»Ja, das ist richtig.«
»Und dann sind sie verurteilt worden, zu 4 Jahren, 6 Jahren, 10 Jahren. Zu Recht verurteilt, sie waren weg vom Fenster. Hast du danach nur einen einzigen im Knast besucht, dich um ihn gekümmert, ihn gefragt, wie er klar kommt, ihm geholfen, diese schwere Zeit zu überstehen?«
»Nein.«
»Na bitte, du Meister der Logik. Das ist doch der Beweis, daß wir uns für den Menschen nur so lange interessieren, wie er uns nutzt.«
Schickl fühlt sich langsam in der Rolle eines Angeklagten. »Aber das ist doch nicht durchführbar. Das geht doch unter in dem täglichen Streß. Wir sind doch so überlastet, wo sollen wir denn die Zeit dazu hernehmen?«
Menges winkt ab. »Billige Ausrede. Du hättest es hier und da ermöglichen können.«
»Du meinst also, Jochen«, fragt Schickl skeptisch, »bei unserer Arbeit stehen sich Diebstahl an Vertrauen und Diebstahl an Eigentum gegenüber?«
»Ja«, bestätigt Menges, »und wir benutzen den fadenscheinigen Rechtfertigungsgrund, daß wir es im Interesse der guten Sache tun.«
Schickl kommt zu der Überzeugung, daß Menges in seinem Schuldgefühl für den Tod des Maurice Pirot zu weit gehe und die Dinge wieder in das rechte Licht gerückt werden müßten: »Nun bleib mal auf dem Teppich. Du steigerst dich unter dem Eindruck dieses Selbstmordes in etwas hinein und vergißt, daß sich der echte Kriminelle bewußt außerhalb der normalen Gesellschaft bewegt und alle Kräfte einsetzt, ihr zu schaden. Folglich muß er auch in Kauf nehmen, bekämpft zu werden. Und was heißt schon, Vertrauen erschleichen? Er weiß doch, daß er mit einem von der Kripo spricht, also weder mit einem Priester noch mit seiner Großmutter. Es ist doch wohl nicht mehr als

richtig, vernünftig mit einem Beschuldigten zu sprechen und ihn fair zu behandeln. Das kann uns doch nicht zu einer lebenslangen sozialen Betreuung verpflichten. Dafür sind andere Institutionen da. Schließlich macht doch auch jeder von uns einen Unterschied, ob es sich um einen Gelegenheitstäter oder einen notorischen Einbrecher, um einen Affekttäter oder einen Berufsverbrecher handelt. Würden wir Gewalt, Folter, Schläge, Erpressung anwenden, wie dies in nicht wenigen Ländern geschieht, könntest du dich zu Recht aufregen.«

Der sonst eher wortkarge Schickl setzt sich auf das Bettgestell.

Menges hat ihm genau zugehört, wenn dies auch äußerlich nicht so schien, weil er sich mit dem Inhalt des Holzschränkchens beschäftigte.

»Und warum mußte Maurice sterben?« fragt er.

»Mir tut das nicht minder leid als dir«, antwortet Schickl. »Gewiß, wir hätten etwas merken können, aber wir sind weder Psychologen noch Hellseher.«

Menges hat dem Schränkchen einen Zettel entnommen.

»Hier, sieh dir das an, Maurice hat noch ein Gedicht geschrieben.«

Er liest vor:

Als sie ihn zurückließen
gab er noch viel auf erinnerungen
später gingen sie zwischen gestern und morgen
verloren
zuviel hast und stempeldruck
müde gesichter von den fragen
als letzte chance fing er an zu balancieren
gerade wollte er noch versuchen
sich eine welt zu bauen
als der mond nie mehr schien
und der vogel nur etwas mist zurückließ
zwanzig und zwanzig mal
keine sterne mehr waren
er gab das zählen auf

und das echo des raumes
seines raumes
zerbrach ihn.

Plötzlich ist sich Schickl gar nicht mehr sicher, ob nicht Menges doch ein bißchen recht hatte. »Der arme Kerl, er ist an sich zerbrochen.«
Menges geht aus der Zelle. »Für heute habe ich die Nase voll, vor allem von der Kripo.«

◇

Etwa zur gleichen Zeit sitzt Amtmann Zellmann an seinem Schreibtisch und telefoniert wütend mit dem Leiter des 10. Kommissariats:
»Was Sie sich herausnehmen, einfach unglaublich. Ohne Genehmigung und bis nach Paris!« Aufgeregt wippt er mit dem Bleistift zwischen Zeige- und Mittelfinger. »Was? Wie? Honolulu? Lassen Sie gefälligst die Scherze. Können Sie mir mal sagen, wie ich die 48,60 DM verbuchen soll? Wenn da der Rechnungsprüfungshof dahinterkommt . . . So ein teures Gespräch leistet sich nicht einmal der Leiter ›K‹. Wie bitte, habe ich richtig gehört? Der Leiter ›K‹ ist jenseits von Gut und Böse? Herr Göttmann, diese Frechheiten dürften Sie sich mir gegenüber nicht erlauben. – Sie meinen, ich auch?? Unverschämter Kerl!«
Zellmann knallt den Hörer auf die Gabel. Der zwischen beiden Fingern tanzende Bleistift folgt den Gesetzen der Schwerkraft, rollt über den Schreibtisch und fällt zu Boden.

◇

Ein altes Frauchen, sauber gekleidet, sitzt in der Ecke des Büros, ganz schüchtern und auf der vordersten Kante des Stuhls. Leß hat einen Hinweis von ihr in der Mordsache entgegengenommen, den er gerade zu Papier gebracht hat.
In der Verbindungstür zum Nachbarzimmer stößt Leß beinahe mit Herle zusammen; er benutzt die Gelegenheit, ihm das

Schriftstück zu zeigen. Herle überfliegt den Vermerk, sagt dem Mütterchen, daß sich die Kripo um alles kümmern werde und daß sie jetzt gehen könne.

Plötzlich wird die alte Dame quicklebendig, sie springt von ihrem Stuhl schneller auf, als man es ihr je zugetraut hätte, und sprudelt, an Herle gewandt, hervor: »Also in dem Teich, da liegt der Revolver. Direkt bei Mannheim. Da wohnt auch der Täter, bei einer Frau. Er ist 60 Jahre. Ich habe es genau gesehen.«

Mit viel Mühe komplimentiert Herle sie aus dem Büro hinaus.

»Lieber Kollege Leß, das war überflüssige Arbeit.« Zum Erstaunen von Leß zerreißt Herle den Bogen Papier und wirft ihn in den Papierkorb.

»Aber wieso denn, in einer Mordsache kann doch jede Kleinigkeit wichtig sein.«

Herle schüttelt den Kopf. »Die Alte hat von dem Mord heute in der Zeitung gelesen. Mit einem Pendel, nämlich einem Ring, der an einem Menschenhaar über einer Landkarte schwingt, hat sie festgestellt, daß der Mörder in Mannheim wohnt.«

»Und wenn es vielleicht wirklich so ist?«

»Ach, totaler Blödsinn. Nach jeder schweren Straftat tauchen solche Menschen bei der Polizei auf. Da kommt z. B. eine Oma und sagt, in der Straßenbahn habe ihr einer gegenübergesessen, der hatte so einen stechenden Blick. Das kann nur der Mörder gewesen sein.«

»Das ist aber etwas anderes«, protestiert Leß.

»Nein, alle diese Hinweise sind wertlos. Weder Telepathie, Hellsehen noch Telekinese halfen bisher nur einen einzigen Fall klären.«

»Soweit Sie es wissen«, zweifelt Leß.

»Es gibt umfangreiche Fachliteratur darüber. Das Modewort dazu heißt PSI, eine angeblich übersinnliche Kraft, die nur wenige Menschen besitzen sollen.«

»Die Parapsychologie ist aber eine Wissenschaft, wenn auch umstritten.«

Herle erklärt Leß weiter, daß Kriminalisten diese Dinge ableh-

nen. »Bei uns zählen nur Tatsachen, Fakten. Alles was beweisbar ist. Am besten sind Sachbeweise. Bei den Zeugenbeweisen fängt es schon an, unzuverlässig zu werden. Wieviele Leute sagen bei uns unbewußt nicht die Wahrheit, von den Lügnern ganz zu schweigen. Um so mehr müssen wir die Finger von okkulten Eingebungen lassen, wie auch Vermutungen und Meinungen völlig uninteressant sind.« Leß sieht das ein. »Also aufgepaßt bei Scharlatanen! Kriminalisten müssen nüchtern denken. Die Erfahrung lehrt, daß man nur so zum Ziele kommt. Alles andere platzt schnell wie eine Seifenblase. Glauben Sie an Gott? Die meisten Kriminalisten übrigens nicht, weil nichts bewiesen ist. Oder haben die Astronauten irgendwo den Himmel gesehen? Aber das gehört nicht hierher.«
»Schönen Dank, Herr Herle. Es war mir eine Lehre«, sagt Leß offen.
Herle klopft ihm auf die Schulter. »Schon vergessen. Übrigens, du kannst ruhig Dieter zu mir sagen.«

◇

Direkt bei dem Präsidium um die Ecke befindet sich das »Hansa Eck«, eine Bierkneipe, die sich wegen des Dämmerschoppens nach Dienstende großer Beliebtheit erfreut. Hinzu kommt, daß der Wirt ein pensionierter Polizeibeamter ist, dem man zwar nachsagt, daß er auch in der Dienstzeit mehr Wirt als Schutzmann war, der aber sehr zuverlässig ist. Er kennt alle Beamten, und über jedes dienstlich gesprochene Wort schweigt er wie ein Grab. Auch das 10. K. zählt zu seinen Stammkunden, nicht zuletzt wegen dieser Eigenschaft, die ihn von den meisten Gastwirten auf der Welt wohltuend unterscheidet. Aber er zapft auch ein gutes Pils. Der »Hansa-Schorsch« – diesen Spitznamen hatte er bereits zu seiner aktiven Polizeidienstzeit – ist irgendwie vom Polizeipräsidium nicht wegzudenken, er gehört zum Inventar.
Das 10. K. sitzt geschlossen am Stammtisch. Fred Leß gibt seinen Einstand; einige deutliche Anspielungen von Heinz Flock, wie trocken die Büroluft sei und daß man im »Hansa«

noch eine Durchsuchung machen müsse, waren nicht mißzuverstehen gewesen. Jochen Menges hat aber für die gemeinsame Absprache gesorgt, daß Leß auf keinen Fall mehr als zwei Runden bezahlen solle.
»Prost Freunde«, ruft Flock, »essen und trinken sind doch die drei schönsten Dinge im Leben. Wir trinken auf unseren neuen Durchläufer Fred und auf das geklaute Auto von Dieter!«
Für die nächsten fünf Minuten ist Herle Zielscheibe des Spotts, dessen blitzblank gepflegtes Auto ihm wie jedem guten Deutschen sehr ans Herz gewachsen ist.
Menges frotzelt, daß der Wagen längst über die Grenze in Richtung Bulgarien unterwegs ist, und Flock meint, daß sich vielleicht die Wennekamps gerächt haben.
»Wieso das?« erkundigt sich Leß.
»Das weißt du noch gar nicht«, sagt Herle, der die Chance ergreift, dem Gespräch eine andere Richtung zu geben, denn sein entwendeter Opel geht ihm in der Tat an die Nieren.
»Als wir heute hinkamen, waren die Vögel ausgeflogen. Angeblich per Anhalter unterwegs nach Birma, dem Rauschgiftparadies, genannt Goldenes Dreieck.«
»Goldenes Dreieck?«
»Das sind die Länder Birma, Laos und Kambodscha, neben der Türkei die Hauptanbaugebiete für Mohn. Der zentrale Opiumanbau dort beliefert den gesamten illegalen Weltmarkt. Umschlagplatz ist Hongkong.«
»Das ist aber ausgesprochen schlecht für unseren Mordfall«, folgert Leß.
»Da haben Sie recht, Herr Leß«, antwortet Göttmann. »Bisher sind wir nicht vom Glück verfolgt. Maurice Pirot tot und die Wennekamps über alle Berge. Sie haben die Wohnung total geräumt. Dieter Herle und ich haben nur noch Gunther Flach angetroffen, und der wußte natürlich von nichts. Das Mädchen ist noch immer nicht identifiziert, trotz der heutigen Zeitungsmeldung.«
Mit Überzeugung sagt Leß: »Wer so ein hübsches junges Mädchen kaltblütig abknallt, der sollte zur Strafe das gleiche Schicksal erleiden.«

»Richtig«, bestätigt Herle, »und wer Autos klaut, dem gehören die Hände abgehackt.«
»Das ist ja finsterstes Mittelalter«, bemerkt Menges und stellt fest, daß Herles Einstellung bestätigt, daß die Gesellschaft auch heute noch dem Verbrecher gegenüber in erster Linie Rachegefühle zeigt.
»Das Wesen der Strafe«, erklärt Göttmann, »war Abschrekkung, Vergeltung und Sicherung. Aus gutem Grund sind wir heute vom Tatstrafrecht auf das Täterstrafrecht übergegangen.«
»Mit dem Ergebnis«, wirft ihm Flock vor, »daß für den armen, kranken, milieugeschädigten Verbrecher alles und für das Opfer nichts getan wird.«
Göttmann entgegnet: »Ob dies richtig ist, dafür fehlt zur Zeit jeder Beweis. Unsere Strafrechtsreform ist zu jung, für die im Gesetz vorgesehenen sozialtherapeutischen Anstalten fehlt das Geld. Fest steht, daß in Schweden und Holland durch solche Maßnahmen die Rückfallquote erheblich gesenkt wurde. Bei uns beträgt sie 79 %. Das ist doch auch für die Polizei wichtig.«
Schickl räumt ein, daß dies wohl stimme, jedoch müsse der Staat auch etwas für die Opfer tun. Es gehe doch nicht an, daß eine Frau nach einer Vergewaltigung nur 2000,– DM Schmerzensgeld erhalte; sie habe meist einen Knacks für das ganze Leben. Und Herle fordert, im Knast einen anständigen Lohn zu zahlen und dann dieses Geld zur Wiedergutmachung zu verwenden.
»Die Todesstrafe wieder einzuführen, könnte jedenfalls nicht schaden«, sagt Schickl.
»Wozu das?« empört sich Göttmann. »Seit der Aufklärung, seit den Lehren von Rousseau und später von dem Straf- und Völkerrechtslehrer Franz von Liszt sind wir uns doch in den Kulturstaaten einig geworden, daß die Todesstrafe überflüssig ist.«
»Aber hat sie nicht eine abschreckende Wirkung?« fragt Leß.
»Die Anzahl der Tötungsdelikte ist dadurch nie wesentlich beeinflußt worden, ob es die Todesstrafe gab oder nicht, das ist

statistisch erwiesen«, antwortet Göttmann, »und zwar aus mehreren Gründen. Einmal wird Mord häufig aus triebhafter Veranlagung oder aus einer Konfliktsituation heraus begangen, da kommen Vernunftgründe ohnehin zu spät. Oder es plant jemand mit Überlegung eine schwere Straftat. Dann kommt er sich sowieso schlauer als die Polizei vor und glaubt, nie erwischt zu werden.«

Menges äußert, daß es in den meisten westeuropäischen Ländern die Todesstrafe gesetzlich nicht mehr gibt oder sie jedenfalls nicht vollstreckt werde.

»Die letzten Hinrichtungen waren in Spanien noch im Jahre 1975«, wirft Schickl ein.

»Und ein Protestschrei ging um die Welt. Eine faschistische Diktatur . . .«

Schickl unterbricht Göttmann: »Moment mal, es waren doch Polizistenmörder!«

»Waren sie es wirklich?« hält ihm Göttmann entgegen. »Oder haben sie vielleicht ein Geständnis unter Folter abgelegt, ohne wirklich schuldig zu sein?«

»Eben, diese Ungewißheit rechtfertigt schon alleine den weltweiten Protest«, unterstützt Menges Göttmann.

»In Frankfurt wurde Trauerbeflaggung angeordnet, aber gleichzeitig der Polizei unter Einsatz ihrer Gesundheit zugemutet, spanische Einrichtungen gegen Demonstranten zu schützen. Da soll sich der kleine Schutzmann einen Reim drauf machen.«

Flock schüttelt mißbilligend den Kopf.

»Wenigstens müßte man den gleichen öffentlichen Widerstand leisten, wenn durch Schüsse an der Mauer ein Mensch getötet wird. Da tut sich aber nichts!«

Diese Meinung von Schickl teilen alle. Menges kommt auf die Todesstrafe zurück und erklärt, daß leider weder Spanien noch die DDR, in der seit 1949 angeblich 210 Todesurteile vollstreckt wurden, eine Ausnahme in der Welt bilden. In den Ostblockstaaten, in Afrika und im Fernen Osten sei die Todesstrafe an der Tagesordnung. In Südafrika würden jährlich ca.

100 Personen gehängt und im Iran auch Rauschgifthandel mit dem Tode bedroht.
»Aber wäre die Todesstrafe nicht schon gerechtfertigt, wenn nur ein potentieller Mörder im Jahr durch sie von der Tat abgehalten würde und ein Unschuldiger am Leben bliebe?« wirft Herle in die Diskussion ein.
»Mit gleichem Recht muß man aber auch vor der Möglichkeit eines Justizirrtums warnen, durch den ebenfalls ein Unschuldiger vom Leben in den Tod befördert wird«, mahnt Göttmann.
Flock, dem die Tendenz der Diskussion offensichtlich nicht paßt, erhebt die Stimme: »Ich halte es für Gefühlsduselei, wenn wir in unserer Musterdemokratie nicht härter gegen Kriminelle vorgehen. Es wird immer behauptet, die Gesellschaft mache den Täter zum Verbrecher. Ich meine, wenn wir den Täter nicht einer gerechten Strafe zuführen, macht sich die Gesellschaft auch eines Verbrechens schuldig. Denn wir ermuntern den Täter zu der Überzeugung, Verbrechen mache sich bezahlt.«
Schickl stimmt Flock zu: »Das ist auch meine Meinung. Die Kriminalität steigt ständig, und wir tun so, als ob dem mit Psychiatern und Soziologen beizukommen sei.«
Göttmann kann diese Meinung nicht teilen. »Damit verweigern wir dem Kriminellen jede Chance«, sagt er, »und er wird ein für allemal auf seine kriminelle Karriere festgelegt. So hat es auch Schiller gesehen: Das eben ist der Fluch der bösen Tat, daß sie fortzeugend immer Böses muß gebären.«
»Jetzt haben wir lange genug gescheit dahergeredet. Immer dasselbe. Entweder Thema 1 oder über den Dienst.« Flock steht auf und ruft: »Schorsch, noch eine Runde Helles. Des kleinen Mannes Sonnenschein ist Vögeln und Besoffensein.«
Göttmann schüttelt sich wie nach einer kalten Dusche.
»Besser ein weiser Tor als ein törichter Weiser.«

◇

Das 10. K. versammelt sich zur Frühbesprechung. Göttmann blättert interessiert in einer Akte, Flock und Leß sind bisher nicht anwesend, Herle und Schickl unterhalten sich, während

Jochen Menges gedankenverloren den gestrigen Abend Revue passieren läßt. Er hat einen ziemlichen Brummschädel, so daß ihm selbst die Pfeife noch nicht schmeckt, denn als der bei allen gut gelittene Staatsanwalt Knoll auch noch erschienen war, war es erst richtig gemütlich geworden. Knoll ist ein vorzüglicher Unterhalter, trotzdem konnte sich niemand von den dienstlichen Ereignissen restlos frei machen, die immer wieder auch am Stammtisch die Oberhand gewinnen. Knoll lockerte die Stimmung hin und wieder mit Limericks auf:

»Eine sonst flotte Biene
ging mit recht saurer Miene
und lustlos auf den Strich.
Und alle alten Kunden
Empfanden unumwunden
Das als bedauerlich.

›Was macht dich so verdrießlich?‹
so fragte einer schließlich.
Darauf hat sie geklagt:
›Es bleibt doch einem Weibe,
Bei dem was ich betreibe,
Der Fortschritt glatt versagt.

Die Ära der Computer,
veränderte, mein Guter,
das Leben ratzekahl.
Nur ich und meinesgleichen,
wir stellen noch die Weichen,
wie annodazumal.‹«

Menges schmunzelt und denkt an Knolls unnachahmliche Art, den Krimi-Lyriker Heinz Görig zu zitieren. Es ist bedauerlich, sinniert Menges weiter, daß Staatsanwalt Knoll einer der wenigen ist, der auch private Kontakte zur Polizei pflegt. Schade, daß sich beide Sparten nicht besser verstehen, ziehen sie doch eigentlich an einem Strang. Sicher liegt es auch an der Kripo, die am Hilfsbeamten-Komplex leidet, bedingt durch einen veralteten Begriff in der reformbedürftigen Strafprozeßordnung, die den Polizeibeamten zum «Hilfsbeamten der Staatsanwaltschaft« und den Staatsanwalt zum »Herrn des Ermittlungsverfahrens« macht. Menges weiß wie jeder andere, daß in Wirklichkeit die selbständig arbeitende Kripo längst »Herr des Ermittlungsverfahrens« und die Staatsanwaltschaft »Herr des Anklageverfahrens« ist. Auf diesen Status konnte man sich aber bisher gesetzlich nicht einigen, weshalb die Staatsanwaltschaft bei der Kripo in den Geruch des Akademikerdünkels geraten ist. Nicht selten fühlt sich tatsächlich auch heute der eine oder andere Staatsanwalt als Herr der Kripo, so wie es 1877 wohl den Verhältnissen entsprach, selbst wenn er heute die Kriminalitätsbekämpfung nur vom Schreibtisch und aus dem Gerichtssaal kennt.

›Die Kiste ist ziemlich verfahren‹, denkt Menges, ›und nur durch persönliche Kontakte, wie mit Knoll, zu bessern. Vorurteile auf beiden Seiten sind immer für die Sache schädlich.‹

Er sieht im Geiste wieder Knoll vor sich, wie er gestern mit dem Bierglas in der Hand und etwas schwerer Zunge den Stammtisch unterhielt:

»Es sitzt ein feiner Pinkel,
erpicht auf Zeitvertreib,
im separaten Winkel
bei einem schmucken Weib.

Sie schmausen und sie schmusen
und fassen sich ein Herz:
er streichelt ihren Busen
und sie ihn hosenwärts.

Er greift ihr immer tiefer
hinein ins Dekolleté.
Sie greift – viel lukrativer –
nach seinem Portemonnaie.

Sie ist damit verschwunden.
Der Pinkel ist perplex.
Aus ist es mit den Pfunden
und aus auch mit dem Sex.

Doch uns lehrt diese Panne:
Die Frauen sind fürwahr
in ihrem Trieb zum Manne
ganz unberechenbar.«

Am lautesten und herzlichsten lachte Knoll selber.
Jochen Menges schreckt hoch, denn von ihm unbemerkt sind inzwischen auch Flock und Leß eingetroffen, und Göttmann hat zu sprechen begonnen:
». . . von der Kriminalwache erhalten. Meine Herren, es geht wieder aufwärts. Heute gibt's Arbeit. Die Tote ist identifiziert. Es handelt sich um die 24jährige Angelika Nottebrock – eine Prostituierte.«
Mit gespannter Aufmerksamkeit folgen alle den Worten Göttmanns, der fortfährt: »Gestern abend kam ihre Putzfrau zur Kriminalwache und erstattete Vermißtenanzeige. Das Mädchen hat eine Absteige in der Kaiserstr. 187a. Bei uns besteht keine Kriminalakte über sie. Die Jungens vom Nachtdienst haben gut reagiert. Die Putzfrau hat nämlich gesagt, daß sie die Absteige erst seit kurzem hat und vorwiegend Telefonkunden bedient. Daraufhin haben sie per Telebild ein Lichtbild vom BKA angefordert, nicht wegen der Vermißtensache, sondern weil es sich um eine neue horizontale Dame handelt. Mehr durch Zufall kam einer darauf, daß das Bild des Mordopfers in der Zeitung dem Telebild entsprach.«
»Wo kommt sie her?« fragt Menges.
»Laut BKA ED-Behandlungen wegen Gewerbsunzucht in Hamburg und Berlin«, liest Göttmann aus der Akte vor.
»Prost Mahlzeit«, seufzt Schickl. »Nutten-, Homo- und Pennermorde sind am schwersten zu klären.«
Herle stellt fest, daß die Preisfrage wie immer lautet, wer der

letzte Freier war, und Menges will wissen, warum eigentlich die Putzfrau Vermißtenanzeige erstattet habe.
Göttmann blättert in dem Vorgang. Dann hat er die Vernehmung gefunden. »Sie sagte aus, daß die Nottebrock ihr bisher immer auf einem Zettel hinterlassen habe, wann sie arbeitet. Dieser Zettel habe gestern erstmals gefehlt. Sie soll irgendwo im Taunus wohnen. In den letzten Tagen sei die Angelika sehr nervös gewesen und habe angedeutet, daß sie irgendwelche Schwierigkeiten habe.«
»Aber was soll dieser Zettel?« wundert sich Leß.
»Ist doch klar«, klärt ihn Flock auf. »Die Putzfrau muß doch die Liebesdienstzeiten wissen, damit sie nicht abstauben kommt, während die Kunden abgestaubt werden.«
»Wir fahren zunächst einmal alle zur Absteige und durchsuchen sie. Dann sehen wir weiter«, ordnet Göttmann an.
Herle fragt, ob er nachkommen darf. Freudestrahlend erzählt er, daß sein Auto gefunden wurde. Es stehe friedlich in der Hanauer Landstraße. Offensichtlich sei es nur zu einer Spritztour benutzt worden.

◇

Eine Edelnutte war sie nicht, denn die Absteige ist alles andere als luxuriös. Billiger Durchschnitt, wie es sie zu Hunderten in einer Stadt wie Frankfurt gibt.
Ein mittelgroßes Zimmer, eine Kochnische, ein Bad mit Dusche, kleiner Flur – und eine horrende Miete.
Im Zimmer viel Plüsch und Tüll, rosarote schmutzige Wolkenstores, ein altmodischer Schrank und das Bett, welches ungemacht ist und an dessen Rand 5 Kinderpuppen sitzen, die mit großen ehrlichen Kinderaugen ignorieren, wozu diese Kulisse diente. Auf dem Tisch steht ein Schmalfilmprojektor, offensichtlich betriebsbereit, der Film ist eingefädelt. Die Leinwand ist am Fenster aufgestellt.
Der Hausmeister hat ihnen die Tür mit einem Zweitschlüssel geöffnet. Die Beamten des 10. K. kennen die Szenerie bereits, denn solche Quartiere gleichen sich wie ein Ei dem anderen.

Nur Leß schaut sich interessiert und schockiert zugleich um. Er ist weder Moralist noch gegen Prostitution, aber diese schmuddelige, abgeschmackte Atmosphäre geht ihm gewaltig gegen den Strich. Er ist überzeugt, daß alleine diese Äußerlichkeiten bei ihm schlagartig Impotenz zur Folge hätten. Auch kann er nicht verstehen, daß in einer solchen Umgebung selbst Männer mit Niveau Befriedigung finden, daß nicht der Gedanke, vielleicht bereits der vierte oder sechste an diesem einen Tag oder Abend zu sein, sie abstößt. Er fragt sich, welche Mechanismen im Gehirn das alles abschalten und die Männer etwas tun läßt, was sich kaum noch von dem Fortpflanzungsakt unter Tieren unterscheidet. Und um diesen Widersinn völlig paradox zu machen, wird auch noch viel Geld dafür bezahlt. Lust, Trieb, des kleinen Mannes Sonnenschein . . . Leß sieht ein Fließband vor sich, hört das Stampfen einer Nietmaschine, der Kolben bewegt sich auf und nieder, gleichmäßig, unmenschlich, gefühllos . . . Geld her – Beine breit, Beine zusammen – der Nächste bitte – Geld her – Beine breit, Beine zusammen – der Nächste bitte – Geld her . . .
»Nimm du die linke Seite des Schrankes und steh' nicht so rum!« Flock gibt Leß einen unsanften Stoß in die Rippen, so daß dieser erschrocken auffährt.
Auch die anderen Beamten haben sich verteilt und in den Räumen mit der Durchsuchung begonnen.
Schickl hat die leere Filmschachtel in der Hand: »Der große Fummel«, einer der üblichen Pornofilme. Flock kommt zu ihm und drückt auf die Taste des Projektors, so daß der Film zu laufen beginnt. Schickl drückt die Aus-Taste und fragt Flock, ob er nicht lieber mal die Frisierkommode durchsuchen wolle.
Göttmann hält eine gerahmte Fotografie in der Hand. »Hier ist ein Bild von dem toten Mädchen. Wir wollen aber trotzdem nachher die Fingerabdrücke mit Telebild an das BKA überspielen.«
»Ist das noch nötig?« fragt Leß.
»Ja«, antwortet Göttmann, »wir müssen ganz sicher gehen. Theoretisch könnte es ja auch eine Doppelgängerin oder

Zwillingsschwester sein. Wegen der Unveränderlichkeit und Unveränderbarkeit der Papillarlinien der menschlichen Haut gibt es keinen besseren Beweis.«
Ein Beamter des ED macht Fotoaufnahmen mit Blitz und dirigiert die Kollegen jeweils aus seinem Bildwinkel heraus.
Flock entnimmt einem Schminktäschchen eine Schachtel mit künstlichen Wimpern. »Mädchen, die mit den Wimpern klimpern, sind bei Nacht sehr gut zu pimpern.« Alle müssen über Flocks Ausspruch lachen, nur Göttmann schüttelt mißbilligend den Kopf.
Schickl sucht das Bett ab und entdeckt auf der Bettdecke ein Schamhaar. Er fragt Göttmann, ob es gesichert werden solle, was dieser bejaht. Vorsichtig gibt er es in ein Reagenzröhrchen.
Leß hat aus der Schrankschublade einen Bogen Papier gezogen. »Hier ist eine Rechnung über 280,– DM für Zeitungsannoncen im ›Expreß‹. Der Zeitungsausschnitt hängt dran.«
Er liest vor: »Angelique, charmante Hostess, verwöhnt Sie mit Ganzkörperkosmetik.«
Flock bemerkt: »Mir wird so freundlich in der Hose.«
Menges kommt mit einem größeren Notizbuch, das er gefunden hat, zu Göttmann. »Schau dir das mal an, Karl. Hier hat sie ihre wöchentlichen Einkünfte im Kalender vermerkt: 2.900, 3.200, 3.800, 3.500, 2.500. Hier sogar 4.000. Aha, in Klammer Messe. Das war die Frühjahrsmesse. Da nur 1.800, hat sie ihre Tage gehabt.«
»Ist doch eine Sauerei, was diese ›Damen‹ verdienen«, schimpft Schickl. »Unsereiner rackert sich ab und kommt nicht einmal im Monat auf den Wochenverdienst dieser miesen Nutten. Und das auch noch steuerfrei.«
»De mortuis nihil nisi bene«, sagt Göttmann. »Über die Toten sprich nur gut.«
Menges blättert weiter in dem Notizbuch. »Da, eine kleine Kundenkartei. Von A bis Z. Wahrscheinlich die Stammkunden. Mit Adresse und Telefon. Ganz schön: Arnold, Kaufmann; Blaschke, Professor; Grunewald, Steuerberater; o je, Mandler, Generaldirektor, Düsseldorf; Masanek, Studienrat; Strank, Bau-Ing., usw., usw.«

»Wieviele Namen sind es ungefähr?« will Göttmann wissen.
»Ich schätze 30–40.«
»Na, dann haben wir Arbeit.«
»Warum?« fragt Leß.
»Weil wir sie alle überprüfen müssen«, erklärt ihm Schickl, »mindestens das Alibi.«
»Sind auch andere Anschriften oder Telefonnummern da?« erkundigt sich Göttmann. »Sie muß doch einen Zuhälter haben, bei dem Verdienst.«
»War ganz gut im Geschäft, die Kleine«, meint auch Menges.
»Aus den Adressen ist nichts über einen Loddel zu erkennen. Steht überall der Beruf dahinter.«
Flock öffnet das Unterteil eines Nachttisches neben dem Bett. »Hier ist ein Tonbandgerät«, sagt er überrascht, »es ist angeschlossen.« Er drückt die Wiedergabetaste.
Eine männliche Stimme ist zu hören: ». . . miesen Geschäft. Den Neuenhagen treffe ich nachher im Hilton Mainz.«
Dann eine weibliche Stimme, vermutlich Angelika Nottebrock: »Nimm mich doch mit.«
»Geht nicht, Kleines. Er hat seine Frau dabei.«
Gekicher. »Ist es auch wirklich seine eigene?«
»Natürlich, ich kenne sie. Du großer Gott, sie ist im Vorstand der evangelischen Kunstakademie.«
Sie: »Und ich im Vorstand der . . .«
»Komm laß das«, unterbricht er sie. »Wenn ich dem Frause-Aktien andrehe, ich hab' da einen Informanten, es wäre das Geschäft meines Lebens.«
Die weibliche Stimme: »Au, du tust mir weh.«
»Ein süßes Ärschchen hast du. Kann man Nüsse drauf knacken.«
»Du vervögelter Heini.«
»Komm, zieh das auch noch aus.«
Plötzlich setzt ein starkes Rauschen mit Störgeräuschen ein. Flock schaltet das Gerät ab. Alle haben gespannt zugehört.
»Sieht nach Erpressung aus«, meint Menges.
»Ohne Grund hat sie die Aufnahmen nicht gemacht«, sagt Göttmann, »war wohl ein raffiniertes Biest.«

»Aber Chef! Nihil nisi Nieselpriem, oder wie das heißt.« Flock sieht Göttmann mit gespielter Entrüstung an.

◇

Ohne anzuklopfen kommt Heinrich Stanelle in Göttmanns Büro gestürzt. Göttmann, der gewöhnlich schnell schaltet, kann sich trotzdem den Grund nicht vorstellen, warum Heini seinen Schreibtisch verlassen hat, freiwillig jedenfalls nicht. Stanelle wirft ihm ein Fernschreiben auf den Tisch und fordert ihn erregt auf, es zu lesen.
Göttmann liest:

FS – SSS von BKA Wiesbaden
Betr.: Bekämpfung des illegalen Rauschgifthandels
hier: Jacques Rémon, festgenommen wegen
Heroin-Handels in Paris
Bezug: Telefonat Inspektor Carpentier mit KHK
Göttmann

Interpol Paris teilt durch Funkspruch mit: Heute in Paris der franz. Staatsangeh. Jacques Rémon, geb. 28. 8. 1931 in Nîmes, aufgrund telef. Ersuchen KHK Göttmann festgenommen. 420 g Heroin beschlagnahmt. Liegen dort weitere Erkenntnisse vor? Eilt! Haftsache!

»Große Klasse. Es hat also geklappt!« sagt Göttmann und blickt Stanelle an, der sich gesetzt hat und ungeduldig mit den Fingern der rechten Hand auf den Schreibtisch trommelt.
Stanelle sieht ihn verständnislos an. »Lesen Sie erst mal weiter!«
Göttmann tut dies:

Zusatz des BKA:
Bitte um Bericht, warum RiVASt-Bestimmungen nicht eingehalten.

Göttmann weiß jetzt, woher der Wind weht. »Na und?« provoziert er Stanelle.
»Na und? Na und! Was heißt na und? Wie kommen Sie dazu, die Interpol-Bestimmungen nicht zu beachten? Sind sie Ihnen nicht bekannt?«
»Aber, Herr Stanelle, was regen Sie sich auf. Der Film ist doch gelaufen. Der Erfolg gibt uns recht.«
»Sie können doch nicht einfach um eine Festnahme in Paris ersuchen. Was nehmen Sie sich heraus? Sie wissen doch genau, daß hierzu das Rechtshilfeersuchen eines deutschen Gerichts vorliegen muß, welches auf diplomatischem Wege nach Frankreich gesandt wird.«
»Und nach 6 Wochen ankommt.« Göttmann ist aufgefallen, daß Heinis nasale Stimme kurz davor ist, sich zu überschlagen – ein Zeichen dafür, daß Stanelle sehr gereizt ist.
»Die Richtlinien für den Verkehr in Strafsachen mit dem Ausland, genannt RiVASt, erlauben auch das beschleunigte Verfahren, nämlich das Rechtshilfeersuchen auf dem Interpolweg zu übersenden.«
»Richtig«, antwortet Göttmann betont ruhig, »dann läßt sich das auch in drei Wochen erledigen. Im übrigen habe ich gar nicht um die Festnahme ersucht. Das ist falsch ausgedrückt oder falsch übersetzt.«
»Kommen Sie mir nicht mit Ausreden!«
»Ich habe lediglich einen Hinweis gegeben, und zwar meinem Freund Pierre. Was die französische Polizei daraus machte, war deren Sache und richtet sich einzig nach französischem Recht.«
»Wie haben Sie den Hinweis gegeben?«
»Ich habe angerufen, steht doch in dem FS.«
»Dienstlich?«
»Ja meinen Sie etwa privat?«
»Es ist nicht zu glauben«, braust Stanelle auf, »dazu hätte es meiner Genehmigung bedurft. Telefoniert einfach nach Paris! Gilt für Sie die Fernsprechvorschrift nicht?«
Göttmann lächelt verächtlich. »Vorschriften, Richtlinien, Dienstanweisungen, damit allein kann man Kriminalität nicht effizient bekämpfen.«

»Ich hätte es nie erlaubt.«
»Eben.«
»Mit Ihnen habe ich nichts als Schwierigkeiten«, jammert Stanelle.
»Seien Sie doch vernünftig, Herr Stanelle«, versucht ihn Göttmann zu beruhigen. »Es war so der schnellste und beste Weg. Die Franzosen beschweren sich ja auch nicht, sind froh, daß sie einen Heroin-Dealer geschnappt haben. 420 g, ein schönes Ergebnis.«
»Haben Sie denn nicht gelesen? Der Chef hat ›bitte Rücksprache‹ vermerkt.« Göttmann weiß, daß hier des Pudels Kern liegt.
»Na wenn schon. Nichts ist erfolgreicher als der Erfolg.«
»Was soll ich ihm nur sagen?« klagt Stanelle. »So ein Mist. Er wird mir ganz schön einen verpassen. Wie können Sie nur so unüberlegt handeln?«
»Im Gegenteil. Ich habe sehr überlegt gehandelt. Und ich verantworte das auch. Machen Sie sich keine Gedanken, ich nehme alles auf meine Kappe.«
»Das müssen Sie auch, lassen Sie mich nur aus dem Spiel. Ich habe kein Verständnis für Ihre Eskapaden.«
»Ich mache Ihnen einen Vorschlag. Ich gehe mit dem FS zum Chef und erkläre ihm, wie es gelaufen ist und daß ich Sie übergangen habe. Er wird mir schon nicht den Kopf abreißen.«
»Ich bitte darum.«

◇

Leß steckt den Kopf in das Nachbarbüro herein. »Sind Sie Herr Puhl?«
»Ja, Sie wünschen?« Puhl sitzt an seiner Schreibmaschine.
»Ich bin ein Kollege, Durchläufer beim 10. K. von gegenüber. Muß ein paar Vermerke schreiben und suche eine Schreibmaschine. Aber ich sehe, Ihre ist auch nicht frei. Entschuldigung.« Leß wendet sich zum Gehen.
»Nur mal langsam, junger Mann. Ich bin gleich fertig, dann kannst du die Maschine haben. Warte einen Moment.«

»Danke.«
Puhl schreibt eine Zeile auf der Maschine und unterbricht seine Tätigkeit.»Hat dir der Geizkragen Waldi noch keine gegeben, was? Wenn der was 'rausrücken muß, blutet ihm das Herz.«
»Ich habe Herrn Zellmann auch schon kennengelernt«, sagt Leß vorsichtig.
Puhl tippt ein Stück weiter und hört wieder auf. »Was hat dich denn zu dem Haufen verschlagen?«
»Spaß an dem Beruf.«
Puhl schreibt zu Ende und zieht das Papier aus der Walze. »Na, der Spaß wird dir noch vergehen. Nimm das Ding mit, brauche die Maschine heute nicht mehr. Jeden Mist muß man selber schreiben. Eine Schreibkraft für zwei Kommissariate, lächerlich.«
»Das ist mir auch schon aufgefallen.« Leß wundert sich, daß ihn Puhl so ohne weiteres duzt. Er ist so um die 40. »Als ich zur Kripo ging«, fährt Puhl fort, »dachte ich, Kriminalist zu werden. Pustekuchen. Ich verwalte nur Akten, bin meine eigene Tipse, arbeite nur für die Statistik, bekomme keinen Dienstwagen, fahre mit der Straßenbahn auf Ermittlungen, werde nicht befördert – mit einem Wort: der letzte Dreck.«
Leß weiß nicht so recht, was er darauf antworten soll. Schließlich fragt er Puhl, was er denn bearbeite.
»Vorwiegend Gaststätteneinbrüche. Dann noch Geschäftseinbrüche. Weißt du, was das bedeutet? Ca. dreihundert Vorgänge im Jahr, ständig mehr als dreißig in Arbeit. Wenn ich heute fünf Akten fertigmache, bekomme ich morgen wieder sechs neue. Schau den Stoß mal an.«
Puhl zeigt auf den Aktenberg auf seinem Schreibtisch.
»Ein bißchen viel«, meint Leß.
»Da kann man dran verzweifeln oder einfach resignieren.« Puhl hat den von ihm beschriebenen Bogen Papier in einem Vorgang abgeheftet und wirft das Aktenstück unmutig zu den anderen. »Richtig ermitteln kann man in keiner Sache, von Aufklärung keine Rede. Nur das Notwendigste, Flattermann dran und ab an die StA. Sonst saufe ich restlos ab.«

»Flattermann?« Leß versteht das nicht.
»Ach, das kennst du noch nicht? Flattermann ist ein hektografiertes Schreiben: Ermittlungen haben zu keinem Erfolg geführt. Wenn neue Erkenntnisse auftauchen, wird nachberichtet. Hochachtungsvoll, Puhl von Gottes Gnaden. Aus, Schluß, Ende. Höchstens noch ein Fernschreiben. So ein FS an Gott und die Welt, du machst dir keine Vorstellung, wie das beruhigt. Alle wissen von dem Bruch, LKA, BKA, es passiert zwar nichts, aber man hat was getan.«
»Das würde mich auch nicht befriedigen«, sagt Leß mit Überzeugung. »Kann man da nichts machen? Einbrecher observieren, auf frischer Tat festnehmen, und so?«
Puhl lacht geringschätzig. »Können kann man schon. Aber wenn ich das zwei Tage oder Nächte mache, liegen wieder zehn neue Akten auf dem Tisch und alte habe ich nicht erledigt. Ich bin doch nicht verrückt.«
»Aber so haben Sie doch überhaupt kein Erfolgserlebnis.«
»Erfolgserlebnis?« Puhl winkt ab. »Du bist gut, hab' mal beim Gaststätten-ED Erfolg. Aufklärung unter 20 %. Immer wieder die gleiche Arbeitsweise, kann doch jeder Eierdieb. Fenster einschlagen, Thekenkasse aufbrechen, Automaten plündern und weg. Nachts, keiner hat was gesehen, keine Personenbeschreibung, nichts.«
»Das ist ja trostlos.«
»Eben. Wenn das der Bürger wüßte, der bei uns Anzeige erstattet . . . Er erwartet doch, daß die Polizei etwas tut, hat als Steuerzahler Anspruch darauf. Aber ich sitze hier, registriere, verwalte die Kriminalität, statt zu ermitteln.«
»Und wie kann man das ändern?«
»Mehr Beamte. Wenn meine Arbeit drei Mann machen würden, käme was dabei 'raus. 60 % aller Straftaten sind einfacher und schwerer Diebstahl. Wenn da nicht bald personell was passiert, lasse ich mich pensionieren.«
»Kann ich die Schreibmaschine jetzt haben?« fragt Leß.
»Ja, hau ab damit, und laß dich nie zu Einbruch und Diebstahl versetzen.«

»Nobody knows you when you're down and out«. Gebannt lauschen alle dem Trompeter der Band, wie er diesen Blues mal mit schmiegsamer Milde, dann wieder staccato bläst, mal in den höchsten Tönen triumphierend, dann wieder traurig in piano, auch in den Höhen mit verblüffender Leichtigkeit und Reinheit.

Auch Göttmann und Leß sind gefangen von der Atmosphäre in dem Jazz-Club »Blue Note«, so daß sie fast ihren Auftrag vergessen.

Der farbige Jazz-Trompeter Ken Bryan läßt die Felder an den Ufern des Mississippi aufleben, wo die Neger im Rhythmus ihrer Gesänge die Arbeit verrichten, klagend unter der Bürde ihrer Last oder scherzend und fröhlich in ihrer natürlichen Heiterkeit. Oder befinden sie sich in einem Neger-Getto in Harlem? Klingen die Dissonanzen des Akkords nicht wie die Sirene eines Polizeiautos, das jäh die fröhliche Runde swingender und klatschender Neger unterbricht? Eine Razzia, Polizeiknüppel, Schläge, Blut? Leß wird gepackt von der aufwühlenden Musik, es ergreift ihn eine Welle der brüderlichen Verbundenheit zu dem Jazz-Trompeter, der mit geschlossenen Augen spielt, Schweißperlen auf der Stirn. Er fühlt ein tiefgreifendes Verständnis für alle Neger, ihre Probleme, ihre Diskriminierung, ihre Gläubigkeit. Und da – wie Schüsse kommen die Schläge des Drummers, Trompete und Schlagzeug geben sich gegenseitig Antwort, Gewalt gegen Gewalt, der harte Beat des Drummers gewinnt, geht über in sein Solo, explosiv und rücksichtslos rast der Rhythmus – Leß assoziiert die Schläge eines Gefängnisaufsehers, Notzucht, Mord, Raub, *white against black* –, bis die gesamte Band einfällt, die Spannung löst und der Blues in versöhnlicher Melodie ausklingt.

Sekundenlang ist Stille, dann bricht ein tosender Beifall los. Auch Göttmann und Leß klatschen begeistert. Die Band macht eine Pause.

Göttmann und Leß sitzen in einer Ecke des überfüllten Kellerlokals. Ihre Augen tränen von der rauchigen Luft. Sie hocken dichtgedrängt und können sich nur leise unterhalten, damit die jungen Leute in ihrer Nachbarschaft nicht mithören können. Irgendwer raucht Haschisch, der charakteristische Geruch zieht zu Göttmann 'rüber, der Leß darauf aufmerksam macht. Die Beleuchtungsverhältnisse machen es aber unmöglich, festzustellen, wer kifft.

»Sehen Sie dort drüben den Farbigen mit dem roten Pullover?«

»Ja«, antwortet Leß.

Göttmann erklärt Leß, daß dies Charles ist. »Er ist kongolesischer Polizeioffizier und wird im Rahmen der Entwicklungshilfe ausgebildet. Er ist z. Z. bei unserer Schutzpolizei, dort habe ich ihn ausgeliehen.«

»Wann soll es losgehen?« flüstert Leß.

Göttmann schaut auf die Uhr. »Jetzt gleich, Punkt 22.30 Uhr.«

Charles blickt 'rüber, und Göttmann nickt ihm leicht zu. Daraufhin steht Charles auf, zwängt sich zwischen den Personen, Bänken, Stühlen und Tischen durch, bis er in der Nähe des Ausgangs auf den Kellner trifft und diesen anspricht.

»Er soll zunächst den Kellner nach dem Hassan fragen. Wir wissen von Maurice Pirot ja nur, daß dieser angebliche Hassan hier in jeder Menge Haschisch verkauft«, sagt Göttmann leise.

»War nicht von rotem Libanesen die Rede?«

»Ja, das ist richtig.«

»Der Hassan soll doch Ouriaghli heißen?«

Göttmann setzt Leß auseinander, daß er Charles den angeblichen Nachnamen nicht gesagt habe, damit sich Charles nicht verplappern könne. »Da der Hassan weder beim Ausländeramt noch beim Einwohnermeldeamt noch bei der Kripo eine Akte hat, dürfte er sich illegal hier aufhalten.«

Jetzt zeigt der Kellner mit dem Arm in Richtung Ausgang, und Charles geht 'raus.

»Es könnte klappen.«

»Hoffentlich.«

»Der Charles ist ein intelligenter Bursche«, flüstert Göttmann. »Sehr sprachbegabt, spricht gut deutsch. Er hat mir mal sein Herz ausgeschüttet. Am liebsten bliebe er in Deutschland. Er ist mit einem anderen hier, der heißt Mubatu. Der ist zwar

strohdumm, aber Sohn einer einflußreichen Stammesfamilie. Er hat Beziehungen und ist eifersüchtig, weil Charles an der Polizeischule die besseren Noten schreibt. Charles meint, da er keinem der mächtigen Stämme angehöre, könne es passieren, daß Mubatu ihn in der Heimat einsperren lasse.«
»Das ist doch unglaublich«, empört sich Leß.
»Doch, der wird dann irgendwo Polizeichef, und Charles wird abgesägt.«
»Und für so was bezahlt der deutsche Staat Entwicklungshilfe?« Leß kann es kaum fassen.
Die Jazz-Band intoniert einen Oldtime-Dixieland, den Tiger Rag. Gekonnt improvisiert Ken Bryan über die gegebenen Harmonien des Songs neue melodische Linien. Aber Leß ist nicht mehr so bei der Sache, kann sich nicht ausschließlich auf die Musik konzentrieren, muß an Charles denken und ob dieser inzwischen Kontakt zu Hassan hat.
Er ist froh, als Göttmann ihn auffordert, das Lokal zu verlassen, um zu der verabredeten Stelle zu gehen. Im Treppenhaus müssen sie an Charles vorbei, der sich dort angeregt mit einem Orientalen unterhält.

◇

An einer U-Bahn-Baustelle in der Innenstadt stehen Göttmann und Leß hinter einem Bauzaun. Hier ist es fast dunkel. Sie warten bereits über eine halbe Stunde, als Charles endlich eintrifft. Als er neben ihnen steht, kann man von ihm kaum mehr erkennen als die weißen Zähne und den hellen Hemdkragen über seinem Pullover.
»*Hello, friends*!« sagt Charles.
»Hallo, Charles! Wie ist es gelaufen?«
»Oh, ganz gut. Ich hab' neuen Freund, heißt Hassan. Hat mir verkauft für 20 Mark Shit.«
Charles händigt Göttmann ein Stückchen Haschisch aus, der daran riecht.
»Prima, Charles. Übrigens gute Qualität. Was hat Hassan gesagt?«

»Er ist ein Maroc. Ist scharf auf Geld, aber schlau. Ich hab' nicht riskiert, nach Lieferung großer Menge Shit zu fragen. Ist zu früh, er muß mich besser kennen.«

»Das war sehr gut, Charles«, lobt ihn Göttmann.

Jetzt taucht Flock hinter dem Bauzaun auf.

»Nun, Herr Flock, haben Sie ihn im Kasten?«

»Ich hoffe, ja. War verflucht wenig Licht, aber ich habe einen 27 DIN-Film genommen. Habe genau den Moment erwischt, als er mit Charles auf der Treppe stand. Aber was noch wichtiger ist: Hassan ist eben weggefahren, mit einem klapprigen VW, FH-Kennzeichen. Horst und Dieter sind ihm nachgefahren. Und nun stellt euch vor, wie raffiniert dieser Kerl ist. Horst hat gerade über Funk durchgegeben, daß er in der Elbestraße den VW abgestellt hat und mit einem Porsche, Hamburger Kennzeichen, weitergefahren ist.«

»Donnerwetter!« sagt Göttmann anerkennend und wendet sich wieder dem Kongolesen zu: »Bleib am Ball, Charles. Treff ihn jeden Abend, ich glaube, es lohnt sich.«

◇

In der ungemütlichen Kantine des Präsidiums mit der unfreundlichen Bedienung sitzen Schickl, Leß und Herle bei einer Tasse Kaffee. Schickl blättert in einer Gewerkschaftszeitung.

»Hört mal zu, hier steht: Was ist ein Kriminalist?« Er liest vor.

»Er muß in einem Augenblick Entscheidungen fällen, für die ein Richter Monate oder Jahre braucht.

Wenn jemand auf ihn einschlägt, ist er ein Feigling; schlägt er zurück, ist er ein Rohling.

Ein Kriminalist muß sich zehn Nächte lang bemühen, einen Zeugen zu suchen, der sich dann an nichts erinnern will. Er studiert Akten und schreibt Berichte, bis die Augen schmerzen, um ein Verfahren gegen einen Verbrecher in Gang zu bringen, der dann vom Richter auf freien Fuß gesetzt wird.

Ein Kriminalist muß sein Handwerk beherrschen, aber auch Psychologe sein, um bei dem geschädigten Professor gleichermaßen wie bei dem beschuldigten Hilfsarbeiter immer den

richtigen Ton zu finden. Gelingt es nicht, ist er arrogant oder dumm.
Aber ein Kriminalist muß noch mehr Qualitäten in sich vereinigen. Bei der Bearbeitung eines Falles muß er auch ein bißchen Jurist sein, Mediziner, Soziologe, Kriminologe, Chemiker, Physiker, Kybernetiker, ohne diese Dinge je studiert zu haben.
Und auf jeden Fall muß er ein Genie sein, denn er muß eine Familie mit dem Beamtengehalt ernähren.«
»Das ist ziemlich blöde Schwarz-Weiß-Malerei«, bemerkt Herle.
»Aber was Wahres dran«, meint Schickl.
»Und was heißt schon geschädigter Professor und beschuldigter Hilfsarbeiter. Warum nicht beschuldigter Professor und geschädigter Hilfsarbeiter?« fragt Leß.
»Na gut, es fehlen die Grautöne«, gibt Schickl zu, »und die Aussagen sind wenig differenziert. Wenn man aber die Licht- und Schattenseiten gegenüberstellt, bleibt unter dem Strich mehr Positives. Dazu ist unser Beruf viel zu interessant und abwechslungsreich.«

◇

Göttmann telefoniert: »Aber selbstverständlich bin ich dieser Auffassung. – Nein, auf gar keinen Fall. Sie können doch als Staatsanwalt wenigstens 5.000 DM ausloben. – Herr Berkel, verstehen Sie doch, 2.000 sind ganz einfach zu wenig. Das Opfer ist eine Prostituierte. Unsere Ermittlungen konzentrieren sich auf dieses Milieu. Bei Nutten und Zuhältern können Sie doch mit 2 Riesen keinen hinter dem Ofen vorlocken.–Wie bitte? – Riesen. Ach so, ein Riese sind tausend Mark. – Ja. Natürlich. 2.000 verdient ein Zuhälter in drei Tagen. Wir brauchen Hinweise, die nur aus diesem Kreis kommen können.– Aber, Herr Berkel, das ist doch unrealistisch. Die Mitarbeit der Bevölkerung ist bisher gleich Null. Es ist ja ›nur‹ eine Nutte. – Sie glauben doch selbst nicht, daß sich auch nur ein Kunde freiwillig meldet, selbst wenn er was weiß.– Eben, Ehefrau, Geschäft, Blamage usw. – Ich kann Ihnen nicht folgen. Also entweder 5.000 DM oder unser Polizeipräsident macht einen Schrieb an den Generalstaatsanwalt. – Auf Wiederhören.«

◇

Um das Jahr 1877 herum wird nicht nur die glorreiche deutsche Strafprozeßordnung geschaffen, sondern von dem italienischen Arzt Lombroso auch die Behauptung aufgestellt, daß der Verbrecher als solcher geboren werde; Hermann Hesse erblickt das Licht der Welt; Rußland führt mit Rumänien einen erfolgreichen Krieg gegen die Türkei; das Bayreuther Festspielhaus wird mit dem »Ring der Nibelungen« eröffnet; der Schweizer Theologe Louis Lucien Rochat gründet das »Blaue Kreuz« zur Bekämpfung des Alkoholismus; Emile Zola schreibt den Roman »Die Spelunke«; das Reichsgericht wird in Leipzig gegründet; Manet malt die »Nana«; Friedrich Nietzsche schreibt »Menschliches – Allzumenschliches«, ein Buch für freie Geister, deren es zu wenige zu geben scheint; das erste Krematorium in Europa wird in Gotha eröffnet (1907 0,3 % Feuerbestattungen in Deutschland); Bruckner komponiert die 6. Symphonie in A-dur; Edmund de Goncourt schreibt den französischen Roman »Die Dirne Elisa«, und Albert Neisser entdeckt die Gonokokken als Tripper-Erreger.
Es war eine bewegte Zeit, und man muß die Strafprozeßordnung von diesem Zeitgeist her zu begreifen versuchen. Aber das war noch nicht alles. Ein gewisser Alexander Graham Bell, Taubstummenlehrer und Professor für Physiologie der Stimme, erfindet ein einfaches Telefon mit guter elektrischer Anpassung der Wandler, das im Prinzip noch heute in der Fernsprechtechnik verwendet wird. Bell macht diese Erfindung dem vor ihm lebenden Johann Philipp Reis streitig . . .
Auf eben dieses Telefon als Segen und Geisel der Menschheit, neben dem die veraltete StPO in Bedeutungslosigkeit versinkt, schimpft Göttmann, als sich das 10. K. mal wieder beim »Hansa-Schorsch« eingefunden hat.
»Also heute hat mich die Presse geschafft!« wettert er. »Seit

bekannt ist, daß es sich bei der Getöteten um eine Prostituierte handelt, stand dieser Scheißapparat nicht mehr still.«
»Ein Nuttenmord ist für diese Leute zehnmal interessanter als 16000 Verkehrstote im Jahr«, kritisiert Flock.
»Die ständigen Anrufe haben mich heute ein Drittel meiner Arbeitszeit gekostet«, stellt Göttmann wütend fest.
»Und der dickste Hund«, empört sich Menges, »gehen doch zwei Illustriertenreporter heute zur Gerichtsmedizin, geben sich als Kriminalbeamte aus und fotografieren die Leiche.«
Alle sind über dieses Verhalten entrüstet.
»Das ist der Gipfel der Frechheit.«
»Denen ist doch um der Sensation willen jedes Mittel recht.«
»Die schrecken vor nichts zurück.«
»Das Schlimmste ist, daß der Leser schuld ist, denn er will ja die Sensation im Detail«, fährt Menges fort. »Er braucht den Nervenkitzel, will die nackte Leiche einer erschossenen Dirne im Großformat. Auch in höheren Bildungsschichten wird die Bildzeitung gekauft.«
»Das verleiht diesen Blättern ihre Machtstellung«, ergänzt Göttmann, »die sich mit der Pressekonzentration auch noch bedenklich steigert. Die veröffentlichte Meinung wird zur öffentlichen Meinung, nicht umgekehrt.«
»Und dann sind diese Brüder finanziell unabhängig, und alle linken Tricks, die der einzelne Journalist anwendet, sind für ihn völlig gefahrlos«, konstatiert Menges.
»Genau«, stimmt Schickl zu. »Je mehr einer auf unseriöse Weise 'rauskriegt, um so höher ist sein Ansehen bei dem Chefredakteur. Und man schreckt nicht einmal vor der Veröffentlichung von Staatsgeheimnissen zurück, die uns allen schadet.«
»Das machen ja sogar Innenminister«, wirft Flock ein, »die den Bundesfahndungstag vorher verraten bzw. geheime Baader-Meinhoff-Dokumente veröffentlichen.«
Bei der heftigen Diskussion über ein Thema, das sie alle sehr berührt, haben sie eine neue Bierrunde übersehen, die auf ihrem Tisch gelandet ist. Der Bierschaum ist abgestanden, und das will bei ihnen etwas heißen.

»Sehr bedenklich ist auch die Pressegläubigkeit vieler Menschen«, äußert Herle. »Sogar meine Frau sagt mir manchmal: Hier in der Zeitung steht es so oder so, und was in der Zeitung steht, muß doch stimmen.«
»Und wenn man den Fall selbst bearbeitet und jede Einzelheit kennt, kann man wirklich graue Haare kriegen, wenn man sieht, was da alles verdreht oder falsch dargestellt wird.«
Schickl greift jetzt doch zum Bierglas und trinkt.
»Der heilige Glaube an das gedruckte Wort ist typisch deutsch«, meint Flock dazu.
»Nun gut«, sagt Göttmann, »ich gebe euch recht. Wir sollten aber nicht vergessen, daß wir jetzt über die schwarzen Schafe schimpfen. Die überwiegende Mehrheit der Presseleute ist seriös und verantwortungsbewußt. Sie achten die Intimsphäre des einzelnen.«
»Außerdem hat die Presse eine wichtige Kontrollfunktion«, gibt Leß zu bedenken, »und viele Mißstände wurden von ihr tatsächlich aufgedeckt und abgestellt. Denken wir nur an die Watergate-Affäre. So konnte sogar der mächtigste Mann der westlichen Welt, weil er korrupt und kriminell war, gestürzt werden.«
Menges weist darauf hin, daß deswegen die Massenmedien auch als vierte Gewalt im demokratischen Staat neben Exekutive, Legislative und Judikative bezeichnet werden.
Zwei Kollegen des 6. K. sind neu angekommen, haben eine Weile im Stehen zugehört und setzen sich an einen anderen Tisch. Die ernsthafte Debatte nach Dienstschluß ist ihnen zu anstrengend.
»Was mir stinkt«, fährt Göttmann fort, »ist allerdings, daß einige Herren von uns Angst vor der Presse haben. Ihr Alptraum ist, einmal negativ im ›Spiegel‹ erwähnt zu werden. Lieber machen sie auf Liebkind, verbunden mit einer gehörigen Portion Eitelkeit, und geben Dinge preis, die schädlich für unsere Ermittlungen sind.«
»Es gibt doch einige Vorgesetzte bei uns, deren Allgemeinbefinden gestört ist, wenn sie nicht einmal wöchentlich ihren

Namen in der Zeitung lesen können.« Jeder weiß, wen Herle meint.
Göttmann zitiert: »Bei denen könnte man auch frei nach Shakespeare sagen: Sie haben ein Amt, aber keine Meinung.«
Schickl verurteilt die Kollegen, welche der Presse Informationen zuspielen. Auch im PP gebe es mindestens einen, was nach der Meinung von Menges dazu führt, daß die Beamten von der Presse gegeneinander ausgespielt werden. Auch werde häufig gleich der ganze Berufsstand in den Dreck gezogen, wenn ein Polizeibeamter betrunken gefahren sei oder einen Diebstahl begangen habe, obwohl es überall schwarze Schafe gebe, schimpft Herle.
»Trotzdem ist mir unsere Presse tausendmal lieber als eine gleichgeschaltete und zensierte wie in Diktaturen«, stellt Leß fest.
Göttmann nickt beifällig. »Genau. Außerdem brauchen wir die Presse bei der Verbrechensbekämpfung, wie z. B. um Hinweise zu erhalten, zu fahnden, zu warnen oder zu identifizieren.«
Menges hält eine vertrauensvolle Zusammenarbeit mit den örtlich bekannten Reportern im beiderseitigen Interesse für den besten Weg, und Göttmann glaubt, daß es letztlich vernünftiger sei, sie zu informieren, als wenn sie durch eigenes Recherchieren die Beweismöglichkeiten kaputt machen.
Herle findet, daß nun genug über dienstliche Probleme gesprochen worden ist und wendet sich an Flock: »Na, Heinz, hast ja heute noch gar kein Bonmot vom Stapel gelassen. Fehlt dir was?«
Flock reagiert sofort: »Die Sonne brennt am Firmament, die Filzlaus längs der Sacknaht rennt. Prost!«
»Also gut«, sagt Göttmann, »reden wir vom Wetter.«

◇

In der Tiefgarage des Präsidiums treffen Leß und der Einbruchssachbearbeiter Puhl zufällig zusammen.
»Das ist ein Laden hier«, erregt sich Puhl. »Schon wieder kein Dienstwagen frei.«

»Ich wollte auch einen. Schade. Na, dann fahre ich mit meinem eigenen.«
»Bist du verrückt, Kollege? Das bezahlt dir doch niemand.«
»Ist doch egal. Ich muß schnell zum Lufthansa-Büro«, sagt Leß.
»Hier wird man doch zum Schreibtisch-Kriminalisten erzogen«, meckert Puhl, »kein Wunder, wenn nichts geklärt wird.«
»Ich habe festgestellt, daß nach 17 Uhr Autos genug da sind. Vieles kann man dann noch erledigen«, schlägt Leß vor.
Puhl schneuzt sich die Nase, daß es wie ein Trompetensignal durch die leere Garage hallt. Umständlich steckt er das Taschentuch weg.
»Junger Mann, diesen Übereifer wirst du noch ablegen. Ständig Überstunden machen, könnte mir einfallen.«
»Darauf kommt es doch wirklich nicht an«, entgegnet Leß.
»Ich laß mich doch nicht ausnützen. Ich hänge jetzt ein Schild an die Tür meines Dienstzimmers: Puhl – Kriminalitätsverwalter.«
»Man sollte aber versuchen, aus der Lage das Beste zu machen.«
»Alles schön und gut«, erwidert Puhl, »man wirft uns doch nur Knüppel zwischen die Beine. Eben wollte ich zehn Fotokopien machen. Sagt mir doch das Fotolabor, daß ich nur drei bekomme, mehr müßte der Kommissariatsleiter schriftlich genehmigen. Alles muß schriftlich genehmigt werden: Ferngespräche, Dienstreisen, Pkw, Büromaterial . . . Bisher ist nur noch nicht vorgeschrieben, wieviel Blatt Scheißhauspapier ein Beamter bei einer Sitzung nehmen darf. Angestellte ein Blatt weniger.«
Puhl macht eine eindeutige Bewegung mit der Hand über sein Hinterteil.
Leß findet das gar nicht komisch.
»Warum lassen Sie sich eigentlich nicht versetzen, zum Beispiel zum 10. K.?«
»Ich denke nicht daran, mir die Nächte dauernd um die Ohren zu schlagen. Außerdem wäre das ganz neu, wenn bei uns jemand dorthin versetzt würde, wo er gerne Dienst machen will.

Sehen Sie doch selbst, die jungen Beamten sitzen in der EDV.«
Puhl wendet sich zum Gehen.
»Wo wollen Sie jetzt eigentlich hin?« ruft Leß ihm nach.
»Einen Beileidsbesuch machen.« Puhl ist schon am Ausgang angelangt und muß schreien. »Aber ich bleibe hier. Der Einbruch war schon letzte Nacht, jetzt ist es 14.30 Uhr. Falls Spuren da waren, hat der Geschädigte sie inzwischen verdorben. Ist doch sinnlos.«
Sinnlos – sinnlos – sinnlos, hallt es von den Garagenwänden zurück.

◇

Durch eine Glaswand kann man von dem Nebenraum der Kriminalwache den Beamten am Schreibtisch mit dem Funkmikrophon sehen. Zwei weitere Kriminalisten scheinen eine heftige Auseinandersetzung mit einem Mann zu haben, der wie einer der Gastwirte aus dem Bahnhofsviertel aussieht.
Leß achtet aber nicht auf diese Vorgänge, sondern widmet seine ganze Aufmerksamkeit den Worten Göttmanns.
»Auf diesen Fahndungszetteln ist Angelika Nottebrock abgebildet und sind verschiedene Fragen abgedruckt, u. a. wer sie zuletzt gesehen hat, wer ihren Freund – sprich Zuhälter – kennt, wo sie außer der Absteige eine Wohnung hat, wer näher mit ihr bekannt war usw. Für euch nichts Neues. Außerdem sind jetzt 5.000 DM Belohnung ausgesetzt.«
»Wird das morgen auch in der Presse gebracht?« fragt Menges.
»Ja«, antwortet Göttmann, »da aber Prostituierte bekanntlich nur sehr unzuverlässige Zeitungsleser sind, läuft unser Einsatz heute abend. Ich möchte, daß die Fahndungszettel an allen Dirnen-Standorten verteilt werden.«
»Sie zogen aus mit bunten Wimpeln und kehrten heim mit wunden Pimpeln.« Flock grinst unverschämt.
Göttmann ermahnt ihn freundschaftlich, ein Lachen unterdrückend: »Ich hoffe, daß Sie sich die übliche Zurückhaltung auferlegen, lieber Flock!«
»Ay, Ay, Sir. Jeder ist seines Schmückes Glied.«

Göttmann teilt zwei Gruppen ein: »Das eine Team übernimmt die Bahnhofsgegend einschließlich Autostrich Wiesbadener Straße, das andere Team die Gegend Zeil, Breite Gasse, Allerheiligen Straße.«
Zur ersten Gruppe werden Menges, Flock und Leß bestimmt.
»Sollen wir Funkverbindung halten?« fragt Herle.
»Nicht nötig«, entscheidet Göttmann. »Es ist jetzt 22.10 Uhr. Wir treffen uns um ein Uhr wieder hier.«
Sie nehmen alle ein Bündel der Fahndungszettel und verlassen den Raum. Durch die Glasscheibe sieht Leß im Weggehen, daß man den Festgenommenen auf der K-Wache gerade durchsucht.

◇

»Na Süßer, willst du mit mir orgassi geh'n?« Die blonde Dirne mit ihrem frechen kurzen Haarschnitt und der knabenhaften Figur schlendert auf Leß zu und zwinkert ihn mit langen falschen Wimpern an. Sie steht am Eingang zum Kontakthof des Eros-Center.
Für Leß ist der Kontakthof mit seinen glatten gelben Steinfliesen, deren kalte Hygiene im Widerspruch zu der schwülen Atmosphäre, dem schummrigen roten Licht und den Infrarot-Heizstrahlern steht, nicht neu. Nach der Abi-Feier hatten sie beschlossen, diese »Bildungslücke« zu schließen. Sie waren über den Kontakthof geschlendert, das Bild der trotz der aufreizenden Aufmachung billig wirkenden Dirnen und die geilen Blicke der männlichen Besucher hatten ihre alkoholselige Heiterkeit plötzlich gedämpft. Ernüchtert war Leß und seinen Freunden aufgegangen, daß sich hinter der Maskerade von Schminke, Haut und Sex viel Elend verbirgt. Daß hier ein Markt stattfindet, der unmenschlich ist, weil der menschliche Körper wie eine Ware zum vorübergehenden Kauf angeboten wird. Daß hier weder Liebe noch andere Werte Platz haben, die echte zwischenmenschliche Beziehungen ermöglichen. Daß die Tünche zu durchsichtig ist, die Blicke der Mädchen verraten, wie unglücklich sie sind. Daß ihr ordinär sich zur Schau stellen-

des Gehabe und ihre lockeren Redensarten überspielen, wie ihnen wirklich zumute ist. Daß sie einsam, verloren und traurig sind, weil es keinen Weg zurück gibt.
Es war kein schöner Abschluß der Abi-Feier. Die Bildungslükke hatte man allerdings geschlossen. Danach hatte Leß sich nicht träumen lassen, daß er als Kriminalbeamter an diesen Ort zurückkehren würde.
Während er von der Blonden angesprochen wird, registriert Menges, wie eine schwarzhaarige Dirne eine Gruppe anderer Mädchen laut warnt: »Achtung! Schmiere kommt!« Menges wundert sich einmal mehr über das Phänomen, mit welchem Gespür Ganoven und Prostituierte einem Kriminalbeamten den Beruf an der Nasenspitze ansehen.
»Nix orgassi, heute wird gearbeitet«, antwortet Leß der Blonden unbeholfen, um wenigstens etwas zu sagen.
»Kannst auch bei mir abarbeiten, Kleiner!«
Die schwarzhaarige, auf Zigeunerin zurechtgemachte Dirne ist mittlerweile bei der Blonden angelangt und flüstert ihr etwas ins Ohr.
»Ach so, Bullenbesuch. Schade.« Die Blonde wendet sich ab.
»Komm, Inge«, fährt Flock sie da jedoch an, »mach nur nicht auf vornehm, sonst muß ich mal ein Exempel und so weiter.«
»Sieh da, der Heinz. Hast wohl heute zur Tarnung zwei Neue mit. Hab' dich zuerst gar nicht gesehen. Übrigens heiße ich hier Alexandra.«
Menges wendet sich jetzt an die Mädchen in seiner Nähe.
»Hören Sie zu. Wir müssen mal kurz so etwas wie eine Betriebsversammlung abhalten.«
»Was? Sind Sie verrückt?« ruft die Inge alias Alexandra. »Wer hat denn hier Lampen?«
»Das werden Sie dann schon erfahren.«
»Und unser Geschäft?« will die Inge wissen. »Betriebsversammlung bei den Verkehrsbetrieben, ha, ha!«
Flock schaltet sich ein, da er eine laute Stimme hat: »Meine Damen, bitte mal herhören. Hier spricht die Kripo. Kommen Sie bitte einmal alle etwas näher.«

Ein lautes Gezeter und Geschnatter bricht an. Einige schimpfen, andere lachen. Prostituierte neigen immer zu Übertreibungen. Sie kleiden sich zu auffällig, sie schminken sich zu stark, sie sprechen zu laut. Dies entspricht ihrem Rollenverhalten und überdeckt ihre Unsicherheit und Lebensangst. Die ersten kommen näher.
Flock ruft erneut laut: »Meine Damen, meine Damen! Wir brauchen Ihre Unterstützung in einem Mordfall!«
Die »Zigeunerin« fragt Flock: »Bulle, kennst du den Unterschied zwischen einer Nutte und einem Krokodil?«
»Nein.«
»Dann laß dir mal von mir einen kauen!«
Die Umstehenden lachen laut. Jetzt kommen auch die letzten näher, denn letztlich siegt die Neugier.
Flock beherrscht jetzt klar die Lage. »Kennt ihr den Unterschied zwischen einem Schutzmann und einem Wal?« Er macht eine Kunstpause. »Es gibt keinen. Faul und träge, immer im Tran, die größte Kraft im Schwanz.«
Ein schallendes Gelächter, gemischt mit Kreischen, bricht los.
»Ihr seid ja ausnahmsweise ganz in Ordnung. Schießt los!« sagt eine mit Schaftstiefeln, die an Reitstiefel erinnern, und einem Lederröckchen – so kurz, daß ihr schwarzer Spitzenslip nicht zu übersehen ist.
Jetzt spricht wieder Menges: »Es geht um eine Kollegin von euch, Angelika Nottebrock. Sie ist erschossen worden. Wir verteilen jetzt Fahndungszettel an euch, lest die Fragen durch und helft uns, den Fall zu klären.«
Leß und Flock geben die Fahndungszettel aus, die ihnen fast aus der Hand gerissen werden.
»Ist doch klar, da arbeiten wir zusammen«, sagt eine. »Auf Wunsch werden Hinweise natürlich vertraulich behandelt«, bemerkt Menges.
»Das kenn' ich schon«, ruft eine andere. »Hab' so meine Erfahrung, von wegen vertraulich. Hinterher die Fresse vollkriegen vom Loddel. Bei mir kein Wort!« Sie wirft den Fahndungszettel auf den Boden.

Die Mädchen stehen herum, lesen die Zettel und diskutieren. Einige Männer, offensichtlich potentielle Kunden, gesellen sich dazu. Aus einer Gruppe von sechs Ausländern beschwert sich einer, den Zettel in der Hand: »Nix verstehn, ich türkisch, was los is?«
Die Reitstiefeldame spricht Leß an: »Wo ist denn die Nottebrock auf'n Wackel gegangen?«
»Kaiserstraße, da hatte sie die Absteige. Bediente meist nur Telefonkunden.«
»Dann hat sie auch 'nen Loddel«, stellt die Dirne fest und schlägt mit der Reitgerte zerstreut gegen ihre Stiefel.
»Eben, aber wen?« meint Leß.
»Ja, soll denn der Loddel sie erschossen haben?« will sie wissen.
»Da ist zunächst gar nichts erwiesen.«
Die Dirnen zerstreuen sich langsam wieder und nehmen ihre Plätze ein.
Menges, Flock und Leß gehen in Richtung Ausgang. Ihr Weg wird von einer Dirne gekreuzt. Im Vorbeigehen flüstert sie Leß zu: »Der Angelika ihr Loddel ist der Nobby Lenz.«
Leß hat die Worte kaum verstehen können. »Moment mal bitte, kann ich Sie kurz sprechen? So bleiben Sie doch stehen!«
Die Prostituierte dreht sich im Gehen um und antwortet laut, so daß andere es hören können: »Keine Zeit, junger Mann. Ich wüßte nicht warum. Ich weiß von nichts.«

◇

Karl Göttmann und Fred Leß sitzen in einem kleinen verschwiegenen Café in Neu-Isenburg, wo sie sich nachmittags mit Charles verabredet haben. Göttmann schaut auf die Uhr. »Heute ist Charles aber unpünktlich.«
»Bestimmt hat er den Hassan noch nicht erreicht.«
»Bis heute sollte er den Telefonanschluß von Hassan bekommen.«
»Dann wären wir wieder ein Stückchen weiter«, sagt Leß. Er rührt nachdenklich in seiner Tasse. »Komisch, alles was beim

10. K. läuft, ist wahnsinnig interessant. Wenn man dagegen den Kollegen Puhl hört, ist die Arbeit bei der Kripo einer der miesesten Jobs, die man sich vorstellen kann.«
Göttmann blickt überrascht auf. »So, Sie haben sich mit ihm unterhalten?« Er verzieht das Gesicht. »Ich halte nicht viel von ihm. Er ist der typische Schreibtischbeamte, der am liebsten eine Zeitungsannonce aufgeben würde: Die Herren Einbrecher werden gebeten, künftig nur von 07.30–16.30 Uhr tätig zu werden.«
»Wenn er aber nicht anders kann, bei der Masse Vorgänge?«
»Das ist doch Unsinn. Er muß halt Prioritäten setzen. So arbeitet er in allen Vorgängen gleichermaßen viel oder besser gesagt wenig. Der Erfolg ist entsprechend.«
»Sie meinen, einen Teil richtig bearbeiten und die Täter aufs Kreuz legen?«
»Genau«, bestätigt Göttmann, »dann ist der Einbruch so interessant wie jedes andere Gebiet. Aber dazu ist Puhl nicht der richtige Mann. Wenn der nicht um 17 Uhr die Filzpantoffeln anziehen und die Beine unter seinen Wohnzimmertisch strekken kann, bricht seine Welt fast zusammen. So kann man Kriminalität wirklich nicht bekämpfen!«
»Ich bin froh, mit Ihnen darüber reden zu können«, sagt Leß erleichtert, »mir waren doch einige Zweifel gekommen.«
»Aber lieber Herr Leß, was Sie aus Ihrem Job machen, liegt ganz alleine bei Ihnen. So können Sie sich zum Beispiel darauf beschränken, den Beschuldigten vorzuladen und – falls er tatsächlich kommt – so zu belehren, daß er garantiert die Aussage verweigert. Sie können, wenn Sie wollen, aber auch anders – mehr Material zusammentragen, den Hintergrund abklären: Wo verkehrt er, welchen Pkw fährt er, wer ist seine Freundin, wo muß im richtigen Moment durchsucht werden, hat er eine Zweitwohnung, wer gehört zu seinem Umgang, wer ist Mittäter, wann steigt das nächste Ding, wie kann man observieren, welche Dienststellen haben auch Erkenntnisse über ihn usw. usw.«
»Mit anderen Worten, es bleibt der Initiative jedes Sachbearbeiters überlassen«, meint Leß.

»Und des Kommissariatsleiters, Initiativen zu wecken«, ergänzt Göttmann. »Natürlich stellen sich uns täglich Schwierigkeiten in den Weg: es fehlt an Schreibkräften und Dienst-Pkws, die Verwaltung ist zu aufgebläht, und die Arbeit zu dritt in einem Büroraum ist nicht gerade leistungsfördernd.«
Leß erzählt Göttmann, daß Flock nach eigenen Angaben manchmal nur in der Kantine denken könne, weil in seinem Büro Herle Schreibmaschine schreibt und Schickl gleichzeitig telefoniert.
»Das liegt auf gleicher Ebene«, sagt Göttmann und schlürft an seinem Kaffee. »Aber Flocks Art gehört auch zum guten Betriebsklima. Ich wollte ihn nicht missen, er ist ein Pfundskumpel.«
»Also brauche ich es doch nicht zu bereuen, zur Kripo gegangen zu sein?«
»Lassen Sie sich nur nicht beirren. Spielen Sie Schach?«
»Ja, sehr gerne.«
»Sehen Sie, so ähnlich wie beim Schach geht es auch bei uns zu.« Göttmann nimmt zwei Zuckerstückchen und schiebt sie wie Schachfiguren über die Tischdecke. »Sie müssen die eigenen Figuren kennen, den Gegenspieler immer im Auge behalten, seine Züge voraussehen, taktisch klug darauf reagieren, im richtigen Moment angreifen und ihn matt setzen.«
»Also alles eine Frage der Logik?«
»Ja und nein. Logisch ist alles in der gegenständlichen Beweisführung. Wenn der Täter durch ein zerbrochenes Fenster gekrochen ist, dann ist es logisch, daß sich an den Bruchstellen Mikrospuren von Kleiderfasern befinden, die Glasscherben in Schlagrichtung liegen und in der Kleidung sowie am Schlagwerkzeug Glasspuren sein müssen. Der Logik zuwider ist oft das persönliche Verhalten des Täters, der häufig unberechenbar ist und dabei zunächst nicht berechenbare Fehler macht. – Ah, da kommt ja endlich Charles!«
Mit schwingenden Schritten und einem breiten Grinsen tritt Charles an ihren Tisch. »*Hello, friends*!«

◇

»Hier stinkt's aber mächtig nach Bullen!«
Der Zuhälter Norbert Lenz läßt sich eher die Treppe im Präsidium hochschieben, als daß er freiwillig hinaufsteigt.
»Werde nur nicht frech, Nobby«, fährt ihn Flock an. »Bei deinem Gesicht kriegt man jede Räumungsklage durch.«
»Ist das die feine englische Art der Kripo?« Lenz tut beleidigt.
»Im allgemeinen nicht«, sagt Herle, »aber das ist der Umgangston, den du gewohnt bist.«
»Dann behandelt mich nicht wie einen Heiermann-Loddel«, meint Lenz standesbewußt.
»Ganz wie der feine Herr wünschen«, spöttelt Flock.
Norbert Lenz verkörpert auch äußerlich den Typ eines Zuhälters. Er ist Ende zwanzig, hat schulterlange strähnige Haare, breite Backenknochen, eine Boxernase, strichförmige Augenbrauen und kalte Augen. Seine Gesichtszüge lassen auf brutale Eigenschaften schließen. Er trägt dunkelrote Samthosen mit einem Ledergürtel, dessen Metallverschluß übergroße Ausmaße hat. Das rosarote Seidenhemd ist vorne offen und zeigt die nackte Brust. Das Hemd ist mit breiten Spitzenrüschen umsäumt. Um den Hals trägt er ein goldenes Kettchen.
Sie haben jetzt Flocks Büro erreicht, und widerwillig tritt Lenz ein.
»Setz dich, Nobby.«
»Bei der Schmier hat sich noch keiner gut gesetzt.« Lenz hat so seine Erfahrungen, nimmt aber trotzdem Platz.
»Also, jetzt 'raus mit der Sprache!« fordert ihn Herle auf.
»Was heißt hier, 'raus mit der Sprache«, braust Lenz auf. »Warum habt ihr mich eigentlich auf der Rolle? Macht auf die linke Tour eine Durchsuchung bei mir, nehmt mich einfach mit. Vielleicht hör' ich jetzt, was eigentlich los ist.«
»Fangen wir mal ganz klein an«, antwortet Flock. »Bei der Durchsuchung haben wir zwei Sätze Blanko-Papiere, nämlich Kfz-Briefe, Kfz-Scheine, Führerscheine und grüne Versicherungskarten gefunden. Was ist damit?«
»Wollt ihr mich nicht erst belehren?« fragt Lenz aggressiv.
»Bei deiner forensischen Erfahrung überflüssig«, äußert Flock

spitz.»Na schön, also willst du was sagen oder nicht? Du mußt nicht.«
»Schon besser, meine Herren«, sagt Lenz anzüglich. »Wollen wir uns doch lieber an die Formen halten.«
»Nur nicht nervös werden, sonst ist alles zu spät«, stichelt Flock.
»Also gut, die Fleppen hat ein Besucher bei mir liegenlassen. Sozusagen vergessen.«
»Name?«
»Ich kenne ihn nur vom Sehen.«
»Ja, selbstverständlich, das ist der Mann, der nur einen rechten Oberarm hat«, höhnt Flock.
»Mr. Nobody oder so ähnlich«, ergänzt Herle ironisch.
»Na, ihr wißt ja schon alles. Wie immer«, stellt Lenz scheinbar gelassen fest.
»Wo steht zur Zeit dein Mercedes? Den Schlüssel hast du in der Tasche.«
»In der Garage, wo sonst?«
»Wo ist die Garage?«
»Das habe ich im Moment vergessen.«
»Ist krank, der Junge, retrograde Amnesie«, macht sich Flock lustig.
»Was ist?« Lenz versteht nicht.
»Wenn du meinst, wir wären blöd, bist du bei uns gerade richtig«, antwortet Flock sarkastisch.
»Na also.« Lenz grinst zufrieden.
»Kennst du die Angelika Nottebrock?«
»Nein, nie gehört.«
»Auch nichts von ihr gelesen?«
»Nein, nichts.«
»Wo warst du vorige Woche Dienstag nachts?«
»Bei meiner Verlobten Sabine.«
»Wie heißt sie weiter?«
»Möchte ich zunächst nicht sagen.«
Herle tippt mit seinem Finger unauffällig auf seine Armbanduhr, was nur Flock bemerkt. Das heißt übertragen, daß die Zeit

um ist, genug gefragt wurde. Solche Gesten dienen der Verständigung zwischen Kollegen, die sich gut kennen und aufeinander eingespielt sind.
»Der Kandidat hat 100 Punkte«, stellt Flock fest.
»Was heißt das?« will Lenz unsicher wissen.
»Daß es für den Haftbefehl reicht!« Herle lehnt sich zurück und ist auf die Reaktion gespannt.
Lenz springt auf und schreit: »Haftbefehl? Ihr tickt wohl nicht ganz sauber!«
»Doch«, sagt Flock ruhig, »damit ist es uns todernst. Oder wollen Sie in der Mordsache Nottebrock doch Angaben machen, Herr Lenz?«
»Ich weiß von nichts. Ich will sofort meinen Rechtsanwalt sprechen!«
»Bitte schön.« Flock schiebt ihm das Telefon hin.

◇

Göttmann sitzt an seinem Schreibtisch und hat den Telefonhörer in der Hand.
»Tut mir leid, Herr Gersing, Ihr Mandant sitzt seit circa zwei Stunden bei uns. Er wird morgen dem Haftrichter vorgeführt. – Nein, Akteneinsicht lehne ich ab. Das wissen Sie doch selbst als Anwalt, daß Sie darauf nicht bestehen können. – Haftgründe? Tatverdacht in der Mordsache Nottebrock, Urkundenfälschung, Verdunkelungsgefahr. – Wieso ungeheuerlich? Herr Lenz trägt in keiner Weise dazu bei, die Umstände zu klären. – Übrigens haben wir vor zehn Minuten den Mercedes Ihres Mandanten aufgefunden. Das Fahrzeug war aufgebrochen. Sehr merkwürdig. Wiederhören.«

◇

Menges befindet sich in der Einsatzzentrale der Schutzpolizei. An einem breiten Funktisch sitzen drei uniformierte Beamte, die den Funkverkehr abwickeln, Anrufe über Polizeinotruf entgegennehmen und die Einbruchs- und Überfallmeldeanlagen, die an Banken, Juweliergeschäfte sowie andere Objekte angeschlossen sind, überwachen. An der Wand flimmern zahllose Monitoren, die den Straßenverkehr aus allen Brennpunkten der Stadt übertragen. Hierfür sind zwei andere Kollegen zuständig, welche die fernbedienten Kameras steuern und in das automatische Programm der Verkehrssignalanlagen eingreifen, wenn dies wegen eines Unfalls, eines Staus oder aus anderen Gründen notwendig wird. Verantwortlich für alle diese Sofortmaßnahmen ist der Kommissar vom Dienst der Schutzpolizei. Mit ihm, Polizeihauptkommissar Nolte, unterhält sich Menges. Menges beschwert sich:

»Es war doch wirklich nur eine Kleinigkeit, worum ich gebeten hatte. Sagt mir doch dieser Mensch am Funk, wir sollen unseren Scheißdreck alleine machen.«

»Ich habe es gehört, es war sehr unhöflich. Ich habe auch schon auf der Wache angerufen. Der Mercedes dieses – wie hieß er noch?«

»Lenz.«

». . . dieses Lenz wird selbstverständlich von uns abgeschleppt und sichergestellt.«

»Das beruhigt mich sehr«, stellt Menges fest. »Ich habe schon gedacht, wenn so künftig die Unterstützung der Schutzpolizei aussieht, dann gute Nacht.«

»Sie glauben gar nicht«, antwortet Nolte, »wie empfindlich die einzelnen Beamten reagieren, wenn das Verhältnis zwischen ›S‹ und ›K‹ berührt wird. Wie die Mimosen.«

»Dazu gibt es doch keinen Grund«, meint Menges.

»Doch, und mehr als einen. Ich nenne nur: Stellenverhältnis, Image, Berufszufriedenheit.«

»Das müssen Sie mir näher erklären.«

Nolte tut dies: »›K‹ hat prozentual mehr Stellen für Hauptmeister und Kommissare. Durch Einstellungstests findet eine Personalauslese statt. Durchschnittlich hat folglich ›K‹ die besseren Leute. Bei ›S‹ sind aber auch nicht wenige clevere Beamte, und die fühlen sich benachteiligt.«

»Richtig«, stellt Menges fest. »Bis jetzt kann ich folgen.«

Nolte fährt fort: »Das Image der Kripo wird doch durch die Presse und jeden Krimi im Fernsehen oder Kino ständig aufgebaut. Der Kriminalkommissar ist Held der Story, der Uniformierte erledigt Botengänge, ist Aufpasser und Schläger oder muß Kaffee kochen.«
»Stimmt«, gibt Menges zu. »Ist ausgesprochen ungerecht.«
»So, Kollege, und jetzt vergleiche mal die Tätigkeiten. Der Mann von ›K‹ erhält zehn Ermittlungsvorgänge. Davon klärt er mindestens vier bis fünf – so hoch ist doch, glaube ich, die Gesamtaufklärungsquote – hat also in 40–50 % ein Erfolgserlebnis. Die Geschädigten sind ihm zusätzlich dankbar. Der Schutzmann dagegen macht acht gebührenpflichtige Verwarnungen, sperrt einen Besoffenen ein und schlichtet eine Schlägerei. Er ärgert sich zehnmal mit den Leuten herum und wird zehnmal frustriert. Und das Tag für Tag. Geht Ihnen ein Licht auf?«
Menges ist nachdenklich geworden. »Von der Seite habe ich es, ehrlich gesagt, noch gar nicht betrachtet.«
»Sehen Sie, daraus resultiert die Überempfindlichkeit. Der Beamte von ›S‹ ist enger an Weisungen gebunden, dadurch zwangsläufig unselbständiger, hat seltener ein Erfolgserlebnis, wodurch Leistungsbereitschaft und Leistungsfähigkeit gedrückt werden. Dies führt zu Berufsunzufriedenheit sowie zu einer Fehleinschätzung des eigenen sozialen Ansehens.«
»Während der Beamte von ›K‹ selbständig arbeitet«, ergänzt Menges, »eine größere Verantwortungs- und Entscheidungsfreiheit hat, zudem ein gesundes Verhältnis zu seinen Vorgesetzten besitzt und im allgemeinen mit seinem Beruf zufrieden ist.«
»Ich sehe, wir haben uns verstanden«, stellt Nolte fest.
»Herr Nolte, Sie sind ein kluger Mann«, scherzt Menges. »Fast hätte ich gesagt, wir könnten Sie bei ›K‹ gebrauchen.«
Nolte lacht. »Hauen Sie bloß ab, Mann.«

◇

Lautlos gleitet der holzgetäfelte Fahrstuhl empor zur Chef-

etage. Normale Sterbliche dürfen ihn nicht benutzen. Aber mit ihren Kripo-Marken konnten Göttmann und Leß den Portier schnell überzeugen. Der alte Herr hat früher gedient und weiß, was er einem höheren Dienstgrad schuldig ist.
Die gediegene Umgebung setzt sich fort, als sie über schweren Teppichboden zu dem Vorzimmer des Generaldirektors Dr. Mandler gelangen. Die Schritte werden gedämpft, Göttmann sagt kein Wort, und Leß kommt zu der Überzeugung, daß dieses Düsseldorfer Industrieunternehmen auf solventer Grundlage stehen muß.
Die Vorzimmerdame blickt sie prüfend an. Sie ist die personifizierte Sachlichkeit; strenger Haarschnitt, große Brille, nicht schön und nicht häßlich, Alter unbestimmt. »Sie wünschen bitte?«
»Wir möchten Herrn Generaldirektor Mandler sprechen.«
»Sind Sie angemeldet?«
»Leider nein.«
»Dann tut es mir leid.« Sie schüttelt energisch den Kopf. »Wer sind Sie denn?«
»Mein Name ist Göttmann, dies ist Herr Leß. Wir sind Kriminalbeamte.«
»Dienstgrad?«
»Der tut wohl nichts zur Sache.« Göttmann denkt sich, daß in der Hierarchie dieses Hauses alle vom Abteilungsleiter abwärts vor dieser Dame strammzustehen haben. Und er stellt sich darauf ein.
»Wie schon gesagt, wenn Sie keinen Termin haben, der Herr Generaldirektor ist besetzt.«
»Dann fragen Sie ihn bitte persönlich«, sagt Göttmann mit einem unfreundlichen Unterton.
»Es geht heute nicht, ich habe Ihnen bereits meine Entscheidung mitgeteilt.« Sie wendet sich ab, tut so, als seien die Beamten für sie Luft und schlägt eine Akte auf.
»Ich weiß zwar nicht, wieviel Sie hier zu sagen haben, mich jedenfalls interessiert Ihre Entscheidung überhaupt nicht.« Göttmann spricht scharf und laut. »Ich verlange augenblick-

lich, Herrn Mandler mindestens telefonisch zu sprechen. Herr Mandler wird uns schon wissen lassen, ob und wann er Zeit für uns hat!«

Fast erschrocken klappt sie die Akte zu und macht ganz große Augen, denn sie ist nicht gewohnt, daß man so mit ihr umgeht. Sie beugt sich dem Generaldirektor, die Abteilungsleiter sieht sie auf einer Ebene mit sich, und alle anderen, kleine Kriminalbeamte eingeschlossen, stuft sie viel weiter unten ein.

»Unglaublich, was für einen Ton erlauben Sie sich!«

Es tritt aber das ein, womit Göttmann gerechnet hat. Sie greift zum Telefon. Leß hat mit innerem Vergnügen den Wortwechsel verfolgt und weiß bereits jetzt, daß sich Göttmann durchsetzen wird. Er bewundert die modernen Büromöbel, die wie eine Schaltzentrale die Chefsekretärin umgeben, die Telefonanlage ohne Wählscheibe, mit vielen Knöpfen, sowie die elektrische IBM-Kugelkopfschreibmaschine und stellt Vergleiche mit den Büros des 10. K. an.

»Herr Generaldirektor, entschuldigen Sie die Störung. Hier sind zwei Herren von der Kripo. – Ja, bereits hier. – Bestehen darauf, Sie zu sprechen. – Ja, nein, einen Moment bitte.«

Sie fragt Göttmann: »In welcher Angelegenheit kommen Sie?«

Göttmann zögert kurz. »Sagen Sie, in Sachen Kaiserstraße.«

»Er sagt, in Sachen Kaiserstraße. – Ja. – Einen Moment bitte, Herr Generaldirektor.«

Wieder wendet sie sich an Göttmann. »Sie sind nicht aus Düsseldorf?«

»Nein, nicht aus Düsseldorf.«

»Herr Generaldirektor, die Herren sind nicht von hier. Ja, aber – aber – ich habe verstanden.«

Sie legt das Telefon auf. »Nehmen Sie bitte Platz. Herr Generaldirektor Dr. Mandler sagt, daß er Ihnen sogleich zur Verfügung steht«, flötet sie spitz.

Göttmann erspart sich einen Kommentar. Leß folgert, daß das Wort »Kriminalpolizei« ein richtiges Sesam-öffne-Dich ist. Man kann damit zu höchsten Stellen fast mühelos vordringen. Hat jemand nichts auf dem Kerbholz, plagt ihn das schlechte

Gewissen, ob nicht doch irgend etwas sein könnte, so wie fast jeden ein unbegründetes Schuldgefühl überfällt, wenn im Straßenverkehr ein Streifenwagen hinter ihm fährt. Mindestens ist der Betroffene aber neugierig, was die Kripo von ihm will. Wenn aber jemand wirklich etwas zu verbergen hat, läßt er die Kripo zu sich vor, um zu erfahren, ob die Polizei alles, ein bißchen oder etwas ganz anderes weiß. Leß findet diese Macht der Polizei, zu der sie selbst allerdings nichts kann, etwas unfair, aber andererseits sehr praktisch. Da die Polizei auf diese Weise den Kontakt findet und ein Gespräch führen kann, ist es auch legitim, den psychologischen Hintergrund auszunutzen, und Leß hält es für in Ordnung.

Es dauert nicht viel länger als eine Minute, bis sich die Tür zum Zimmer des Generaldirektors öffnet. Drei Herren, denen man den Drive des Managers ansieht, verlassen ihren Chef. Dr. Mandler erscheint.

»Darf ich bitten, ich bin Dr. Mandler.«

»Danke schön, mein Name ist Göttmann.«

»Ich heiße Leß, guten Tag.«

Leß hat sich Dr. Mandler anders vorgestellt. Viel älter, würdig, väterlich. Doch er ist höchstens fünfzig, smart, elegant.

Sie nehmen im feudalen Chef-Büro auf einer schwarzen Ledergarnitur Platz, die um einen schweren Glastisch gruppiert ist und über die sich eine große Bogenlampe wölbt. Zwei Wände des Raumes und die Decke sind in Palisander getäfelt. Aus gleichem Holz ist auch der ausladende Schreibtisch. Eine Wand besteht aus groben Natursteinen, in deren Spalten sich Kletterpflanzen emporranken. Die vierte Front besteht nur aus Fenster mit einem herrlichen Ausblick aus dem 11. Stock über den Rhein, über die Theodor-Heuss-Brücke mit ihren langen Stahltrossen, über den Rheinpark, den Yachthafen und im Hintergrund auf die Ausläufer des Bergischen Landes.

»Nun, meine Herren, worum geht's?«

»Eine für Sie etwas delikate Angelegenheit, Herr Dr. Mandler. Ich darf Ihnen aber versichern, daß wir als nüchterne Kriminalisten die Angelegenheit völlig wertneutral sehen.«

»Ja bitte, aber was ist denn geschehen?« will Dr. Mandler ungeduldig wissen.
»Sie haben nähere Beziehungen zu einer Angelika Nottebrock unterhalten. Jedenfalls ergibt sich das aus privaten Aufzeichnungen dieser Dame. Ist das richtig?« fragt Göttmann.
»Ja, anläßlich verschiedener Dienstreisen.«
»Fräulein Nottebrock ist vorige Woche erschossen aufgefunden worden.«
»Du großer Gott!« Mandler hat einen entsetzten Gesichtsausdruck.
»Wir müssen nun alle Personen überprüfen, die zu ihr Kontakt hatten«, eröffnet ihm Göttmann emotionslos.
»Aber, um Himmels willen, Sie glauben doch nicht etwa, daß ich mit dem Vorfall, äh, der Tat etwas zu tun habe?« ruft Dr. Mandler vorwurfsvoll und ärgerlich aus.
»Kriminalisten haben nichts zu glauben. Solange der Täter nicht feststeht, ermitteln wir ohne Ansehen der Person«, antwortet Göttmann respektlos.
»Aber ich hätte doch gar kein Motiv!«
»Sagen Sie das nicht, Dr. Mandler. Kollege Leß, spielen Sie bitte mal vor.«
Leß nimmt einen Kassettenrekorder aus der Aktentasche und drückt die Taste. Man hört das Zwiegespräch zwischen Angelika Nottebrock und ihrem Liebhaber. Bei den ersten Sätzen entfährt es Dr. Mandler: »Um Himmels willen!« Dann hört er sich das Band mit unbewegtem Gesicht, keine weitere Gefühlsregung zeigend, bis zum Ende an. Er blickt starr aus dem Fenster, auch als wieder Stille eingetreten ist. Leß kann nicht begreifen, wie sich dieser distinguierte Weltmann auf das Niveau dieser Dirne begeben konnte.
Göttmann unterbricht das Schweigen: »Es ist Ihre Stimme, Herr Dr. Mandler?«
»Ja, natürlich, leider. Schrecklich. Wie kommen Sie daran? Wer hat die Aufnahme gemacht?«
»Vermutlich Angelika Nottebrock.«
»Diese Aufnahme in falsche Hände«, sagt Dr. Mandler leise,

»und ich wäre erledigt. Oder hätte jedenfalls großen Schaden.«
»Sind Sie erpreßt worden?« fragt Göttmann.
»Erpreßt? Nein.«
»Kann ich mich auf diese Auskunft verlassen, Herr Dr. Mandler?« Göttmanns Frage ist eindringlich. »Es wäre völlig falsch und für Sie sehr riskant, wenn Sie in diesem Punkt etwas Falsches sagen würden.«
»Ich versichere Ihnen, ich bin noch nie in meinem Leben erpreßt worden.« Nach einer Pause: »Außer zu meiner Eheschließung.«
»Ist es versucht worden?«
»Auch nicht versucht.«
»Sie haben nichts dagegen, wenn wir diese Unterhaltung aufzeichnen?«
»Nein.«
Leß drückt die Aufnahmetaste.
»Wo waren Sie in der Nacht von Montag auf Dienstag vorige Woche?« fragt Göttmann.
»Aber, Herr Göttmann, ich habe dem Mädchen nichts getan!«
»Herr Dr. Mandler«, entgegnet Göttmann geduldig, »wir suchen einen unbekannten Mörder. Der Mörder kann ein Zuhälter sein. Der Mörder kann jemand sein, der erpreßt wurde. Der Mörder kann der letzte Kunde gewesen sein, der an ihr Geld wollte oder der pervers war. Der Mörder kann auch der Erpresser sein, der das Mädchen als Mitwisserin beseitigte. Sie sehen, nichts ist unmöglich.«
»Also schön, zu dieser Zeit habe ich mich anläßlich einer Unternehmertagung in London aufgehalten, dort im Sheraton-Hotel gewohnt und – wenn ich mich recht erinnere – an dem fraglichen Abend mit Geschäftsfreunden einen Soho-Bummel gemacht.«
»Wer waren die Geschäftsfreunde?« bohrt Göttmann weiter.
»Ausgeschlossen, daß ich Ihnen das sage. Sie ruinieren meinen Ruf.«
Leß fragt: »Waren es die Herren Neuenhagen und Frause?«
»Woher wissen Sie?« Dr. Mandler erscheint erstaunt.

»Es sind die Namen vom Tonband«, erklärt ihm Leß.
»Ach so. Na gut. Mein kaufmännischer Direktor, Herr Wagner, war noch dabei.«
»Können wir ihn befragen?« erkundigt sich Göttmann der Form halber.
»Wenn es unumgänglich notwendig ist, ja.«
Göttmann wendet sich an Leß: »Herr Leß, erledigen Sie das bitte zwischendurch.«
Dr. Mandler greift zum Telefon. »Ich rufe ihn gerade an. Er kann herkommen.«
Göttmann will das auf keinen Fall. »Bemühen Sie sich bitte nicht, mein Kollege ist ein intelligenter junger Mann, er findet sich schon zurecht.«
Leß verschwindet durch die ledergepolsterte doppelte Tür des Büros.
»Sie glauben gar nicht, wie unangenehm mir das alles ist«, klagt Dr. Mandler.
»Das kann ich Ihnen nachfühlen«, beschwichtigt Göttmann. »Übrigens, hatten Sie in den letzten 6 Monaten größere Ausgaben – zum Beispiel Summen, die 5.000 DM überstiegen?«
»Außer Lebenshaltungskosten und Dienstreisen keine.«
»Würden Sie mir Ihre schriftliche Erlaubnis erteilen, Ihre Bankkonten dahingehend zu überprüfen?«
»Ja bitte.«
»Herr Dr. Mandler, außerdem benötigen wir von Ihnen eine Haarprobe, und zwar Schamhaar.«
»Na also, das geht aber zu weit!« Dr. Mandler ist entrüstet.
»Tut mir leid, ist erforderlich.«
»Aber warum denn?« braust Dr. Mandler auf.
»Weil es zu Vergleichszwecken gebraucht wird. Im Bett des Opfers befand sich ein fremdes Schamhaar.«
»Und wenn ich mich weigere?«
»Dann lasse ich es richterlich anordnen.«
»Na gut. Kann ich Ihnen das zuschicken?«
»Aber nein«, erklärt ihm Göttmann, »dann wissen wir ja nicht, ob es von Ihnen ist. Sie können es auch hier bei der örtlichen Kripo machen lassen.«

»Nein, nur nicht. Da komme ich lieber zu Ihnen. Oder wenn schon, warum nicht jetzt gleich?«
»Ist mir auch recht.«
»Und wie geht das vor sich?«
»Nehmen Sie ein weißes Blatt Papier, dann einmal kurz rupfen.«
»Es ist zum Kotzen, warum habe ich mich mit diesem Miststück eingelassen?« Dr. Mandler droht erstmals die Fassung zu verlieren.
»Immerhin ist es tot, das Mädchen. Mit 24 Jahren.«
Dr. Mandler drückt die Sprechanlage auf seinem Schreibtisch und sagt wütend: »Frau Pichler, daß mir keiner 'reinkommt! Auch Sie nicht!«
Dr. Mandler begibt sich hinter den mannshohen Gummibaum neben seinem Schreibtisch und tut, was ihm Göttmann aufgetragen hat. Halb von den großen grünen Blättern verdeckt, sieht Göttmann das Fallen der Hose und dreht sich um. Er hört ein unterdrücktes »Au« und ist sich bewußt, wie entwürdigend die Situation für Dr. Mandler ist.
Dr. Mandler kommt hinter der Pflanze hervor und reicht, mit der einen Hand die rutschende Hose haltend, das gefaltete Blatt Papier.
»Hätte mir das heute morgen jemand gesagt, wozu Sie mich als Generaldirektor im eigenen Haus mehr oder weniger freiwillig zwingen, ich hätte ihn 'rausgeworfen.«
Göttmann ist froh, daß das Telefon läutet und ablenkt.
»Mandler.« Er sagt es ärgerlich und zu laut in die Hörmuschel. »Soll hereinkommen.«
Leß kehrt zurück.
Göttmann fragt ihn: »Nun, Herr Leß?«
»Herr Wagner sagt, daß man von 17 Uhr an gemeinsam einen Besuch des Vergnügungsviertels Soho unternommen habe und gegen 23 Uhr in das Sheraton zurückgekehrt sei.«
»Na bitte!« sagt Dr. Mandler vorwurfsvoll.
Leß fährt fort: »Beim Flughafen Düsseldorf habe ich telefonisch erfahren, daß der letzte Flug von London nach Rhein-

Main-Frankfurt um 00.30 Uhr geht und morgens um 6 Uhr der erste von Frankfurt nach London.«
»Sie haben also für die Tatzeit kein Alibi, Herr Dr. Mandler«, stellt Göttmann fest. »Theoretisch können Sie in Frankfurt gewesen sein. Der Mord war übrigens in der Nähe des Flughafens.«
Dr. Mandler war bisher trotz aller Anwürfe relativ beherrscht. Jetzt zeigt er aber sichtbare Erregung: »Ich bitte Sie um alles in der Welt!«
»Theoretisch, sagte ich. Was fahren Sie für einen Wagen?«
»Mercedes.«
»280?«
»Ja, 280.«

◇

»Da hilft kein Pudern und kein Schminken, wer fremd geht, sieht seine Haare schwinden.«
»Sei doch leise«, fährt Menges Heinz Flock an, »wenn das jemand hört.« Sie sitzen im »Hansa-Eck«. Flock hat etwas zu schnell getrunken. Er schwenkt sein Bierglas. »Neues Gesellschaftsspiel: 35mal Sackhaare rupfen.«
Göttmann bedeutet Flock, ruhig zu sein, indem er sich einen Zeigefinger auf die Lippen legt, und Herle sagt mit gedämpfter Stimme: »Der eine Typ wollte partout nicht zum Präsidium kommen. Er sei zu prominent, um sich der hochnotpeinlichen Prozedur zu unterziehen.«
»Und was sich so alles Millionär nennt«, meint Schickl leise, »pfui Teufel, gestunken wie ein nasser Fuchs.«
»Wenn das Schule macht, werden einige bald restlos kahl sein!« platzt Flock erneut laut heraus.
Alle protestieren und fordern ihn auf, sein lautes Gerede zu lassen, woraufhin er sich beschwert, daß er nicht einmal in Ruhe sein Bier trinken könne. Beleidigt trollt er sich an die Theke und ist schnell an einer lautstarken Diskussion mit dem Hansa-Schorsch über die Trägheit von Beamten im allgemeinen und von Polizeibeamten im besonderen beteiligt.

Leß fragt Göttmann, ob er den Düsseldorfer als tatverdächtig bezeichnen würde.
»Er und Nobby Lenz sind zur Zeit die beiden wichtigsten Spuren«, antwortet Göttmann.»Ich würde so sagen: Ein Tatverdacht ist nicht begründet, aber das Gegenteil bis jetzt auch nicht bewiesen. In Düsseldorf fehlt noch ein bißchen, sonst hätten wir den Mercedes zur Spurensuche sichergestellt und die Wohnung sowie das Büro nach der Tatwaffe durchsucht. Vorher soll uns aber Scotland Yard noch einige Kleinigkeiten im Sheraton-Hotel und bei der BEA ermitteln.«
»Und Nobby Lenz?«
»Während der Düsseldorfer als Erpressungsopfer ein Motiv haben könnte, macht sich Lenz in erster Linie verdächtig, weil er die Angelika nicht kennen, ja noch nicht einmal von ihrem Tode gehört oder gelesen haben will.«
»In diesen Kreisen war das doch Stadtgespräch, selbst wenn er nicht ihr Zuhälter sein sollte«, sagt Menges.
Göttmann wedelt den Rauch aus Menges Pfeife mit einem Bierdeckel von sich fort. »Nun warten wir mal ab. Wir haben noch viel Arbeit.«
»Außerdem ist das Verhältnis der Getöteten zu dem Ehepaar Wennekamp und Maurice Pirot völlig unklar. Vergessen wir nicht das Haschisch in ihrer Handtasche«, sagt Schickl.
»Ja richtig«, bestätigt Göttmann.
»Wie Mörder sehen die aber alle nicht aus«, stellt Leß fest.
»Ich habe in meiner Laufbahn einige Mörder kennengelernt, aber keinem hätte man es an der Nasenspitze angesehen«, meint Göttmann.
»Das kann ich bestätigen«, stimmt Menges zu. »Mörder sind oft keine richtigen Ganoven.«
»Nehmen Sie zum Beispiel einen Affekttäter«, erklärt Göttmann Leß, »bei ihm brennt eine Sicherung durch, er tötet einen Menschen. In einer anderen Sekunde wäre vielleicht seine Reizschwelle höher gewesen und er hätte es nie getan.«
»Das ist ohnehin die Frage, wie weit jeder Mensch vom Verbrechen entfernt ist«, sagt Schickl.

»Mindestens in Gedanken.«
»Behandelt jeden Menschen nach seinem Verdienst, und wer ist vor Schlägen sicher?« zitiert Göttmann Shakespeare.
Leß ist sehr nachdenklich geworden. Er fragt sich, wie weit er selbst wohl vom Verbrechen entfernt sein mag. Und er überlegt, wie er sich verhalten hätte, wenn er im Dritten Reich Polizeibeamter gewesen wäre. Man hätte von ihm Festnahmen, Durchsuchungen, Vernehmungen verlangen können, obwohl er von der Unschuld dieser Leute überzeugt gewesen wäre. Vielleicht hätte man ihn vor die Alternative gestellt, zur Gestapo oder SS versetzt zu werden, oder von ihm erwartet, daß er auch Foltermaßnahmen anwendet. Seit er das Tagebuch der Anne Frank gelesen hat, ist ihm erst richtig aufgegangen, was damals passierte. Er ist sich absolut sicher, daß er sich niemals an den Greueltaten gegenüber Juden beteiligt hätte und daß er unmöglich Menschen bei einer Vernehmung schlagen, sie roh und herzlos behandeln oder nur wegen ihrer Zugehörigkeit zu einer anderen Rasse als Untermenschen abqualifizieren könnte. Nein, so hätte er sich nie schuldig machen können, aber wie steht es mit anderer Art Kriminalität? Kann er in jeder Situation für sich garantieren? Ist es nicht Zufall, daß er durch den Beruf auf der anderen Seite steht? Ist nicht jeder Mensch zum Beispiel bestechlich – es kommt nur auf die Summe an? Würde er eine gefundene Brieftasche mit 5.000 DM abgeben, wenn er wüßte, daß sie einem Mr. Neureich gehört? Was könnten Liebe, Haß, Verführung in einer bestimmten Lebenslage bewirken? Fragen, auf die er keine Antwort wagt.
»Komm, Benjamin, trink ein Bier mit mir.« Flock steht neben Leß und reißt ihn mit einem freundschaftlichen Schlag auf die Schulter aus den Gedanken. »Sonst schläfst du mir noch ein!«

◇

Auch engagierte und einsatzfreudige Kriminalisten sind mehr als die Hälfte ihrer Dienstzeit an den Schreibtisch gebunden, um das zu Papier zu bringen, was sie ermittelt haben, und um Vernehmungen zu fertigen. »*Quod non est in actis, non est in*

mundo«, pflegt Göttmann immer zu sagen. An seinem Schreibtisch sitzt jetzt auch Menges, als Leß zu ihm in das Büro kommt.
»Ich glaube, ich habe die Sabine! Schauen Sie sich mal diese Kriminalakte an. Es handelt sich um die Prostituierte Doris Müller, genannt Sabine Freisfeld. Sehen Sie hier.« Leß zeigt Menges die Stelle in der Akte. »1973 Strafanzeige von ihr gegen Norbert Lenz wegen Körperverletzung, Strafantrag dann zurückgezogen. Und hier 1974 Anzeige gegen sie selbst wegen Verdachts des Beischlafdiebstahls, 2.400 DM. Als Mittäter, da im Nebenraum der Absteige anwesend, Norbert Lenz festgenommen. Die alte Masche. Der Freier muß sich ausziehen, wird aber dann zum eigentlichen Geschäft in das andere Zimmer gebeten, und die zurückbleibende Kleidung wird vom Zuhälter ausgeraubt.«
»Tatsächlich«, stimmt Menges zu, »das kann nur dem Nobby seine Sabine sein. Wie sind Sie darauf gekommen?«
»EDV-Abfrage war ohne Ergebnis. Da habe ich die Dirnen-Kartei durchgesehen. Es gab elf mit dem Vornamen Sabine, die haben aber alle nicht gepaßt. Dann habe ich in der Dirnenkartei die Spitz-, Ruf- und Aliasnamen überprüft. So bin ich auf die Doris Müller gestoßen, die sich Sabine Freisfeld nennt.«
»Gute Arbeit, Kollege Leß«, lobt ihn Menges.

◇

Gegenüber einem Appartementhaus in der Münchner Straße, halb verdeckt von einem Möbelwagen, sitzen Flock, Schickl und Leß im Dienst-Pkw und beobachten die Dirnen, die einzeln und in Gruppen vor diesem Haus stehen. Obwohl es noch früh am Nachmittag ist, herrscht bereits Hochbetrieb. In der einen Stunde ihres Wartens haben sie die »Verkehrsregeln«, wie es Flock ausdrückte, mühelos erkennen können. Meistens spricht die Dirne die Männer an, nicht umgekehrt. Passanten kümmern sich fast nie darum, ernsthafte Interessenten verraten sich schon 50 Meter vorher. Sie schlendern heran oder wollen nur scheinbar vorbeigehen und bleiben allzu schnell

stehen. Nur selten steuert ein Freier die Dirne direkt an. Einige schleichen erst herum wie die Katze um den heißen Brei; ein Jüngling mit Pubertätspickeln steht jetzt schon die ganze Zeit auf der anderen Seite an einen Laternenpfahl gelehnt und schaut sehnsüchtig zu den Damen herüber. Entweder hat er kein Geld oder keinen Mut. Südländer und Farbige werden offensichtlich standesbewußt abgelehnt, für diese ist die Dirnenzunft der gehobenen Unterschicht zuständig, hier befindet man sich – bitteschön – bei der unteren Mittelschicht. Ganz unten rangieren die Penner- und Bahnhofsnutten.
Ist man sich über den Preis handelseinig, begibt man sich auf den Weg ins Haus. Dabei erweisen sich die Dirnen als ausgesprochen anpassungsfähig. Absprachegemäß gehen sie meist vor, der Freier folgt je nach Courage, Familienstand oder Schüchternheitsgrad im Abstand von zwei, fünf oder zehn Metern. Verwegene gehen unbefangen neben dem Mädchen; ganz Verzweifelte hängen sich bei der Dame ein und wollen ein bürgerliches Ehepaar vortäuschen.
Der »Umsatz« des Mädchens, von dem sie jetzt einigermaßen sicher sind, daß es die Sabine ist, scheint gut zu sein. Sie hat in der einen Stunde drei Freier abgefertigt. Genau acht Minuten hat Flock für jeden Liebesdienst von ihrem Verschwinden bis zum Wiederkommen gestoppt. Schickl hat errechnet, daß für die reine Arbeitszeit dabei ein Stundenlohn von 375 DM herauskommt. Flock meint dazu, daß eben das Know-how bezahlt werden müsse, das Handwerkszeug sei nicht so kostenintensiv.
Amüsant ist zu beobachten, wie der Freier das Haus verläßt. Keiner kommt mit der Dirne gemeinsam heraus. Die Tür geht auf, und zunächst tritt sie auf die Straße, blinzelt in die Sonne und schon wieder nach dem nächsten Opfer. Dann tritt sie zu ihren Kolleginnen und berichtet über ihren letzten Klienten. Im Vordergrund stehen der erzielte Preis und die Techniken, mit möglichst wenig körperlichem und mehr manuellem Aufwand das Ziel erreicht zu haben. Sofort nachdem sich die Tür hinter ihr geschlossen hat, öffnet sie sich erneut und er erscheint. Symptomatisch für alle ist der scheue Blick nach rechts

und links, ob auch kein Bekannter zufällig in der Nähe ist, und im Eilschritt entflieht das personifizierte schlechte Gewissen, oft den Mantelkragen hochgeschlagen oder den Hut tief in das Gesicht gedrückt oder beides. Er flieht vor ihr, vor der Stätte der Unzucht, vor sich selbst.
Gemeinsam haben beide dann schließlich noch das Anstecken einer Zigarette, er nach 100 Metern Entfernung. Die Zigarette danach – wie unterschiedlich kann man sie rauchen . . .
Leß hält das dreiteilige ED-Bild der Doris Müller alias Sabine Freisfeld in der Hand.
»Die mit dem karierten Rock und dem dunklen Pullover, das muß die Sabine sein.«
»Ich glaube auch«, meint Flock, »obwohl die Bienchen ständig die Perücken wechseln und es dadurch sehr schwer ist, sie zu erkennen.«
»Also gut, holen wir sie«, sagt Schickl entschlossen.
»Moment mal, wir müßten doch auch die Absteige durchsuchen, von wegen Tatwaffe und so«, erklärt Flock.
»Ja richtig, Heinz.«
»Und wie finden wir heraus, wo sie ihre Absteige hat? Sie bindet es uns bestimmt nicht auf die Nase. Und an Klingeln und Türen stehen hier erfahrungsgemäß keine Namen.«
»Sie hat aber die passenden Schlüssel einstecken.« Leß zieht diese richtige Schlußfolgerung.
»Schon gut, da müssen wir so um die achtzig Türen abklappern«, gibt Schickl zu bedenken. »Wie ich uns so kenne, ist die vorletzte dann die richtige.«
Flock schlägt vor: »Wir machen es so: Ich laß' mich anquatschen, geh' mit ihr mit, Fred betritt mit uns den Fahrstuhl, sieht, welche Etage sie drückt, fährt einen Stock tiefer, kommt zu Fuß hoch und reißt mich aus ihren Armen.«
»O. K., ich bleib' am Funk«, sagt Schickl.
Aus entgegengesetzten Richtungen gehen Flock und Leß auf das Haus zu. Flock bleibt bei Sabine stehen, die sich gerade von einer Gruppe der Mädchen entfernt hat.
»Na, Süßer. Wie wär's mit uns beiden?«

»Was kostet es denn?«
»Kurze 50 oder lange 100, wie du willst.«
»Mit 50 bin ich zufrieden.«
Sabine wendet sich zum Gehen. Er bleibt an ihrer Seite und taxiert sie. Sie ist ein stattliches Frauenzimmer, nicht mehr ganz neu, aber mit einer Klasse-Figur. Sabine hat seine Blicke bemerkt.
»Die sind echt, da kannste drangreifen. Nicht umsonst nennen se mich die Titten-Sabine.« Sie deutet auf ihren respektablen Busen.
Sie gehen in das Haus und betreten gleichzeitig mit dem eintreffenden Leß den Fahrstuhl.
»Wo soll ich drücken?« fragt Flock.
»5. Stock«, sagt sie.
»Vorletztes Zimmer, wie?« Flock zwinkert unauffällig zu Leß. Leß dreht sich schnell um, da er grinsen muß, und drückt den 4. Stock. Dort steigt er aus, findet auch schnell die Treppe und hastet nach oben. Inzwischen sind die beiden im 5. Stock angekommen und stehen vor der Tür; Sabine sucht gerade in ihrer Tasche nach dem Schlüssel, als Leß wieder eintrifft.
»Komm, gib mir den Schlüssel, wir sind von der Kripo«, sagt Flock, und gleichzeitig zeigt ihr Leß die Dienstmarke.
Sabine ist perplex. »Das verschlägt mir aber fast die Sprache, so eine Frechheit.« Dann legt sie aber mit voller Lautstärke los: »Ihr abgewichsten Kerle, was bildet ihr euch ein?«
Flock schiebt sie in das Appartement hinein. Auf dem Tisch steht der obligatorische Projektor mit den Pornos.
»Wenn jetzt mein Freund da wäre!« keift sie weiter.
»Um deinen Nobby geht es ja«, klärt Flock sie auf.
»Für den schwör' ich sowieso jeden Meineid.«
Leß hat einen der Pornofilme in die Hand genommen.
»Was wollt ihr denn mit dem Fick-Film«, wettert sie. »Habt ihr wohl schon nötig? Kommt hinten nicht mehr hoch, was?«
»Ruf doch den Horst hoch«, bittet Flock Leß. »Bis der hier ist, hat sich die Dame vielleicht beruhigt.«
Leß nimmt das Funksprechgerät aus der Rocktasche.
»Horst für Fred kommen.«

Zwei Stunden später sitzt Sabine mit ungeniert hochgeschobenem Rock und übereinandergeschlagenen Beinen im Präsidium bei Flock, Schickl und Leß zur Vernehmung. Leß tippt ihre Antworten in das Vernehmungsformular.
Das Klima ist entspannt und freundlich.
»Beruf?« fragt Leß.
»Schreib: Tänzerin, Masseuse, Mannequin.«
»Wann, wo und warum geboren?« will Flock wissen.
»29. 8. 49 in Braunschweig.«
»Einkommen?«
»Schreib: horizontal geregelt.«
»Na, was verdienst du wirklich, Sabine?« will Flock wissen.
»Bei einem Riesen hör' ich immer auf. Fünf Scheine sind auf jeden Fall drin, wenn mir die Schmier nit das Geschäft versaut wie heut.«
»Besondere Merkmale?« fährt Leß, den Spalten auf dem Formular folgend, fort.
»Keine«, sagt Sabine.
»Schreib: Gebiß hessischer Mundart«, witzelt Flock.
»Vorbestraft?«
Flock antwortet an ihrer Stelle: »Wegen fortgesetzten Lebenswandels.«
Sabine lacht. »Ihr seid schon Typen. Heute mittag hätte ich euch vergiften können. Ihr zwei seid mir schon im Aufzug nicht ganz geheuer vorgekommen.«
»Nun sei mal ehrlich, hättest du uns dein Appartement freiwillig gezeigt?«
»Kaum. Aber ihr habt ja auch so nichts gefunden.«
Leß hat das Blatt umgedreht und mit allen Durchschlägen neu eingespannt.
»Aussage zur Sache.«
»Zur Sache hab' ich nichts zu sagen.«
»Sei vorsichtig, Sabine«, warnt sie Flock. »Vergiß nicht, du stehst im Sperrbezirk. Wenn wir wollen, können wir dich jeden Abend einsperren, also dir das ganze Geschäft kaputt machen.«

»Das ist Erpressung!«
»Nein, das ist eine Rechtsbelehrung. Eine Person ist in Verwahrung zu nehmen, um sie an der Begehung einer rechtswidrigen Handlung zu hindern. Paragraph 46 HSOG.«
»Geht es hier um Zuhälterei oder Mord?«
»Es geht um Mord.«
»Aber schriftlich mache ich keine Aussage.«
»Warum?«
»Weil ich nicht lebensmüde bin. Außerdem habe ich einen Exklusiv-Vertrag mit dem ›Expreß‹.«
»Wie bitte?«
»Ja«, sagt Sabine nicht ohne Stolz, »ich hab' den ›Expreß‹-Reportern ein Interview gegeben und unterschrieben, die Informationen sonst niemandem mitzuteilen.«
»Das ist doch eine Sauerei«, erbost sich Schickl.
»Das grenzt an Begünstigung«, knurrt Flock, »man müßte eine Anzeige machen.«
»Denen hab' ich sowieso eine Story verkauft, die nicht stimmt.«
»Was stimmt also?« will Flock wissen.
»Ich mache darauf aufmerksam«, sagt Sabine vorsichtig, »daß ich das in einer Gerichtsverhandlung nie wiederholen werde.«
»Nur zu unserer Information«, verspricht ihr Schickl.
»Ja. Also die Angelika Nottebrock, die habe ich gekannt. Sie war sozusagen meine Konkurrenz. Denn der Nobby ist in der letzten Zeit zweispännig gefahren. Zuerst habe ich nichts dagegen gehabt. Die dumme Kuh hat ihm das Geld gegeben. Er hat mir gesagt, daß er sie nur ausnutzt und mich liebt und daß er sie jederzeit fallenlassen kann.«
»Und dann?«
»Ja, dann ist er mit ihr in Urlaub gefahren. Nach Benidorm. Da war ich allerdings sauer. Die macht mit ihm auf solide, und ich geh' anschaffen!«
»Wann war das?«
»Das war vor circa vier Wochen. Ich hing daheim 'rum, wie so'n Päckchen Omo . . .«

»Und weiter?«
»Als sie zurück waren, hab' ich sie mir gekauft. Hab' der gesagt, das sei mein Nobby, sie soll die Finger von ihm lassen, sonst reiß' ich ihr die Haare aus. Sie hat gemeint, ich soll mich beruhigen, es würde sowieso bald alles anders. Sie ginge weg von hier.«
»Wohin?«
»Das hat sie nicht gesagt. Dann wurde sie umgebracht.«
»Wer hat sie erschossen?«
»Also mein Nobby nicht. Der war in der Nacht bei mir!«
»Und du?«
»Ich auch nicht. Bei Mord hört die Freundschaft auf. Ich mach' jedes linke Ding mit, aber kein' Mord.«
»Kennst du ein Ehepaar Wennekamp aus Offenbach?« fragt Schickl.
»Nein.«
»Und einen Franzosen Maurice Pirot?«
»Nein.«
»Was hat die Angelika für Kunden gehabt?« erkundigt sich Leß.
»Da weiß ich nicht viel. Ich glaub', einen Geldmops aus Düsseldorf, dann einen Farbigen, obwohl sie sonst keine Neger, Makkaronifresser und Kümmeltürken nahm, und noch ein paar andere. Ihr Geschäft ging gut.«
»Hast du was gehört, wer es gewesen sein könnte?« fragt Schickl.
»Nein, alle im Kietz sagen, der Nobby sei es gewesen, weil ihr ihn eingesperrt habt. Aber das stimmt nicht.«
»Wie lange kennst du den Nobby?«
»4 Jahre.«
»Wie eng ist euer Verhältnis?«
Sabine wird wieder mißtrauisch. »Seid ihr noch bei Mord oder bei eurem Lieblingsthema Zuhälterei? Ich bin mit Nobby verlobt. Da brauche ich doch sowieso nichts zu sagen.«
»Das Mädchen ist *heavy on wire*, was?« sagt Schickl. Sabine versteht das nicht.
Flock antwortet: »Du weißt doch, flicken macht fink.«
Leß beruhigt Sabine, daß die Vernehmung ja nicht schriftlich erfolge und sie nichts unterschreibe.

»Den Mord könnt ihr ihm nicht beweisen, jetzt sucht ihr doch nur einen Grund, ihn weiter festzuhalten«, klagt sie.
Schickl empfiehlt ihr: »Wenn du was für deinen Nobby tun willst, dann hör dich 'rum, wer es gewesen sein könnte.«

◇

Wie immer, wenn er erregt ist, wippt er mit seinem Bleistift zwischen den Fingern. Zellmann haßt diese Unterredungen mit Göttmann wie die Pest, weil sie ihn aus seinem vorprogrammierten Verwaltungsdasein reißen. Seine Arbeit vollzieht sich in einem genau festgelegten Tagesplan, und dieser ist wieder Bestandteil eines Wochenplanes. Da läuft alles korrekt ab, ist jede Akte nach Aktenplan registriert, im Tagebuch eingetragen, in Karteien vermerkt. Und vor allen Dingen Termine. Termine sind sein Hobby. Sollte ihm einmal jemand beweisen, daß er einen Termin vergessen oder zeitlich überschritten hat. Waldemar Zellmann ist stolz darauf: alles liegt auf Wiedervorlage, da kann nichts schief gehen. Und dann kommt dieser Göttmann, wo alles sonst in Ordnung ist, stört ihn mit seinen fixen Ideen und unorthodoxen Forderungen.
»Ich verstehe einfach nicht, warum Sie unserem Durchläufer nicht jetzt schon eine Schreibmaschine geben wollen«, wirft Göttmann ihm vor.
»Ihm steht noch keine zu«, antwortet Zellmann kurz angebunden.
»Aber wenn die zwölf Monate Durchlauf um sind, bekommt er doch eine?«
»Dann ja. So besagt es die Ausrüstungsvorschrift.«
»Und welchen Sinn hat das?«
»Die Durchläufer sollen erst einmal etwas lernen und nicht Schreibmaschine schreiben.«
»Das zu beurteilen, spreche ich Ihnen alle Fähigkeiten ab«, sagt Göttmann anzüglich. »Nun, dann soll er halt weiter auf einer sichergestellten Maschine schreiben. Die macht zwar nicht mehr lange mit, aber dafür sind wir haftbar.«
»Das haben Sie zu verantworten.« So etwas geht über Zellmanns Horizont.

»Die Schadensregulierung haben aber Sie als Verwaltung zu bearbeiten.«
Zellmann übergeht diese Bemerkung. »Im übrigen würde ich an Ihrer Stelle darauf achten, daß Ihre Beamten einschließlich Durchläufer nicht ständig in der Kantine ’rumsitzen.«
»Solange die dienstlich Nacht für Nacht unterwegs sind, können sie auch in die Kantine gehen, wann sie wollen. Mich wundert nur, woher Sie das wissen, Herr Zellmann. Scheinen wohl selbst dort Stammgast zu sein?«
Auch diese Anmerkung übergeht Zellmann geflissentlich. Er entnimmt einer Schreibtischschublade einen Abrechnungszettel für Telefongebühren. »Ihre Telefonabrechnungen beim 10. K., es ist zum Verzweifeln. Hier! Gespräch Flock, 24 Einheiten, nach München. Der Vermittlung weder Grund noch Adressat des Gesprächs angegeben.«
»Dafür hat aber Herr Flock garantiert der Vermittlung gesagt, wie gut sie heute wieder aussieht. Rufen Sie doch die Nummer in München an und fragen Sie.«
»Mein längstes Dienstgespräch waren bisher 12 Einheiten.«
Göttmann denkt, daß Waldi ein typischer kleinkarierter Beamter ist. Laut sagt er aber: »Kennen Sie den Unterschied zwischen Kriminalbeamten und Kriminalisten? Nein? Kriminalisten benutzen ein Telefon dazu, wozu es erfunden wurde, nämlich als technisches Hilfsmittel.«
»Mit Ihnen ist nicht zu reden, Herr Göttmann«, meint Zellmann ärgerlich. »Das einzige, was wir beide gemeinsam haben, ist die letzte Silbe des Namens.«
»Da bin ich ausnahmsweise einer Meinung mit Ihnen.«

◇

Sicher ist es auch der Dämmerschoppen, der den Zusammenhalt im 10. K. festigt, weil man mindestens einmal in der Woche nach Dienstschluß nicht auseinanderläuft, sondern den Tag gemeinsam ausklingen läßt. Oftmals bewirkt der Ortswechsel, daß man etwas mehr Abstand zu den Dingen gewinnt und auch dienstliche Angelegenheiten plötzlich klarer sieht.

»Eigentlich müssen wir den Norbert Lenz laufen lassen. Die Sabine hat ihm doch heute sein Alibi bestätigt«, meint Leß.
»Sie hat sich aber nicht schriftlich festlegen lassen und auch betont, daß sie für ihren Nobby jeden Meineid schwören würde«, gibt Schickl zu bedenken.
»Folglich wertlos«, zweifelt Leß.
»Natürlich, zumal es auch wirklich so ist«, bestätigt Schickl. »Jede Nutte wird immer eine für ihren Luden günstige Aussage machen. Sie unterscheiden sich in ihrem Verhalten nicht von anderen Zeugen, die eingeschüchtert und bedroht werden.«
»Dieses Volk macht der Polizei nichts als Ärger«, stellt Leß fest.
Göttmann schaltet sich ein. »Prostitution ist ein notwendiges Übel. Ohne diese Mädchen gingen die Notzuchtsdelikte rapide in die Höhe, denken wir nur an die Gastarbeiter. Wir sollten daher die Dirne tolerieren und nur die Auswüchse bekämpfen und selbstverständlich den Zuhälter.«
»Woraus erklärt sich eigentlich dieses merkwürdige Verhältnis zwischen Dirne und Zuhälter«, fragt Leß, der sich schon öfter über dieses Phänomen Gedanken gemacht hat.
»Dieses Problem ist sehr vielschichtig«, antwortet Göttmann. »Versetzt man sich in die Lage einer Prostituierten, muß sie selbst sich doch wie der letzte Dreck vorkommen. Gegen Geld verkauft sie ihren Körper an jeden Mann, der dafür bezahlen will.«
»Wobei insbesondere Perversitäten gefragt sind«, äußert Herle.
»Sie steht damit in der gesellschaftlichen Rangordnung auf unterster Stufe«, sagt Menges.
»Und weiß das auch.«
»Richtig«, fährt Göttmann fort, »und das muß sie seelisch verkraften. Selbst wenn sie nicht sehr sensibel ist . . .«
»Und das sind Nutten meistens nicht«, spricht Flock dazwischen.
»Selbst dann wird sie über kurz oder lang an sich verzweifeln. Was tut sie, sie flüchtet zunächst in Alkohol und Rauschgift.«
»Preludin wirst du in jedem Buko finden«, meint Flock.

»Buko?« fragt Leß.
»Beischlafutensilienkoffer«, klärt Flock ihn auf.
»Nun ginge sie aber trotz Alkohol oder Rauschgift vor die Hunde, weil ihr die menschliche Wärme fehlt«, analysiert Göttmann weiter.
»Und die muß sie sich wieder erkaufen«, ergänzt Menges.
»Genau, und zwar bei einem Loddel.«
»Mit anderen Worten«, schließt Herle, »die Dirne braucht einen Mann, dem sie echte Zuneigung entgegenbringen kann.«
»Ja«, spricht Göttmann, »und dies nutzt der Zuhälter schamlos aus. Nach dem Motto ›Zuckerbrot und Peitsche‹ vermittelt er ab und zu der Dirne das Gefühl, daß er sie mag. Sie glaubt es auch, weil sie es einfach glauben will, ja aus Selbsterhaltungstrieb glauben muß.«
»Und für diese Illusion gibt sie dem Loddel monatlich 10000 Mark und mehr?« wundert sich Leß.
»Sie tut es sogar am Anfang freiwillig und gern, will ihm gefallen, ihm mehr bieten als andere, um ihn an sich zu fesseln.« Göttmann trinkt an seinem Bier.
»Und das ist der Anfang vom Ende«, sagt Menges.
»Nun könnte man doch eigentlich sagen«, meint Leß, »daß es das Privatvergnügen einer Nutte ist, wenn sie ihr Geld verschenkt. Was geht es die Polizei an?«
»Dazu muß man den Zuhälter etwas näher unter die Lupe nehmen«, erklärt Göttmann. »Er ist nämlich ein echter Krimineller, der alle möglichen Straftaten begeht, die im Dirnenmilieu ihren Ursprung haben.«
»Wie Raub, Körperverletzung, Bedrohung, Nötigung, Waffen- und Rauschgifthandel, Autodiebstahl, Verkauf von gefälschten Führerscheinen, bis hin zu Tötungsdelikten«, zählt Flock auf.
»Zudem ist er arbeitsscheu und brutal. Er ist es seinem Prestige schuldig, bewaffnet zu sein.« Menges stochert mit einem Pfeifenstopfer in seiner Pfeife herum.
»Um seine Stellung in der Hackordnung des Milieus zu beweisen, provoziert er grundlos Schlägereien und andere Roheitsdelikte«, stellt Herle fest.

»So, und jetzt zurück zur Dirne«, sagt Göttmann. »Sie hat ihm den kleinen Finger gereicht. Von Natur aus kriminell, brutal und geldgierig, gibt er ihr für 10 % Liebe und beutet sie für 90 % aus.«

»Genauso ist es«, bekräftigt Menges. »Er schreibt ihr vor, wieviel Geld sie zu bringen hat. Selbst während der Menstruation muß sie arbeiten. Er zieht sie in Straftaten 'rein, als Lockvogel, Hehlerin oder sonstige Gehilfin, und übt so ständig Druck auf sie aus. Und wenn sie nicht spurt, gibt es Schläge. Sie wird überwacht, kontrolliert, ausgenutzt und abkassiert. Wehe ihr, wenn sie Geld für sich bunkert.«

»Dann kommt es also zu einer ganz schizophrenen Abhängigkeit«, resümiert Leß. »Einerseits aus Liebe oder wie man es nennen mag, andererseits aus Furcht vor der Gewalt.«

»Im Grunde genommen sind diese Mädchen alle unglücklich«, urteilt Schickl. »Das Leben, welches sie zu führen gezwungen sind, kotzt sie an. Aber es gibt kein Zurück, weil ihr der Loddel droht, das Gesicht zu zerschneiden oder ähnliches. Das große Geld hat längst seinen Reiz verloren. Der Zuhälter haut es auf den Kopf mit seinem großspurigen Leben, sie hat Unterleibsbeschwerden, ist mit den Nerven fertig und kann ohne Valium nicht mehr schlafen. Schließlich muß sie froh sein, nicht zwischen Essen, Düsseldorf, Hamburg und Frankfurt ständig ausgetauscht zu werden.«

»Nicht zuletzt ist die permanente Enttäuschung durch den Zuhälter Ursache dafür, daß viele Nutten lesbisch werden«, sagt Herle, »also die Liebe, die sie sonst entbehren, untereinander suchen.«

»Ist es richtig, daß der Monatsverdienst 20000 beträgt?« will Leß wissen.

»Ich würde ihn bei einer Durchschnittsnutte, die im Eros-Center steht, auf circa 12000 schätzen«, antwortet Göttmann. »Bei dem Auto-, Straßen- und Lokalstrich darunter, bei Edelnutten darüber.«

»Und das steuerfrei!«

»Ich verstehe die Steuerfahndung nicht, hier wäre doch was zu holen.«

»Eben, in der Schweiz werden sie alle veranlagt.«
»*Pecunia non olet.* Geld stinkt nicht«, zitiert Göttmann.
Die Diskussion geht weiter. Leß hört zu. Er hat erkannt, daß er in einer solchen Aussprache mehr erfährt als in neun Monaten Kriminologie-Unterricht an der Polizeischule, wo nicht wenige Lehrer den Bezug zur Praxis total verloren haben, weil sie schon zehn Jahre Lehrer sind, nicht von Zeit zu Zeit ausgetauscht werden und aus lauter Unsicherheit in Klippschulmanier Vorschriften und Richtlinien als das Alleinseligmachende herbeten. Leß hat es wie alle gemacht, nämlich die sogenannte Lehrmeinung möglichst wörtlich wiedergegeben, teilweise sogar auswendig gelernt und damit gut abgeschnitten. Der Opportunismus, nach dem er sich – wenn auch zähneknirschend – verhielt, war die Lösung der Vernunft. Jetzt schämt er sich ein bißchen vor den Sachbearbeitern des 10. K. Er verdrängt schnell diese unangenehmen Gedanken.
Flock spricht gerade darüber, wie den Dirnen das Geld zwischen den Fingern zerrinnt. Allein die Absteige koste täglich 80 Mark, dann die Miete für eine Wohnung, der tägliche Friseur, aufwendige Kleidung, Auto ab Mercedes, und den Rest besorge der Loddel.
Menges meint, daß alle von sich sagen, sie würden in 1–2 Jahren aufhören, aber es nie schaffen und auch nur in ganz seltenen Fällen das Geld sinnvoll anlegen.
Dies vergleicht Schickl mit dem Verhalten von Rauschgiftabhängigen, die auch in der Fiktion leben, jederzeit aufhören zu können. Diese Hoffnung halte sie hoch.
Göttmann faßt das Ergebnis der Diskussion zusammen: »Prostitution ist die Hölle. Die Inschrift über der Eingangspforte zur Hölle in Dantes ›Göttliche Komödie‹ lautet: Laßt jede Hoffnung hinter euch, ihr, die ihr eintretet.«
Diese Worte wandelt Flock auf seine Art ab: »Oder: Die ihr täglich in eure Pforte eintreten laßt.«

◇

Die Rolläden sind so heruntergelassen, daß man durch die

Ritzen hinaussehen kann. Göttmann, Herle, Menges und Leß stehen im Wohnzimmer der Parterrewohnung in Bad Vilbel und beobachten die Straße. Inhaber der Wohnung ist ein Postangestellter, der schnell zu überreden war, das Wohnzimmer kurzfristig zur Verfügung zu stellen.
Es ist nachmittags. In Höhe des Hauses parkt auf der Straße ein VW, in dem Charles sitzt.
Herle nimmt das Kleinfunksprechgerät zur Hand. »Horst und Heinz kommen. Klappt die Funkverbindung noch? Ich höre schon einige Zeit nichts von euch.«
Horst Schickl und Heinz Flock sichern in beiden Richtungen die Straße. Flock steht hierzu an einem Kiosk und trinkt Bier.
»Hier Heinz, ich höre dich gut. Soll ich euch ein paar Sauereien aus den St.-Pauli-Nachrichten vorlesen?«
Schickl sitzt im Pkw auf einem Parkplatz am anderen Ende der Straße zwischen mehreren abgestellten Fahrzeugen. »Hier Horst. Ich verstehe mit Lautstärke 5, sonst hier alles ruhig.«
Leß schaut Menges zu, wie er die Minox auf das kleine Stativ auf der Fensterbank montiert. »Ob er kommen wird?«
»Warten wir ab. Er hat ja selbst diesen Übergabeort bestimmt«, antwortet Göttmann an Stelle von Menges. »Jochen, kommst du mit der Minox klar?«
»So wird es gehen. Der Spalt ist breit genug.«
Göttmann blickt wieder auf die Straße. »Charles sitzt so unbefangen da draußen in seinem Auto, als warte er auf seine Freundin. Ich finde, er macht es prima.«
»Noch fünf Minuten«, stellt Herle fest.
Das Funkgerät schnarrt mit Flocks Stimme. »Klasse, die St.-Pauli-Nachrichten. Hört mal. Die Qualle durch das Weltmeer segelt, es quietscht, wenn man im Wasser vögelt.«
Herle drückt durch Betätigen der Sprechtaste Flock weg. »Halt die Klappe, Mensch.«
Fred Leß, der jetzt ununterbrochen die Straße und Charles beobachtet, registriert, daß er selbst aufgeregt ist. »Wenn der Hassan mit 20 kg Shit tatsächlich kommt, braucht er sich über einen gebührenden Empfang nicht zu beschweren.«

»Noch ist er nicht da«, dämpft Menges den Optimismus.
»Und wenn er kommt, braucht er noch lange nicht mit Stoff zu erscheinen.« Göttmann hat seine Erfahrungen.
»Vielleicht kommt er auch nicht alleine«, spekuliert Herle.
»Jedenfalls hat Charles die Anweisung«, bemerkt Göttmann, »auf keinen Fall hier wegzufahren und einen anderen Treff wahrzunehmen.«
»Und wenn es Hassan verlangt?« fragt Herle.
»Wird es Charles ablehnen«, erklärt Göttmann. Er läßt keinen Blick von der Straße. »Dann muß er versuchen, die Sache zu verschieben, oder sie platzt.«
»Könnten wir nicht einfach hinterherfahren?« schlägt Leß vor.
»Das ist in dieser Gegend unmöglich. Wir wären nach 500 m verbrannt«, sagt Göttmann bestimmt.
Angespannt beobachten sie alle die Straße. Keiner sagt mehr ein Wort, denn die für den Treff verabredete Zeit ist überschritten.
Da meldet sich Flock. Seine Stimme ist ruhig. Bei solchen Gelegenheiten behält er immer einen klaren Kopf. »Hier Heinz. Soeben fährt blauer Porsche hier vorbei in eure Richtung. Kennzeichen HH–AM 785. Habt ihr verstanden?«
»Verstanden«, quittiert Herle.
»Horst mitgehört«, sagt Schickl.
Menges schaltet sein Memocord ein. »15.28 Uhr, blauer Porsche, HH–AM 785, fährt in Richtung Objekt.«
Nun kommt der Porsche in ihr Gesichtsfeld. Er verlangsamt das Tempo, startet aber in Höhe von Charles durch, so daß der Motor aufheult, und fährt mit überhöhter Geschwindigkeit weiter.
»Habt ihr ihn gesehen? Verdammt noch mal, der fährt ja weiter«, ruft Herle aus.
Menges spricht auf Memocord: »15.29 Uhr, Porsche fährt am Objekt vorbei, besetzt mit einer männlichen Person.«
»Hier Horst, jetzt kommt er bei mir vorbei. Er fährt weiter in Richtung Karl-Neumann-Ring«, meldet Schickl über Funk.
Flock gibt seine Meinung im Funk mit einem lauten »Scheiße« bekannt.

»Der hat bestimmt den Braten gerochen«, meint Herle, und Leß denkt sich, daß Herle auch nicht gerade der ruhigste ist.
»Nur mal langsam«, beschwichtigt Menges. »Was soll er denn gesehen haben? Der Charles steht da, wo er ihn selbst hinbestellt hat, uns kann er nicht bemerkt haben.«
»Der kommt wieder«, ist Göttmanns Meinung. »Er fährt eine Ehrenrunde zum Absichern.«
Herle gibt das vorsichtshalber über Funk an die beiden Außenposten durch: »Horst und Heinz, bleibt unauffällig, der checkt die Gegend.«
»O. K.«
»Verstanden.«
Es vergehen Minuten. Alles bleibt ruhig.
Da meldet sich wieder die Stimme von Flock: »Habt ihr gesehen, wie breit seine Hinterräder standen? Der hat mindestens einen Zentner Shit an Bord.«
Alle dachten zuerst, der Porsche sei im Anflug. Die Spannung löst sich in Gelächter.
Herle funkt an Flock: »Der Chef läßt dir ausrichten, daß er dir das Funkgerät abnimmt, wenn du nicht mit deinen dummen Bemerkungen aufhörst.«
»Ay, ay, Sir. Hat er dir schon den goldenen Lenker verliehen, Dieter?«
Kurz danach meldet sich Schickl: »Achtung, Achtung. Er kommt zurück.«
»Verstanden«, bestätigt Herle.
Sie beobachten vom Wohnzimmer aus, wie der Porsche anhält.
Menges diktiert auf Memocord: »15.46 Uhr, Porsche HH–AM 785, kehrt zurück und stoppt hinter VW. Fahrer steigt aus, schaut die Straße 'rauf und 'runter, geht zum VW und klopft an die Scheibe auf der Beifahrerseite. Von innen wird geöffnet, Porsche-Fahrer steigt ein. Es dürfte sich um Hassan Ouriaghli handeln. Beschreibung: ca. 30 Jahre alt, 1,70 groß, schlank, dunkle gekrauste Haare, Sonnenbrille, trägt Jeans-Anzug und rot-kariertes Hemd ohne Krawatte. Ausländertyp. Kein Gepäck mitgeführt.«

Herle informiert die beiden anderen über Funk: »Hassan bei Charles ohne Gepäck eingestiegen.«
»Verstanden«, sagt Schickl.
»Ich bleib' in Lauerstellung. Sitze jetzt im Auto«, gibt Flock durch.
Menges bedient wieder das Memocord: »Vermutlicher Hassan steigt aus, geht zum Porsche, entnimmt Porsche helle Segeltuchtasche, schaut die Straße 'rauf und 'runter, geht zum VW und steigt mit Tasche ein. Es ist jetzt 15.52.«
Herle meldet die Beobachtungen auch über Funk weiter.
Göttmann spricht nun Schickl und Flock an: »Im Falle des Einsatzbefehls blockierst du, Horst, den Porsche von hinten, und Sie, Herr Flock, blockieren den VW von vorne. Kommen, ob verstanden.«
»Verstanden.«
»Verstanden.«
»Verdammt«, schimpft Menges, »ich habe das Fotografieren vergessen.«
Leß beruhigt ihn, da er ein paarmal den Auslöser gedrückt hat.
Leß fiebert, da der Einsatz in die entscheidende Phase getreten ist.
Endlich ruft Göttmann: »Achtung, Charles hat das Zeichen gegeben. Stoff ist da und echt! Es kann losgehen!«
Die Beamten wollen aus dem Zimmer stürmen. Göttmann hält sie zurück: »Moment, erst müssen die beiden draußen starten!«
Herle hat das Funkgerät schon in der Hand: »Heinz und Horst, fahrt los! Festnahme! Wir kommen auch!«
Beide haben verstanden.
Sie stürzen aus dem Haus, durchqueren den kurzen Vorgarten und umringen mit gezogener Pistole den VW. Im gleichen Moment kommen Schickl und Flock aus beiden Richtungen herangebraust und stellen sich mit quietschenden Bremsen so vor und hinter den Porsche und VW, daß diese aktionsunfähig sind.
Charles und Hassan werden aufgefordert, mit erhobenen Händen auszusteigen. Widerstandslos folgen sie allen Anordnun-

gen. Sie müssen sich mit den Händen gegen das Autodach lehnen, wo Hassan von Leß durchsucht wird, während Flock mit gezogener Pistole sichert. Auch Charles wird pro forma von Herle und Schickl durchsucht.
Danach ordnet Göttmann an, daß Flock und Leß Hassan gefesselt zum Präsidium bringen und Herle und Schickl den Porsche sicherstellen sollen. Sodann sollen Herle und Schickl Hassans Wohnung in Bad Vilbel, Hainbuchenweg 8, durchsuchen. Charles wird von Göttmann selbst und Menges zum Präsidium transportiert. Im Präsidium ist der Porsche außerdem einer Spurensuche zu unterziehen.
Innerhalb von 15 Minuten ist die Straße so friedlich wie zuvor; kaum ein Nachbar hat von der Aktion etwas bemerkt.

◇

Die kleine pummelige Frau Krämer schluchzt: »Ich glaube das einfach nicht, mein Freund und Haschisch? Er arbeitet doch in Frankfurt.« Sie schneuzt sich die Nase, das zweijährige Kind auf dem Arm heult ebenfalls, weil die Mutter es tut.
»Liebe Frau, wir können es leider auch nicht ändern«, sagt Schickl nicht ohne Anteilnahme. Ihm tut die adrette Frau leid.
»Nein, nein, ich weiß schon«, sie wischt sich die Tränen aus dem Gesicht. »Schauen Sie überall nach, wo Sie wollen, hier ist bestimmt nichts.«
»Danke«, sagt Herle. Sie müssen jetzt das Schlafzimmer durchsuchen, die anderen Räume waren bisher negativ. Frau Krämer steht in der Tür. Sie jammert:
»Mein Gott, wenn das meine Eltern erfahren. Sie waren schon immer gegen das Verhältnis. Der Hassan, wie kann er nur . . .«
Wieder kommen ihr die Tränen und sie geht in den Flur.
»Die Frau macht keinen schlechten Eindruck.«
»Die Wohnung auch nicht. Sauber und ordentlich.«
Sie setzen die Durchsuchung fort. Schickl ist am Schlafzimmerschrank angelangt. »Hier hat sie ihre Unterwäsche. Weißt du, Dieter, das sind so Aufträge, wie ich sie liebe. Das ödet mich an, hier in der Wäsche 'rumzuwühlen. Bin doch kein Wäschefetischist.«

Herle pflichtet ihm bei. »Ich wollte das auch nicht, daß mir daheim jemand alle Schubläden kontrolliert.«
»Bei mir wären die auch nicht so ordentlich, ganz abgesehen davon. Mir stinkt das jetzt.« Zornig schlägt Schickl die Kleiderschranktür zu. »Ich hör' auf, und wenn sie einen Zentner Shit zwischen Büstenhalter und Camelia liegen hat. Das kotzt mich an.«
»Wir machen Schluß«, ist Herle einverstanden. »Die Frau hat garantiert nichts mit der Sache zu tun. In der Wohnung gibt es nicht einen Krümel zu finden.«
»Dem Götte verraten wir das aber nicht.«
»Nein, der ist zu genau und pingelig.«

◇

Es ist schon dunkel geworden, als sie sich wieder alle in Göttmanns Büro zu einer Besprechung einfinden.
»Hier liegt die stolze Beute«, Göttmann weist auf den Schreibtisch, wo die in Cellophan eingeschweißten Haschischplatten aufgestapelt sind. »Es sind etwa 20 kg hochwertiges Haschisch.«
»Da schlägt das Schutzmannsherz höher«, freut sich Flock.
»Was geschieht später mit dem Zeug?« interessiert sich Leß.
Menges erklärt ihm, daß es nach rechtskräftigem Abschluß des Strafverfahrens zum BKA gebracht und dort vernichtet wird.
»Deswegen ist das BKA auch immer high«, grinst Flock.
»Jedenfalls ein schöner Erfolg«, meint Herle, und Schickl fügt hinzu, daß das Rauschgiftkommissariat vor Neid erblassen wird.
»Meine Herren«, sagt Göttmann ernst, »ich möchte aber die allgemeine Euphorie dämpfen. Da ist nämlich eine Riesensauerei passiert. Wer hat den Hassan bei der Festnahme durchsucht?«
»Ich«, sagt Leß.
»Und ich habe dabei gesichert«, ergänzt Flock.
»Ich halte Ihnen zugute, Kollege Leß, daß Sie noch neu im Geschäft sind. Aber das darf auch Ihnen nicht passieren. Als

wir hier im PP ankamen, hatte der Hassan eine Pistole 6.35 hinten im Gürtel!« Göttmann blickt böse.
»Oweia«, entfährt es Herle.
»Die Waffe steckte hinten im Gürtel in Höhe des Rückgrats. Sie war durchgeladen und entsichert!«
»Ich habe ihn abgetastet«, sagt Leß kleinlaut, »aber davon nichts gemerkt.«
»Sie, Herr Flock, hätten auch aufmerksamer sein können, wenn ein unerfahrener Durchläufer durchsucht. Sie haben doch sonst immer den Mund vorne!«
»Stimmt schon«, gesteht Flock.
Göttmann ist mit seiner Standpauke noch nicht am Ende. »Wir können von Glück sagen, daß die Hände vorne gefesselt waren. Es hätte euch beide das Leben auf der Fahrt kosten können. Ich habe meinen Augen nicht getraut, als der im Gewahrsam seine Jacke ausziehen mußte und ich die Pistole in seinem Kreuz fand.«
»Sie haben hundertprozentig recht, Chef«, gibt Flock zu, der den erbosten Göttmann beruhigen will. »Das dürfte nicht passieren und ist äußerst gefährlich. Trotzdem war es in unserem Fall nicht so schlimm, wie es aussieht.«
»Wieso?« fragt Göttmann.
»Fred und ich haben den Hassan doch hierher gebracht. Der Junge ist restlos am Boden zerstört und backt ganz kleine Brötchen. Er ist nicht nur voll geständig, sondern hat uns sofort gesagt, wo sein VW steht, den müssen wir noch sicherstellen. Außerdem will er mit uns zusammenarbeiten und seinen Großhändler ans Messer liefern, wenn er nur nicht aus Deutschland abgeschoben wird. Er ist nämlich mit einer Deutschen befreundet und hat ein zweijähriges Kind mit ihr.«
»Das stimmt«, bestätigt Schickl. »Sehr ordentliche Verhältnisse zu Hause.«
Flock fährt fort: »Ich meine, der Hassan hat so total die Fronten gewechselt und will für sich das Beste ’rausholen, daß er uns ohnehin kein Haar gekrümmt hätte.«
»Hinter die Stirn kann man keinem gucken, vor allem einem

Orientalen nicht.« Göttmann ist von Hassans Harmlosigkeit keineswegs überzeugt.
»Hassan hat übrigens gesagt, daß er Verpackungsmaterial und eine Rauschgiftwaage in Bad Vilbel in seiner Garage hat«, erwähnt Leß.
»Habt ihr die gefunden?« fragt Göttmann Schickl.
»Nein.«
»Warum nicht?«
»Wir haben sie übersehen.«
»Die ganze Garage?«
»Ja.«
Göttmann explodiert: »Das darf doch nicht wahr sein! Kann ich mich denn überhaupt auf nichts verlassen?«
Außer Flock ziehen alle die Köpfe ein. Dieser geht zum leichten Gegenangriff über.
»Wenn wir schon bei der Manöverkritik sind, Hassan hat übrigens klar erkannt, daß er gelinkt worden ist, und zwar durch Sie, Chef!«
»Wie das?«
»Ihm ist aufgefallen, daß Sie bei der Festnahme die Anordnung gaben, nur den Porsche sicherzustellen und nicht auch Charles' Auto. Also konnte Charles nur ein Polizeispitzel sein.«
»Wie ärgerlich, ein Fehler von mir!« Göttmann nagt an seiner Unterlippe. Er überlegt, daß dies stimmt und er nicht aufgepaßt hat.
»*Nobody is perfect*, Chef«, sagt Flock versöhnlich.
Göttmann übergeht die Bemerkung, von der er aber merkt, daß sie freundschaftlich gemeint ist. Er wechselt das Thema.
»Übrigens muß ich jetzt nochmals zu Charles, ihn aufbauen. Er war nach der Festnahme ganz zerknirscht. Ging ihm doch nahe, Hassan so 'reingelegt zu haben. Er meint, es sei eine verdammt unfaire Sache, sich das Vertrauen zu erschleichen und dann so zu handeln. Im Grunde hat er recht; er ist zu anständig für eine solche Aufgabe.«
»Ihm fehlt der miese Charakter, den V-Leute im allgemeinen haben«, meint Menges.

Göttmann blickt in die Runde. Er spürt, daß das Gewitter die Luft gereinigt hat. Er hat mit seinen Männern Fraktur geredet, und sie haben ihm unmißverständlich gesagt, was er falsch gemacht hat. Das ist in Ordnung so.

»Ich hoffe, daß wir alle aus dem Mist gelernt haben, den wir heute fabrizierten. Auch du übrigens, Jochen, sollst nicht ungeschoren bleiben. Hast in der Aufregung das Fotografieren vergessen.«

»Wir haben tüchtigen Nachwuchs, Karl«, lacht Menges. »Der macht die Fehler alter Hasen wett.«

»Also Plus-Minus-Null, Herr Leß!« muntert Göttmann ihn auf.

»Danke!« Leß strahlt.

»So, und jetzt der weitere Fahrplan: Herr Flock und Herr Leß, ihr vernehmt den Hassan ausführlich. Jochen, du versuchst weiter, jemanden von der Justiz zu erreichen. Es ist mal wieder Freitag. Ich habe es bisher vergeblich versucht, das übliche, Schachnachmittag und so. Außerdem schreibe bitte den Festnahmebericht und laß den Schnelltest auf Cannabinol beim 13. K. machen.

Horst und Kollege Herle, ihr stellt den VW des Hassan sicher – und dann Nachsitzen in Bad Vilbel, Durchsuchung der Garage. Anschließend Sicherstellungsbericht für Porsche, VW und Rauschgift sowie Durchsuchungsbericht schreiben. Ich kümmere mich erst einmal um Charles.«

◇

Menges versucht jetzt schon eine halbe Stunde, den zuständigen Staatsanwalt oder Richter telefonisch zu erreichen. Selbst die Pfeife ist ihm ausgegangen; er hat sie im Mund und merkt es nicht. Schließlich fällt ihm noch Staatsanwalt Knoll ein, der sich auch seine Sorgen anhört.

»Sie sind immer unsere letzte Rettung, Herr Knoll. Wenigstens ein Staatsanwalt, der immer für uns da ist und wie ein Kriminalist denkt. – Ja, genau, doch, das muß mal gesagt werden. – Ja, ich weiß, Ihr Buchstabe ist es nicht, können Sie den Fall nicht trotzdem an sich ziehen? – Sie versuchen es? – Prima . . . – Also ich darf Herrn Göttmann ausrichten, daß wir Ouriaghli auf freien Fuß setzen und die StA einverstanden ist, ihn auf seinen Großhändler anzusetzen. – Es geht übrigens um Heroin. – Nein, der haut nicht ab. Lebt mit einer Deutschen zusammen und hat mit ihr ein zweijähriges Kind, an dem er sehr hängt. Ja gut. – Herzlichen Dank, Herr Knoll. – Wie bitte, Sie haben gerade ein Görig-Gedicht auf Lager? Darf ich es auf Tonband aufnehmen, für alle? Gut, danke.« Menges schaltet das Gerät ein und Staatsanwalt Knoll spricht auf Band:

»Ein Kripo-Mann ist übel dran,
Stets steckt er in den Sielen.
Die andern seh'n sich Krimis an,
Doch er, er muß sie spielen.

Das ist so weit ganz schön und gut.
Nur kann er nicht kapieren:
Warum muß, was mit Blut sich tut,
Stets feiertags passieren?«

◇

Flock und Herle trinken ihren Morgenkaffee in der Kantine. Flock blättert in einem älteren Exemplar des »Spiegel«, das auf dem Tisch liegt.
»Mensch hör mal zu«, sagt er zu Herle, »hier hat einer 508 Synonyme für das Wort Prostituierte zusammengestellt, von A bis Z: Asphaltantilope, Betthexe, Beutelratte, Erosine – o lala – Gonokokkenmutterschiff.«
»Letzteres kannte ich«, meint Herle.
»Lastermilbe, Lusthase, Nahkampfbiene – könnte von mir sein – Oxydbombe, Peniszange – aua – Pimpertrine, Pistenveilchen, Profikatze, Randsteinlady.«
»Der Verfasser kennt sich aber besser aus als du!«
»Schlitzdragoner – Klasse – Schnalle, Spritzbüchse, Sündentrüffel, Venus vulvigivaga mot.«

»Wäre was für unseren Lateiner Götte.«
»Verkehrsexpertin, Volksempfänger, Wollustzange, Zwitscherliese . . .«

◇

Horst Schickl steuert den altersschwachen Opel-Caravan durch den Innenstadtverkehr. Um zu verhindern, daß der Dienstwagen an jeder Kreuzung stehenbleibt, muß der Choke ständig gezogen bleiben. Natürlich läuft der Motor dadurch zu schnell und zieht bei langsamer Kolonnenfahrt mehr, als er soll. Die Blinkanlage funktioniert auch nur sehr unzuverlässig. Aufgrund langer Gewöhnung gleicht Schickl diese Schwächen beinahe automatisch aus.
»Ich habe eigentlich von dem ›Club Seveneleven‹ bisher noch nichts gehört«, sagt er zu dem neben ihm sitzenden Jochen Menges.
»Vor kurzem war dort eine schwere Messerstecherei«, berichtet Menges. »Blieb einer auf der Strecke. Es sollen wohl auch Farbige dort verkehren, jedenfalls überwiegend Ausländer.«
»Und Rauschgift?«
»Bisher keine Erkenntnisse. Aber wir müssen mal beim 13. K. nachfragen.«
»Hoffentlich stimmt es, daß der Hassan dort seinen Lieferanten sitzen hat.«
»Es wird sich zeigen. Wir machen jetzt ein paar Fotos von außen.«
»Dann sollten wir uns beim Gewerbeamt die Akte holen, wer die Konzession hat, wer Geschäftsführer ist usw.«
»Einverstanden.«
Plötzlich überholt sie in rasantem Tempo ein blauer Fiat, schneidet sie und drängt sich wegen des Gegenverkehrs in die knappe Lücke zwischen ihnen und ihrem Vordermann. Schickl reagiert mit einer Vollbremsung und kann gerade noch eine Kollision verhindern.
»So eine Wildsau!« entfährt es Menges.
»Das ist noch einmal gut gegangen. Diese Fahrweise ist ja

kriminell.« Schickl ist ruhig geblieben. Er ist nicht der Typ, der in einer solchen Situation den deutschen Kraftfahrergruß anwendet. Allerdings wundert er sich über die guten Bremsen des Wagens.

»Das Verhalten im Straßenverkehr läßt gute Rückschlüsse auf den Charakter zu. Wie einer Auto fährt, so ist er auch sonst«, stellt Menges fest.

»Genau. Der junge Leß zum Beispiel. Er fährt schnell, sicher und pfiffig.«

»Choleriker fahren nur mit Gas und Bremse.«

»Mir ist aufgefallen«, sagt Schickl, »daß Zuhälter ausgesprochene Verkehrsrowdies sind.«

»Ich habe einmal einen Vortrag gehört«, erinnert sich Menges, »daß das alles mit der Aggressivität zu tun hat. Die Möglichkeiten, sich in einer Großstadt abzureagieren, sind gering. Je größer die räumliche Dichte ist, um so mehr ist man sich im Wege, dies führt zu einer Steigerung der Aggressivität.«

»Ich glaube, daß auch private Konflikte ursächlich sind, die auf das Auto übertragen werden. Die eigene Stimmung ist ausschlaggebend. Mit Wut im Bauch fährt man aggressiv, ist man guter Laune, steuert man defensiv.«

»Ganz klar«, stimmt Menges zu. »Das Auto ist eine Frustrationsmaschine, da der Fahrer ständig behindert wird und sich darüber ärgert. Frustration entlädt sich in Aggression.«

»Es ist eigentlich verständlich, daß Kriminelle im allgemeinen rücksichtslose Fahrer sind«, meint Schickl. »Sie setzen sich ja auch sonst über Gesetze und die Interessen ihrer Mitmenschen hinweg.«

Schickl biegt in eine Seitenstraße ein und hält an. »So, Jochen, ich glaube den Rest machen wir zu Fuß, da vorne ist der ›Club Seveneleven‹.«

◇

Besonders schön findet Leß sein Zimmer nicht. Die altmodische Polstergarnitur, das Vertiko aus Großmutters Zeiten, die buntgestrickten Kissen und die vergilbten Fotos der Schön-

schen Ahnengalerie vermitteln ihm den Eindruck, in einer zurückliegenden Zeit zu leben. Trotz der kleinbürgerlichen Umgebung fällt es ihm leicht, sich über diese Äußerlichkeiten hinwegzusetzen, weil Frau Schön eine herzensgute Frau ist, die ihn bemuttert und deren natürliche Art er schätzt.
Er hat die Füße auf dem Tisch mit der Spitzendecke liegen, als Frau Schön zu ihm in das Zimmer kommt. Schnell nimmt er die Füße herunter.
»Was lese Se denn Schönes, Herr Leß?«
»Solschenizyn ›Der Archipel Gulag‹.«
»Ist des net der Russ, der wo geisteskrank is un ausgewiese wurd?«
»Geisteskrank ist er nicht, ganz im Gegenteil. Er wurde aus Rußland ausgewiesen, weil er den Mut hatte, die Wahrheit offen auszusprechen.«
»Ja, ja, heutzudaach wird doch jeder für geisteskrank erklärt, aach bei uns«, meint Frau Schön. »Der Verbrecher brauch' doch nur zu sache: ›Herr Richter, in meiner Kindheit bin ich emal uff de Kopp gefalle‹, und schon Freispruch, höchstens e paar Daach Klappsmühl, so einfach is des.«
»Aber das ist doch etwas anderes, Frau Schön.«
»Find ich gar net. Bei de Russe wer'n Normale für geisteskrank erklärt, und bei uns wer'n Normale für geisteskrank erklärt. Mer liest es doch jeden Daach in der ›Bild‹ –Affekttunnel und so.«
»Nur mit dem Unterschied«, erwidert Leß, »daß man auf diese Weise bei uns aus dem Gefängnis 'raus- und in Rußland in das Gefängnis 'reinkommt.«

◇

Leß fühlt sich wohl, als er in Richtung Präsidium marschiert. Er geht jeden Morgen immer wieder gerne in den Dienst. Die Arbeit macht ihm Spaß. Jeder Tag bringt neue Überraschungen, was ihn besonders reizt. Unangenehme und strapaziöse Aufgaben will er dafür gerne in Kauf nehmen. Schlimm wäre für ihn gewesen, wenn seine Tätigkeit auf Wochen oder Monate vorprogrammiert wäre. Aber bei der Kripo wiederholt sich nichts. Selbst gleichartige Situationen wickeln sich immer wieder anders ab, weil andere Menschen daran beteiligt sind, die individuell reagieren und neue Probleme aufwerfen, welche gelöst werden müssen. Man kann zwar oft allgemeine Berufserfahrung anwenden– und daran fehlt es ihm noch –, aber vieles läßt sich auch mit gesundem Verstand, Einfühlungsvermögen und Menschenkenntnis angehen. So ist er froh, morgens in den Dienst zu gehen, ohne zu wissen, was bis abends alles passiert sein kann. Er ist sich klar darüber, daß viele Menschen mit einer anderen Mentalität darüber gar nicht glücklich wären, aber diese Typen haben bei der Kripo nichts zu suchen. Allerdings ist er sich nicht ganz sicher, ob alle Kollegen die richtige Einstellung zum Beruf haben und nicht einige fehl am Platz sind.

Die Sonne scheint, und es verspricht ein schöner Tag zu werden. Leß nimmt sich Zeit, denn es ist noch früh. Zu spät kommt er zum Dienstbeginn ohnehin nicht mehr. Er wird von einem seriös aussehenden älteren Herrn mit vollen, schlohweißen Haaren und buschigen Augenbrauen eingeholt und angesprochen.

»Na, junger Kollege, bei dem schönen Wetter auch zu Fuß zum Dienst?«

»Eigentlich weniger wegen des Wetters, sondern weil näher kein Parkplatz zu finden ist.«

»Ich bin übrigens Polizeipräsident Wegner. Habe Sie vor ein paar Tagen in der Tiefgarage gesehen.«

»Guten Morgen, Herr Dr. Wegner. Mein Name ist Leß«, stellt sich Leß vor, »ich bin noch Durchläufer.«

»Wie gefällt es Ihnen bei der Kriminalpolizei?« erkundigt sich Dr. Wegner.

»Ausgezeichnet. Bin zur Zeit beim 10. K.«

»Da können Sie allerhand lernen. Herr Göttmann und seine Männer leisten gute Arbeit.«

»Das ist auch mein Eindruck.«

Dr. Wegner zeigt in Richtung des vor ihnen liegenden Polizeipräsidiums.

»Sehen Sie, dort das Präsidium vor uns. Nirgendwo sind so viele Leidenschaften – Triebe, Haß, Trauer, Sorge, Intrige oder Lüge – unter einem Dach vereint. Da sitzt eine Mutter verzweifelt beim 1. K. und meldet ihr Kind vermißt. Auf der Kriminalwache erstattet ein Arbeiter, der in einer Nachtbar betrogen wurde, Anzeige. Das 4. K. fährt zu einem Juwelier-Einbruch 'raus, während der Geschädigte schon auf die Versicherung spekuliert und den Schaden erhöht. Ein Vater sitzt fassungslos beim 1. K., sein Sohn hat Selbstmord begangen, während gerade ein Sittlichkeitsverbrecher in einem anderen Zimmer seine perverse Tat schildert.«
Sie müssen einen Bogen um einen Pontiac machen, der frech auf dem Gehweg geparkt ist.
»Dieser Straßenkreuzer«, Dr. Wegner deutet auf ihn, »gehört einem Großhehler. Er tritt selbstsicher und arrogant auf, man kann ihm nie etwas beweisen. Sein Brillantring am kleinen Finger ist mehr wert, als Sie im Monat verdienen. – In der Walrafanlage häufen sich die Raubüberfälle durch Strichjungen, heute morgen findet eine Gegenüberstellung mit einem Homo statt. – Lauter Schicksale und alle gleichzeitig unter einem Dach.«
Sie sind jetzt fast bei dem PP angelangt. Dr. Wegner hat einen elastischen Gang und legt ein Tempo vor, daß Leß trotz seiner langen Beine fast Mühe hat, mitzukommen.
»Das ist schon sehr beeindruckend«, findet auch Leß.
»Sie haben sich einen schweren Beruf gewählt, Herr Leß«, sagt Dr. Wegner. »Sie können bearbeiten, was Sie wollen, irgendwie geht es immer unter die Haut, werden Sie trotz Routine eigene Gefühle nie ausschalten können, immer Teilnahme empfinden für die Opfer des Verbrechens, mit ihnen leiden, mitleiden. Vergessen Sie das Mitleid nie.«
Sie haben jetzt den Eingang erreicht, und ihre Wege trennen sich.
»Auf Wiedersehen, Herr Leß, ich wünsche Ihnen einen schönen Tag.«
»Auf Wiedersehen, Herr Dr. Wegner.« Dr. Wegner gibt Leß

die Hand und geht in einen abzweigenden Gang. Gleichzeitig treffen Leß und Flock zusammen.
»Ein Wetter zum Helden zeugen. Guten Morgen, Fred. Donnerwetter, jetzt darfst du dir aber den ganzen Tag die Hand nicht waschen.«
»Guten Morgen, Heinz. Wie mir scheint, ein kluger Mann, der Herr Polizeipräsident«, sagt Leß nachdenklich.

◇

»So, es kann losgehen«, sagt Göttmann, und Hassan wählt die Nummer 46 22 98. Die Spulen des Uher 4000 Report drehen sich mit Bandgeschwindigkeit 19, der Lautsprecher ist zur Vermeidung von Rückkoppelungsgeräuschen abgeschaltet, und Göttmann hört über Kopfhörer mit, während Hassan den Telefonhörer am Ohr hat. Zuerst ertönt das Rufzeichen, dann meldet sich eine weibliche Stimme.
»Seveneleven.«
Ohne Hast und Aufregung sagt Hassan:
»Kann ich Chef sprechen?«
»Wer ist da?«
»Hier Hassan.«
»Der Chef ist nicht da.«
»Sage ihm, Hassan braucht 1000 Karten. Wann kann ich Chef sprechen?«
»Ich richte es ihm aus. Ruf morgen wieder an.«
Es wird eingehängt, auch Hassan legt auf, und Göttmann schaltet das Tonbandgerät ab. Er nimmt die Kopfhörer ab und lehnt sich in seinem Schreibtischsessel zurück.
»Was bedeutet 1000 Karten?«
»Eine Karte ist 1 Gramm Heroin.«
»Und wer ist der Chef?«
»Ich ihn nicht kennen. Hab' ihn auch noch nie gesehen.«
»Wie hast du sonst immer deinen Stoff bekommen?«
»Ich angerufen, wie heute. Dann wurde mir Stoff geliefert, aber noch nie ein Kilo, so viel.«
»Wohin wurde es geliefert?«

»Immer anderer Ort. Ich werde bestellt.«
»Wer hat dir den Stoff gebracht?«
»Ist ein Deutscher, heißt Moritz.«
»Was weißt du über diesen Moritz?«
»Sonst nichts. Keine Name, nichts. Er kommt, nimmt Geld, gibt Ware, das alles. Ganz einfach.«
»Fahrzeug?«
»Mal Mercedes, mal BMW, weiß kein Kennzeichen.«
»Ich warne dich, Hassan«, sagt Göttmann scharf, »wenn du mir etwas verschweigst, geht's ab nach Casablanca!«
»Bei Allah, Herr Göttmann, ich nicht lügen, sage Ihnen alles.«
Mit levantinischem Gebaren verzieht sich sein Gesicht in Schmerz, Furcht und Trauer.
Göttmann glaubt vorsichtshalber kein Wort, solange nicht das Gegenteil bewiesen ist. Allzu oft haben Ausländer dieser Art bei ihm auf Mutter, Großmutter, Kinder und Kindeskinder geschworen, ohne nur ein einziges wahres Wort von sich zu geben.

◇

Ausnahmsweise fehlt heute Jochen Menges, ansonsten sind wieder alle für eine Stunde beim Hansa-Schorsch eingekehrt. Menges hat so etwas wie »Hochzeitstag« gemurmelt und »nicht daran gedacht« und »schnell Rosen besorgen«, er war jedenfalls furchtbar in Eile. Die Zurückgebliebenen des 10. K. haben bereits ihn und seine Frau Marianne mit einer Runde Bier geehrt und sich, wie könnte es auch anders sein, einem dienstlichen Thema zugewandt. Es geht um das schmutzige Geschäft der V-Leute.
»Also, ihr könnt sagen, was ihr wollt«, berichtet gerade Flock, »man kommt sich hinterher schäbig vor. Ich hab' es doch auch schon einmal gemacht, bin bei der Kollwitz-Schore als Käufer aufgetreten.«
»Aber das ist doch was anderes, dadurch bist du doch kein V-Mann, machst es doch von Berufs wegen«, hält ihm Schickl entgegen.

»Das kannst du nennen, wie du willst. Der kleine Münchner, der den Bruch mitgemacht hatte, war jedenfalls ein Pfundskumpel, und mir gegenüber hat er sich astrein benommen. Ganoven untereinander verhalten sich nämlich oft ganz anders, als wir sie kennen. In diesem Fall herrschte echte Kameradschaft, Hilfbereitschaft und Zusammenhalt. Man sollte das nicht nur negativ sehen.«

»Mensch ja«, schwärmt Herle, »das war doch ein Klassefall, als wir euch alle hopsnahmen. Mitten in der privaten Striptease-Show.«

»Gewiß, ich habe mich auch gefreut, als der Schmuck für eine halbe Million wieder da war, aber es bleibt ein bitterer Nachgeschmack. Ich jedenfalls kann den Charles verstehen.« Flock trinkt sein Bier in einem Zug aus, so als wollte er die für ihn unangenehme Erinnerung herunterspülen.

»Obwohl das bei Rauschgift eigentlich noch klarer ist. Charles' Einsatz war doch im Interesse der Gesundheit vieler Menschen«, meint Schickl, und Herle erkundigt sich, wo denn Charles bleibe, da er heute abend auch kommen wollte.

»Er konnte nicht, mußte zu einem Vortrag an der Uni«, sagt Göttmann.

»Bei echten V-Leuten, die aus Ganovenkreisen kommen und uns Informationen verkaufen, stimmt es zweifellos«, stellt Schickl fest. »Das sind alles Charakterschweine.«

»Warum tun sie es?« fragt Flock. »Entweder wollen sie Geld oder einen Vorteil im eigenen Strafverfahren – siehe Hassan –, oder sie wollen von uns was erfahren.«

»Beziehungsweise von der eigenen Person ablenken«, ergänzt Herle, »da sie selbst krumme Dinger drehen, oder die Konkurrenz ausschalten.«

»Also gut, Kollegen«, bemerkt Göttmann provozierend, »ich erkenne eure edle Gesinnung. Lassen wir künftig die Finger davon, verzichten wir auf das Kilo Heroin und schicken den Hassan in die Wüste nach Marokko.«

»Das ist doch Unsinn, Karl«, protestiert Schickl, »kann auch nicht dein Ernst sein.«

»Ist es auch nicht, Horst«, gibt Göttmann zu. »Wie wir über diese Leute denken und was wir persönlich von ihnen halten, steht auf einem anderen Blatt. Aber wir brauchen sie ganz einfach.«

»Man liebt den Verrat, aber nicht den Verräter.«

»Richtig, Herr Leß«, bestätigt Göttmann. »Stellt euch vor, es kommt der Diamanten-Lothar – ihr kennt ihn – und singt uns, daß morgen abend um 23 Uhr von Müller, Meier und Schulze ein Panzerschrank bei dem Autohaus Opel gemacht wird. Sollen wir ihn wegschicken und ihm sagen: ›Du bist ein mieses Schwein?‹ Keineswegs. Wir legen uns auf die Lauer und nehmen das Trio auf frischer Tat fest.«

»Das mein' ich aber auch!« bekräftigt Herle.

»Damit begeben wir uns ja keineswegs auf eine Ebene mit diesem Diamanten-Lothar«, fährt Göttmann fort. »Und das schließt auch nicht aus, daß der Lothar nächste Woche wieder bei einem Juwelier einbricht – und wir ihn deswegen kassieren.«

Schickl stimmt zu: »Würden wir anders verfahren, könnte der Lothar sein Ding drehen und der Panzerschrank-Fall wäre zusätzlich auch ungeklärt.«

»Aber bestehen keine rechtsstaatlichen Bedenken wegen unerlaubter Ermittlungsmethoden?« will Leß wissen.

»Keineswegs«, antwortet Göttmann, »obwohl es einige Richter gibt, die bei dem Wort V-Mann aus dem Häuschen geraten.«

»Unser Gesetzesauftrag lautet, strafbare Handlungen zu erforschen, und da können wir uns sehr wohl solcher Informationen bedienen«, stellt Flock etwas pathetisch fest.

»Das ist auch in Staaten wie in der Schweiz oder in England, die, was die innere Sicherheit betrifft, weiß Gott bessere Demokratien sind als wir, anerkannt«, sagt Schickl.

»Hüten müssen wir uns allerdings davor«, warnt Göttmann, »daß der V-Mann nicht als Anstifter auftritt, also indirekt durch uns erst jemanden zu einer Straftat animiert.«

»Das war bei den Ganoven, mit denen wir es bisher zu tun

hatten, immer auszuschließen«, äußert Herle. »Mit und ohne V-Mann haben die ihr Gewerbe ausgeübt.«
Schickl weist darauf hin, daß sie das ja vorher immer gewissenhaft abklären und sich jeder V-Mann darauf verlassen kann, daß die Vertraulichkeit bis hin zur Gerichtsverhandlung absolut gewahrt bleibt, wenn er nicht falsch spielt und sich nicht in gleicher Sache als Mittäter, Anstifter oder Gehilfe entpuppt.
»Also weiter mit V-Leuten, meine Herren, da sind wir uns einig«, sagt Göttmann abschließend. »Doch ist eine große Portion Mißtrauen stets am Platz, und enttäuscht werden wir von dieser zwielichtigen Zunft garantiert immer wieder.«
»Der Tag geht und Jonny Walker kommt . . .« Flock hebt sein leeres Glas in Richtung Hansa-Schorsch.

◇

Hassan wird der nächsten Nagelprobe unterzogen. Göttmann läßt ihn nichts alleine machen und überwacht jeden seiner Schritte. Göttmann will sich nicht gerne an der Nase herumführen lassen von einem Ausländer, den er mit 20 kg Shit ertappt hat.
Hassan führt mit dem »Club Seveneleven« das nächste Telefonat, das wieder auf Tonband mitgeschnitten wird.
»Hier Hassan, bitte Chef.«
Die weibliche Stimme sagt: »Moment«, dann meldet sich ein Mann:
»Ja, Hassan?«
»Ich hab' Abnehmer für 1000 Karten, wann kann ich haben?«
»Das ist viel, Hassan, hast du das Geld dafür?«
»Hab ich bisher immer bezahlt?«
»Doch, doch, Hassan, das ist richtig. Also, geht in Ordnung. Ruf übermorgen wieder an, um 15 Uhr.«
»Wiederhören«, sagt Hassan und legt mit einem triumphierenden Lächeln auf.
Göttmann ist zufrieden.

◇

Hassan steht alleine auf einem mittelgroßen Parkplatz zwischen geparkten Fahrzeugen herum und wartet. Der rechteckige Parkplatz hat nur eine Zufahrt. Er wird auf zwei Seiten durch Straßen begrenzt, auf der dritten Seite durch eine Häuserfront und der vierten durch eine Bahnlinie. Zwischen dem erhöht gelegenen Platz und den beiden Straßen befindet sich eine mit Gras bewachsene Böschung. Die eine Straße führt über die einstreckige Bahnlinie. Dieser Übergang ist mit Schranken versehen. Neben den Schranken steht ein turmartiges Schrankenwärterhäuschen, aus dessen rundum verglaster Kanzel man einen Blick über das gesamte Gelände hat.
Horst Schickl hat Hassan in voller Schärfe in seinem Fernglas. Auf 100 m Luftlinie ist alles deutlich zu sehen. Schickl hält sich im Hintergrund der Kanzel auf. Es ist nachmittags, und das Sonnenlicht liegt von außen auf den Scheiben, so daß er mit dem anwesenden Bundesbahnmann die Vorhänge teilweise zugezogen hat. Außerdem ist er wegen der Blendwirkung garantiert nicht auszumachen.
Es ist die Stunde der Entscheidung. Bis jetzt lief es gut mit Hassan. Nichts spricht dafür, daß er ein linkes Spiel aufgezogen hat. Es deckt sich mit Schickls Erfahrung, daß solche Leute manchmal einen erstaunlichen Ehrgeiz entwickeln, wenn sie erst einmal auf Seiten der Polizei stehen. Sie wollen es besonders gut machen, beweisen, daß sie es ehrlich meinen, oder aus Geltungsbedürfnis zeigen, was sie für Kerle sind. Hier und da packt sie auch eine Art Jagdfieber und sie wollen den Erfolg sehen. Es ist ein eigenartiger Wandel, der mit diesen Menschen geschieht, fast als hätten sie sich einer Gehirnwäsche unterzogen. Im Vordergrund stehen aber meist Selbstbestätigung und Geltungsdrang, der Wunsch, sich selbst und der Kripo zu beweisen, daß sie keine billigen kleinen Ganoven sind, daß sie Verbindungen und Einfluß haben sowie eine wichtige Rolle im Milieu spielen. Auch die Geständnisfreude bei Vernehmungen wird oft durch solche Motivation gefördert. Nun, im Falle Hassan steht daneben das handfeste Bestreben, durch Wiedergutmachung im Strafverfahren mildernde Umstände zu errei-

chen und einer Abschiebung nach Marokko zu entgehen.
Das schwere Fernglas 10 × 50 ist auf ein Stativ montiert. Schickl hat Hassan ständig im Auge. Er geht ruhig und langsam auf und ab. Mit Genugtuung stellt Schickl fest, daß von den anderen eingesetzten Kollegen niemand zu sehen ist.
Jetzt biegt ein roter Ford Granada in den Parkplatz ein. Schickl schwenkt sein Fernglas, beobachtet das Fahrzeug, gibt das Kennzeichen über Funk an alle durch und verfolgt den Wagen. Fahrer und Beifahrer steigen aus, entnehmen dem Kofferraum zwei Taschen und gehen weg. Ein VW, besetzt mit einem jungen Pärchen, verläßt den Parkplatz. Der Parkplatz ist nicht sehr frequentiert. Jetzt kommen drei Personen, zwei Männer und eine Frau. Sie haben Trauerkleidung an. Die beiden Männer tragen einen großen Kranz. Sie versuchen, den Kranz in den Kofferraum eines gelben Audi 100 zu legen, der bereits auf dem Parkplatz steht. Das mißlingt. Jetzt verstauen sie den Kranz im Fond des Wagens. »Schlechtes Omen«, denkt Schickl. Ein Mercedes-Sport in Silbermetallic erscheint und parkt. Schickl übermittelt das Kennzeichen. Eine Frau mit Pudel steigt aus. Sie trägt eine Einkaufstasche. Schickl gibt ihre Beschreibung durch. Aber auch sie entfernt sich. Schickl überlegt, daß nicht jede Frau mit Pudel und Mercedes-Roadster unbedingt eine Nutte sein muß. Jetzt biegt ein weißer Mercedes in den Parkplatz ein. Er fährt direkt auf Hassan zu und hält neben ihm. Es geht los. Schickl spricht in das Funkgerät:
»Soeben weißer Mercedes 280, Kennzeichen HH-RS 4692, aufgetaucht. Besetzt mit 2 Personen. Hält bei Hassan. Fahrer spricht mit ihm. Hassan steigt hinten links hinter Fahrer ein. Verflucht, hoffentlich fahren sie nicht mit Hassan weg. Mercedes stößt in Parklücke. Gott sei Dank, er bleibt stehen. Ich kann Hassan weiter sehen. Beifahrer dürfte Neger sein. Fahrer und Beifahrer sprechen nach hinten zu Hassan. Jetzt reicht Beifahrer etwas Weißes nach hinten zu Hassan, kann Plastiktüte sein. Motor des Mercedes läuft, kann ich am Auspuff sehen. Hassan blickt zu mir. Achtung! Er gibt das Zeichen. Stoff ist da! Festnahme! Festnahme!«

Sekunden später trifft als erster Jochen Menges ein. Er fährt den Opel-Caravan und stellt sich quer in die Einfahrt zu dem Parkplatz. Gleichzeitig nähern sich von verschiedenen Seiten Göttmann, Flock, Herle und Leß dem höher gelegenen Parkplatz. Als sie an der Böschung ankommen, ziehen alle außer Leß ihre Pistolen. Sie nähern sich dem Mercedes. Nun sind sie noch circa zehn Meter von dem Fahrzeug entfernt. Im gleichen Moment erkennt der Fahrer des Mercedes die Situation. Er stößt rückwärts aus der Parklücke heraus und fährt leicht schleudernd rückwärts auf den Ausgang zu. Menges dirigiert seinen Opel so, daß der Mercedes nicht vorbei kann. Krachend stößt der Mercedes in die Breitseite des Dienstwagens. Der Opel wird zwei Meter zurückgeschleudert, aber der Mercedes steht. Menges hält sich den Kopf.
Die Beamten spurten in Richtung Mercedes. Flock erreicht die Fahrerseite und kann verhindern, daß der Fahrer das Auto verläßt. Er stößt ihn zurück, dieser tritt nach ihm, woraufhin Flock ihm mit der Faust ins Gesicht schlägt. Leß kommt ihm zu Hilfe, und Flock hält jetzt den Fahrer, dem Blut aus der Nase läuft, mit der Pistole in Schach. Während sich dies abspielt, ist der farbige Beifahrer aus dem Wagen gesprungen und läuft bereits in Richtung Bahngleise. Er wird von Göttmann und Herle verfolgt, die einen Abstand von ungefähr zwölf Metern zu ihm haben. Als der Neger die Schienen erreicht hat, zieht er eine Schußwaffe, dreht sich um und gibt blitzschnell zwei Schüsse in Richtung der Verfolger ab. Göttmann und Herle gehen in Deckung und schießen zurück.
Menges sitzt in dem beschädigten Opel und bemüht sich verzweifelt, noch halb benommen und eine Beule am Kopf reibend, Funkverbindung zu bekommen:
»Main, Main für Main 61 kommen!«
Aber im Funk tönt es:
»Der Transport hat Überlänge und Überbreite. Ja richtig.«
»Main kommen!«
»Ja, Sie müssen die Glauburgstraße sperren und die Unterführung umfahren, da kommen . . .«

»Verdammt noch mal, Main kommen!«
»Ja, diese Brücke trägt 50 Tonnen, die können Sie nehmen, aber . . .«
»Main kommen! Dieser Scheißschwertransport, ist denn das zu fassen?! Main kommen!«
»Jetzt kommen Sie abgehackt an. Quatscht da wer dazwischen?«
»Hier Main 61, können Sie mich aufnehmen?«
»Bleiben Sie doch aus dem Gespräch, ich habe einen Schwertransport.«
»Hier ist eine Schießerei, ich brauche dringend Unterstützung!«
»Main 61 sprechen.«
Menges atmet erleichtert tief durch.
»Bei Übergabe von einem Kilo Heroin Schußwechsel zwischen uns und einem flüchtigen Farbigen, circa 1,90 groß, Jeans und gelber Pullover. Fluchtrichtung auf dem Bahnkörper in Richtung Rebstock. Bitte Hubschrauber und 4 Funkstreifen in diesen Raum.«
»Verstanden«, quittiert der Funksprecher.
Bei Beginn des Einsatzes hat Schickl das Schrankenhäuschen verlassen und ist zu seinem Dienstwagen gelaufen, um die Verfolgung des Negers, den er gerade noch weglaufen sah, aufzunehmen. Als er jetzt an den Bahnübergang heranbraust, gehen die Schranken herunter. Er steigt in die Bremsen und muß anhalten.
»Verfluchter Mist, hat sich denn alles gegen uns verschworen?«
Er hört gerade noch die letzten Sätze von Menges abgesetzten Funkfahndung und die Anweisungen des Funksprechers:
». . . Ob jemand verletzt ist, weiß ich nicht. Beschreibung: Neger, 1,90 groß, Jeans und gelber Pullover.
11/21 fahren Sie August-Euler-Straße, 14/26 Römerhof, 11/56 Weserstraße, 12/34 Mönchhof. Kontrollieren Sie Bahngelände. Kommen, ob verstanden?«
Ein langer Güterzug fährt vor Schickl, der nervös mit den Fingern auf das Lenkrad trommelt, vorbei.

Im Funk melden sich die angesprochenen Funkstreifen: »11/21 verstanden, 14/26 verstanden, 11/56 verstanden, 12/34 verstanden.«
Flock und Leß sind inzwischen dabei, den festgenommenen Mercedesfahrer zu durchsuchen. Noch einmal will Leß dabei keinen Fehler machen. Er zieht dem Mann einen großkalibrigen Revolver aus der inneren Rocktasche. Im Mercedes hinten sitzt Hassan mit Handschellen um die Handgelenke.
Der Polizeihubschrauber fliegt dicht über sie hinweg. Die Schranke geht hoch, und Schickl fährt mit quietschenden und sich durchdrehenden Rädern davon.
Auf dem Gleiskörper laufen Göttmann und Herle. Außer Atem bleiben sie stehen.
»Ich kann nicht mehr«, keucht Göttmann.
»Wo ist der Kerl nur hin?« Herle schnappt nach Luft.
»Was für ein Glück, daß der genauso schlecht schießt wie wir«, sagt Göttmann ironisch.
»Ist schon ein blödes Gefühl, wenn einem die Kugeln um die Ohren fliegen.«
Ein Funkwagen mit eingeschaltetem Blaulicht hält unterhalb des Bahndamms.
»Gibt's was Neues?« ruft einer der Beamten hoch.
»Nein, Kollegen«, antwortet Göttmann, »sucht mal in dieser Richtung weiter. Am besten zu Fuß vom Bahndamm aus, da kann man beide Seiten kontrollieren. Uns hängt schon die Zunge aus dem Hals.«
Der Polizeihubschrauber fliegt über sie hinweg, macht eine Schleife und landet neben der Bahnlinie mit laufendem Rotor. Göttmann und Herle eilen hin, begeben sich in gebückter Haltung an die Maschine und steigen ein. Sofort hebt sich die Alouette II wieder vom Boden ab.

◇

»Wie geht es deiner Beule, Jochen?« erkundigt sich Göttmann besorgt.
»Nicht der Rede wert«, beschwichtigt Menges. »Bei dem Auf-

prall bin ich mit dem Kopf gegen den Türholm geschleudert worden. Aber so etwas muß ein Polizistenschädel aushalten können.«

Es ist bereits Abend, als sie sich alle nach dem heißen Nachmittag in Göttmanns Büro versammeln.

»So, machen wir mal eine kleine Bestandsaufnahme«, beginnt Göttmann. »Zunächst einmal: der Festgenommene heißt Moritz Sippel.«

Flock und Leß hatten ihn zu »betreuen« und berichten:

»Er steht als Berufs- und Gewohnheitsverbrecher unter Überwachung und ist zur Zeit ohne festen Wohnsitz. Haftfrage dürfte kein Problem sein. Er ist der bisherige Geschäftspartner von Hassan, den dieser nur mit dem Vornamen Moritz kannte.«

»Hat er ausgesagt?« fragt Göttmann.

»Nein, Aussage verweigert und nach Rechtsanwalt verlangt«, sagt Flock lakonisch. »Ein ausgeschlafener Junge.«

Leß ergänzt: »Sein einziger Kommentar war: Es ist schwer, gegen eine Fuhre Mist anzustinken.«

»Dafür hat er schon vorher von mir eine auf die Nase bekommen.« Flocks Gesichtsausdruck läßt keinen Zweifel zu, daß er dies für ausgleichende Gerechtigkeit hält.

»Also wissen wir über den flüchtigen Neger bisher gar nichts?« fragt Göttmann.

»Nein, auch Hassan kennt ihn nicht«, antwortet Leß.

Herle war mit dem sichergestellten Kilo Heroin bei dem 13. K. Er trägt vor, daß es sich um sogenannte Hongkong-Rocks mit einem Reingehalt von 60 % handelt. Solcher Stoff komme in der Regel aus Amsterdam.

Göttmann fordert jetzt Menges und Schickl auf, zu berichten, was sie inzwischen über den sichergestellten Mercedes ermitteln konnten. Das Fahrzeug war bereits vor vier Monaten in Hamburg gestohlen worden. Sie haben mit Hamburg telefoniert und herausgefunden, daß das verwendete Kennzeichen HH–RS 4692 auf einen gleichartigen Mercedes eines Tierarztes in Hamburg zugelassen ist, dessen Auto friedlich in seiner Garage steht. Ferner haben sie im Handschuhfach ein Foto

gefunden. Auf dem Bild sieht man den Neger, wie er sich an den Kotflügel des Mercedes lehnt. Schickl zieht den Schluß, daß der Mercedes normalerweise von dem Neger und nicht von Moritz Sippel gefahren wurde.
Menges zeigt ein Autositzkissen, das auf dem Rücksitz des Mercedes lag. Das Kissen ist mit dem Kennzeichen HH–AY 478 bestickt, das zu einem anderen Mercedes 280 gehört, der bereits vor sechs Monaten in Hamburg gestohlen und noch nicht aufgefunden wurde.
»Meine Herren«, sagt Göttmann mit Nachdruck, »1 kg Heroin, 2 gestohlene Mercedes und der raffinierte Trick, das falsche Kennzeichen mit einem ordnungsgemäß zugelassenen Kfz gleichen Typs zu doppeln, um eine oberflächliche Kontrolle zu überstehen – da steckt System dahinter.«
»Es kommt noch besser«, kündigt Menges an. »Im Handschuhfach befanden sich Kfz-Schein und Kfz-Brief für den gestohlenen Mercedes. Totalfälschungen mit den technischen Daten des Fahrzeugs auf den Namen Joe White, Hamburg, Barmbekker Str. 318. Diese Adresse und der Name existieren nicht in Hamburg.«
»Es könnte der Neger sein«, meint Herle.
»Kann, aber muß nicht«, äußert Schickl. »Aber nun hört und staunt. Diese falschen Papiere haben die gleiche Nummer, wie wir sie bei Nobby Lenz gefunden haben.«
»Donnerwetter!« ruft Flock aus.
»Dann aber ’ran an ihn!« fordert Herle auf.
Göttmann öffnet einen Briefumschlag, den er auf dem Schreibtisch liegen hatte. »Außerdem waren diese Aktfotos im Handschuhfach.« Es sind fünf Bilder. Sie zeigen den Neger mit einer Frau, dann mit zwei Frauen, die beiden Frauen zusammen und jede Frau alleine.
Die Bilder werden herumgereicht.
»Mir wird so freundlich in der Hose«, bemerkt Flock, als er an der Reihe ist und die Aufnahmen betrachtet. Er gibt sie Leß.
Leß schaut sich die Fotos an. Er stutzt, sieht nochmals genau hin, plötzlich ruft er aus:

»Moment mal, die eine, oder irre ich mich, das ist doch Angelika Nottebrock?«
Alle springen auf und schauen Leß über die Schulter.
»Zeig her. Tatsächlich. Das Gesicht«, sagt Schickl. »Ich hab' sie bei der Obduktion gesehen. Fred, du hast recht«, bestätigt Flock.
»Sie hat nur eine andere Perücke auf«, stimmt auch Göttmann zu.
»Und der Neger ist ohne Zweifel unser Schütze von heute«, stellt Menges fest.
»Nur das zweite Mädchen ist unbekannt«, überlegt Schickl.

◇

Der elegant und überheblich wirkende Moritz Sippel ist erkennungsdienstlich behandelt worden, das heißt, er wurde fotografiert und seine Fingerabdrücke wurden genommen. Er ließ alles mit stoischer Ruhe über sich ergehen, sagte nichts, würdigte keinen Beamten eines Blickes, genau wissend, daß er gegen die Zeremonie des »Klavierspielens«, wie das Abrollen der schwarz gefärbten Finger auf das Formular genannt wird, nichts machen kann. Er kennt seine Rechte, der alte Fuhrmann Sippel.
Jetzt bringen ihn Flock und Leß zum Polizeigewahrsam, wo er sechs Stunden nach seiner Festnahme übernachten darf. Es ist gegen 21.00 Uhr.
»Guten Abend, eine Einlieferung vom 10. K.«, sagt Flock, als ihnen der Gewahrsamsbeamte öffnet.
»Einlieferungsanzeige?« verlangt der Beamte mürrisch.
Flock überreicht sie ihm, Sippel steht mit unbewegter Miene dabei. Er kennt das alles schon.
»Geht in Ordnung.«
Der Beamte schließt die Gittertür.
Flock und Leß gehen die Treppen hinunter. Leß bemerkt, daß Flock ein zufriedenes Gesicht macht.
»Was denkst du, Heinz?« fragt er ihn.
»Daß wir garantiert nicht den Falschen eingesperrt haben.«

Davon ist auch Leß überzeugt. Ein Profiganove mit einer Latte von Vorstrafen und mit einem Kilo Heroin auf frischer Tat, das kostet 6–8 Jahre. Trotzdem, ein Gefühl des Triumphs oder ähnliche Regungen kann Leß bei sich nicht feststellen.
»Kommst du dir jetzt vor wie ein Jäger, der stolz auf seine erlegte Beute ist?«
»Nein, Fred, keineswegs. So sehe ich unsere Arbeit nicht. Es befriedigt mich, daß wir diesen Sippel aus dem Verkehr gezogen haben, mehr aber auch nicht. Der Bursche hätte ja immer weiter mit Rauschgift und anderen linken Geschäften Schaden angerichtet. Aber bei Licht besehen ist das nur ein Tropfen auf einen heißen Stein. Wie viele Sippels kennen wir gar nicht, und garantiert wird seine Lücke schnell durch andere geschlossen. Im Grunde ist das ein Kampf gegen Windmühlenflügel, trotzdem dürfen wir nicht resignieren, sonst wächst uns die Kriminalität über den Kopf.«
»Du meinst, daß wir so schnell nicht arbeitslos werden?«
»Mit Sicherheit nicht.« Flock bleibt auf dem Treppenabsatz stehen.
»Außerdem haben wir zum Jubeln heute keinen Grund, denn es war nur ein halber Erfolg. Schließlich ist uns der Neger durch die Lappen gegangen.«
»Aber es war mal so richtig was los, mir hat das trotzdem gefallen!«
»Wenn geschossen wird, Fred, hört der Spaß auf. Das ist eine verdammt ernste Angelegenheit. Stell dir vor, es hätte einer von uns plötzlich mausetot dagelegen. Das lag doch im Bereich des Möglichen. Was sind dann ein Kilo Heroin oder die schönsten Erfolge wert? Ich war einmal dabei, als ein Kollege angeschossen wurde, und wir dachten, er würde sterben. Er kam dann durch, aber was meinst du, was einem durch den Kopf geht, wenn er vor Schmerzen brüllt, wenn du die Sekunden zählst und der Krankenwagen nicht kommt und wenn er dir sagt, was du seiner Frau ausrichten sollst. Das sind Momente, da verfluchst du den Beruf, würdest liebend gern alles rückgängig machen, das vergißt du dein Leben nicht. Aber auch wenn

es den Neger erwischt hätte . . . Glaub nur nicht, daß dir das so einerlei ist. Es liegt nicht einfach einer so erschossen 'rum, ohne daß es dich berührt. Da kommen dir Gedanken, sofort, später und noch nach Monaten, Jahren. Wäre es vermeidbar gewesen, was hast du falsch gemacht, wie groß ist deine Schuld? Ein Fehler mit der Schußwaffe ist unwiderruflich. Die Kugel, die aus dem Lauf ist, hält niemand mehr auf.«

»Es geht aber alles so furchtbar schnell. Als es heute knallte, es kam so überraschend, ich wußte gar nicht, wie mir geschah.«

»Das ist es ja. Du reagierst blitzschnell. Entweder richtig oder falsch, oder du hast Glück. Oft haben wir Glück. Du kennst mich, Fred. Ich bin für jeden Quatsch zu haben und nehme es nicht so genau, aber mit der Schußwaffe, da bin ich sehr sehr vorsichtig. Die laß ich lieber stecken oder drohe nur damit. Bevor ich schieße, müßte ich in echter Notwehr sein oder sichergehen, daß eine ganz schwere Straftat vorliegt.«

»Das war aber doch heute Notwehr!«

»Natürlich, astreine Notwehr. Ich sage ja auch nicht, daß Götte und Dieter nicht hätten schießen sollen. Wenn jemand auf mich schießt, schieße ich zurück, gar keine Frage. Dann soll lieber der andere dran glauben. Wenn er dann so verletzt wird, daß er nicht mehr angreifen oder fliehen kann, ist das ja auch verhältnismäßig. Das Verteufelte ist aber, daß du ihn auch totschießen kannst, selbst wenn du auf die Beine zielst. Solche Kunstschützen sind wir alle nicht.«

»Und der gezielte Todesschuß?«

»Er ist dann gerechtfertigt, wenn man nur zwischen zwei Menschenleben entscheiden kann. Entweder tötet der Verbrecher die Geisel oder die Polizei den Verbrecher. Dieser Schuß ist dann die ultima ratio, hoffentlich komme ich nie in diese Situation. Aber der Ausgang der Schießerei von heute ist mir schon lieb, nämlich daß keiner getroffen hat. Besser, der Neger ist abgehauen als tot.«

Sie haben sich so intensiv unterhalten, daß sie darüber die Umgebung ganz vergessen haben und jetzt feststellen, wie sie auf der Treppe stehen.

»Komm Fred, laß uns im ›Hansa‹ noch ein Bier zischen.«
Sie treten aus dem Gewahrsamsgebäude in den Innenhof des Polizeipräsidiums. Es hat leicht zu regnen begonnen und ein Mannschaftswagen der Schutzpolizei hält mit abgeblendeten Scheinwerfern am Eingang. Mehrere Beamte bemühen sich, drei stark angetrunkene Prostituierte auszuladen, die offensichtlich zur Ausnüchterung eingeliefert werden sollen.
»Laßt mich geh'n, ihr Linkswichser. Scheißpolizei. Verbrecher fangen können sie nicht. Uns schikanieren . . .« Die erste steht mit wirr herunterhängenden Haaren bereits außerhalb des Fahrzeugs. Ihre eine Körperseite, die Beine und die rote Strickjacke sind naß und verschmutzt. Offensichtlich war sie bereits einmal hingefallen.
Eine zweite Dirne steigt aus, sie macht ein paar unsichere Schritte, schwankt leicht hin und her. Jetzt spannt sie ihren Regenschirm auf und fängt an zu tanzen. Dabei singt sie: »Heute blau und morgen blau und übermorgen wieder.« Dazwischen keift die erste: »Die geilen Böcke, bei uns umsonst ficken, das wollen se!«
Ein Beamter der Schutzpolizei versucht sie zu beruhigen. »Mach nicht so 'nen Krach, die Leute schlafen hier schon im Hotel.«
Inzwischen macht die Tänzerin komische Sprünge von einem Bein auf das andere und singt mit ihrer Rabenstimme weiter.
Schwierigkeiten macht offensichtlich die dritte Dame. Sie will nicht aussteigen. Aus dem Wageninnern hört man sie wie rasend: »Laß mich geh'n, du Sau!«
»Los, komm 'raus!« herrscht sie ein Beamter an, der an der Fahrzeugtür steht.
»Ich bleib hier sitzen!« tönt es trotzig von innen.
»Bullen, blöde Bullen!« zetert die mit der roten Strickjacke, während die andere ihren Regenschirm wie ein Zirkusclown schwingt und jetzt »So ein Tag, so wunderschön wie heute« anstimmt.
Die uniformierten Kollegen werden nun energisch. »Wenn du jetzt nicht kommst, holen wir dich!«

»Versuch's doch, Feigling!« giftet sie zurück.
»Auf geht's, Walter, so kommen wir nicht weiter«, fordert der Beamte an der Fahrzeugtür einen anderen auf.
»Na fangt schon an, ihr Arschlöcher!« schreit sie zurück.
Von allem Weltlichen entrückt, schwankt die Tänzerin mit ihrem Regenschirm weiter, nimmt um sich herum offensichtlich nichts wahr und hat ihr Potpourri jetzt auf »Kornblumenblau ...« erweitert.
Zwei uniformierte Beamte steigen in den Wagen und versuchen, die Frau zu fassen. Sie gebärdet sich wie eine Wilde, tritt und schlägt nach den Beamten und kreischt:
»Laßt mich geh'n! Hilfe, ich werde umgebracht! Ihr Säue, Schweine! Hilfe, ich will nicht. Drecksäcke!«
Ihre Stimme überschlägt sich, schließlich können die Beamten sie an einem Arm und einem Bein fassen. Sie wehrt sich weiter, spuckt und beißt, die Mütze des Beamten fliegt aus dem Fahrzeug und rollt in eine Pfütze, sie hält sich an den Sitzen fest, die Naht ihres Kleides reißt; schließlich gelingt es den Beamten, sie aus dem Auto zu ziehen. Erschöpft und mit Schaum vor dem Mund bleibt sie vor dem Fahrzeug liegen.
»Ja, das könnt ihr, zu fünft seid ihr stark, ihr Scheißbullen!« geifert die erste Dirne, die erstaunlich sicher auf den Beinen steht.
Plötzlich reißt sie sich die Bluse auseinander, daß die Knöpfe auf den Asphalt fliegen, und schreit schrill: »Hilfe, Hilfe, der will mich vergewaltigen, der Bulle hat mich unsittlich berührt, ich mache Anzeige!«
Flock faßt Leß, der sich das Schauspiel mit gemischten Gefühlen angesehen hat, am Arm. »Fred, sieh doch mal da drüben.«
Etwas abseits steht die Tänzerin, sie hat noch immer den Regenschirm aufgespannt, wiegt sich leicht in den Hüften hin und her, macht jetzt im Stehen die Beine breit und fängt an, offensichtlich durch ihren Schlüpfer hindurch, zu urinieren.
»Das ist ja widerlich.« Leß schüttelt sich.
»Da werden Weiber zu Hydranten.«
»Komm laß uns gehen«, bittet Leß.

Göttmann kann nicht umhin, Stanelle in seinem Büro aufzusuchen. Er will sich auch nicht lange aufhalten und bleibt stehen, während er ihm das Fernschreiben vorlegt. Stanelle liest es offensichtlich zweimal durch und rutscht unruhig auf seinem Stuhl hin und her.
»Ich kann Ihnen gar nicht sagen, wie ungern ich dieses FS an das Innenministerium unterschreibe«, sagt er schließlich.
Göttmann weist ihn darauf hin, daß bei Schußwaffengebrauch eine Meldung an das HMdI Vorschrift ist.
»Ich weiß, ich weiß«, äußert Stanelle unwirsch. »Aber die prüfen das, fragen zurück, nichts als Schwierigkeiten.«
»Das ist doch immer dasselbe«, stimmt Göttmann teilweise zu. »Der Beamte muß sich in Sekundenschnelle entscheiden und handeln, und Ministerium, Staatsanwaltschaft und Gericht wälzen dann tagelang Kommentare.«
»Ja, ja, das ist es ja«, seufzt Stanelle. Dann vorwurfsvoll: »Sagen Sie, Rauschgifthandel ist doch ein Vergehen. Nach dem UZwG darf doch nur bei Verbrechen geschossen werden?«
»Ich habe Ihnen doch schon erklärt, daß es reine Notwehr war, und die berührt das UZwG nicht. Der Neger hat doch zuerst auf uns geschossen.«
»Hat er das wirklich?« Stanelle blickt ungläubig über den oberen Rand seiner Brille.
Göttmann ist heute in einer friedlichen und ausgeglichenen inneren Verfassung. Schwankend zwischen HB-Männchen-Reaktion und ironischer Gelassenheit entscheidet er sich für das letztere.
»Also Herr Stanelle, am besten, ich unterschreibe das FS selbst.«
»Das wäre mir eigentlich lieb.«
»Kostet mich ein müdes Lächeln.«
Stanelle kann sich noch immer nicht mit der Tatsache des Schußwaffengebrauchs abfinden und würde ihn am liebsten rückgängig machen.
»Ja, mußten Sie denn unbedingt zurückschießen?«
»Sollten wir uns denn als Zielscheiben präsentieren?«

»Na schön«, ringt sich Stanelle durch, »dann will ich unterschreiben.«
Seine Unterschrift gerät ihm klein und krakelig. Göttmann nimmt das Papier und will gehen. Stanelle hält ihn zurück.
»Moment noch, Herr Göttmann, da ist der Dienstwagen doch zu Bruch gegangen.«
»Der alte Opel. Seien Sie froh, jetzt wird er endlich ausrangiert und es gibt einen neuen.«
»Ja, konnte man denn da nicht anders absperren?»
»Doch, Herr Stanelle. Das nächste Mal nehme ich die Stadtwerke mit, die errichten dann einen Bauzaun.«

◇

»Jetzt hört euch doch mal an, was für einen Quatsch die ›Bildzeitung‹ über den Fall schreibt.« Menges hat die Zeitung auf seinem Schreibtisch ausgebreitet und liest vor: »›Zu einer wilden Schießerei kam es gestern nachmittag zwischen der Polizei und zwei Rauschgifthändlern. Die beiden Dealer hielten etwa zehn Minuten lang sechs Kriminalbeamte mit ihren Schußwaffen in Schach. Den zufällig anwesenden Passanten flogen die Kugeln um die Ohren. Hauptkommissar Göttmann (38): ›Es war wie im wilden Westen.‹«
»Hat Götte nie gesagt«, wirft Schickl ein.
Menges liest weiter: »›Im Kugelhagel gelang es einem der Täter, sich auf einen vorbeifahrenden Güterzug zu schwingen und zu flüchten. Der andere Täter konnte unter Lebensgefahr überwältigt werden. 1 kg Heroin im Werte von einer Viertelmillion DM wurde sichergestellt. Das Heroin hätte ausgereicht, 3000 Personen süchtig zu machen.‹«
»Typische ›Bild‹-Übertreibungen«, stellt Herle fest.
»Aber mit dem Güterzug, das könnte stimmen«, meint Schickl. »Da kam wirklich einer vorbei, zu meinem Leidwesen. Vielleicht ist der Neger wirklich auf diese Art getürmt. Haben wir gar nicht bedacht.«
»Zweifellos ein Fehler von uns«, gesteht Menges ein. »Da konnten wir lange fahnden! Das ärgert mich, Menschenskind, haben wir geschlafen!«

»Ich war auch ein Idiot«, wirft sich Schickl vor. »Ich hätte in meinem Tower des Bahnwärterhäuschens bleiben müssen. Da hatte ich doch den Überblick, konnte sehen, wohin er läuft. Statt dessen brennt mir die Sicherung durch und ich renne weg zum Auto.«
»Nicht mehr zu ändern«, resigniert Herle. »Jetzt ist er über alle Berge.«
»Nur ›Bild‹ ist mal wieder dabeigewesen«, meint Leß ärgerlich.
»Ich lese jeden Tag die ›Bild‹«, sagt Menges, »obwohl ich dieses Springer-Blatt nicht ausstehen kann. Aber es ist die beste Art, sich kurzfristig über die aktuelle wichtige Kriminalität einen Überblick zu verschaffen.«
Schickl gibt ihm recht, da die Flut der Fernschreiben kein Mensch mehr übersehen könne, zumal wegen jedem Hühnerdiebstahl ein FS abgesetzt werde.
»Wird sich das nicht durch die EDV ändern?« fragt Leß.
»Es wird sich wahrscheinlich bessern«, erklärt ihm Herle. »Aber du mußt bedenken, der Computer schluckt alles in seinen großen Bauch, gibt aber sein Wissen nur frei, wenn du ihn fragst. Er aktiviert also nicht polizeiliche Maßnahmen wie ein FS, in welchem steht, daß nach einem bestimmten Ganoven gefahndet werden soll oder daß heute nacht ein Pelz-Einbruch war und man bei Pelz-Hehlern aufmerksam sein soll.«
»Also kann die Kripo auf ›Bild‹ nicht verzichten?« scherzt Leß.
In diesem Augenblick kommt Flock herein und fordert Leß auf, zum Chef zu kommen, da er seine Pistole empfangen soll.

◇

»Ich danke Ihnen nochmals für das Vertrauen, Herr Göttmann, daß ich meine Dienstwaffe jetzt führen darf.«
Göttmann blickt Leß freundlich an. »Ich bin sehr zufrieden mit Ihnen, Herr Leß, wie selten mit einem Durchläufer, und halte Sie für reif, mit diesem gefährlichen Werkzeug keinen Unsinn zu machen.«
»Trotz meiner Fehler?«
»Die machen wir alle. Aber es ist eine besondere Verant-

wortung, mit den Machtmitteln der Polizei in unserem Staate richtig umzugehen. Man muß die vorhandenen Gesetze mit dem Geiste der Verfassung und der Menschenrechtskonvention ausfüllen. Das heißt, daß die Mittel, die wir einsetzen, immer in angemessener Relation zur Schwere der Tat stehen müssen und daß wir uns für das mildeste Mittel entscheiden müssen, das die Situation erfordert beziehungsweise zuläßt.«

»Könnte man das auch mit Fairplay umschreiben?«

»Natürlich, Herr Leß, das kann man sehr wohl. Sehen Sie, man muß sich immer so verhalten, daß man in dem Verbrecher auch den Menschen sieht. Niemand ist total schlecht, jeder hat irgendwelche guten Seiten, die man erkennen und ansprechen muß. Man muß sich auch die persönlichen Sorgen anhören und Ratschläge erteilen können, also auch menschlich helfen, was keineswegs im Gegensatz zum Strafverfolgungszwang steht.«

Leß denkt an seine Erfahrungen mit einigen Ganoven und meint: »Das hat aber sicher bei den durch und durch Kriminellen, wie z. B. Moritz Sippel, Norbert Lenz oder einer verkommenen Nutte, Grenzen?«

»Heinz Flock hat mir Ihr Erlebnis von gestern abend erzählt. Ein betrunkener Zuhälter ist schlimm, ein betrunkener Penner ist schlimmer, aber eine betrunkene Nutte ist durch nichts zu überbieten. Und trotzdem muß man sich immer vor Augen halten, warum ein Mensch so geworden ist, wie wir ihn dann erleben.«

»Und Moritz Sippel?«

»Er ist ein Berufsverbrecher, war schon oft hinter Gittern. Er hat den ganzen Behördenapparat gegen sich, ein an sich ungleicher Machtkampf. Man muß sein Verhalten als Selbsterhaltungstrieb akzeptieren, zu bessern ist er ohnehin nicht.«

Leß blickt auf die Pistole vor ihm auf dem Schreibtisch. »Kann der einzelne Polizeibeamte seine Macht mißbrauchen?«

»Er kann schon, aber das passiert nicht oft, denn die Beamten kontrollieren sich gegenseitig, und der Außenseiter, der über die Stränge schlägt, wird von den anderen gebremst. Viel gefährlicher ist, wenn der Machtmißbrauch von oben angeordnet oder toleriert wird.«

»Also in Diktaturen.«
»Ja, das ist ja das Schreckliche, daß die Polizei in einem Polizeistaat der verlängerte Arm der Verbrecher an der Regierung ist. Denken Sie nur an das Dritte Reich oder nehmen Sie doch zum Beispiel Idi Amin in Uganda, oder Chile oder oder oder ... Wir brauchen uns nicht zu wundern, daß der Ruf der Polizei so schlecht ist und viele Bürger nichts mit ihr zu tun haben wollen. Das Mißtrauen bleibt.«
»Ich habe kürzlich den ›Archipel Gulag‹ von Solschenizyn gelesen. Er beschreibt die Greueltaten in der Sowjetunion durch die politische Polizei unter dem Deckmantel der Ideologie, die alles rechtfertigt.«
»Das ist Rußland«, entgegnet Göttmann. »Alles das geschah auch in Deutschland unter dem Hitler-Regime. Für uns heute unfaßbar, Millionen in den KZs ermordet, sinnlos und wahnsinnig. Durch einige Schreibtischmörder und viele Helfershelfer, nicht zuletzt bei der Polizei.«
Wieder kommen Leß die Gedanken, wie es gewesen wäre, wenn er in dieser Zeit gelebt hätte. Wie hätte er die Konflikte verarbeitet? Wozu wäre er fähig gewesen, um seine eigene Haut zu retten? Was hätte er an Idealen geopfert, um Karriere zu machen? Für was hätte er sich entschieden, um seine Familie vor Schaden zu bewahren? Nichts tun, mitlaufen, alles ignorieren, Widerstand leisten, Vogel-Strauß-Politik, Führer befiehl, ich folge dir, Heil Sieg, Jude verrecke? Wo ist die Grenze der Bestechlichkeit, der Korruption des eigenen Gewissens, der Ichsucht, der Existenzangst, des Ehrgeizes, des Mitleids, der Barmherzigkeit, der Gleichgültigkeit? Nein und abermals nein, er kann sich einfach nicht vorstellen, daß er im Dritten Reich schuldig geworden wäre. Aber er kann auch die Verbrechen, die Deutschen, die Zeit nicht verstehen. Es geht über seine Vorstellungskraft, was damals geschah.
Er sagt zu Göttmann: »Dieser Wandel vom normalen Bürger zum Verbrecher wird wohl eines der Rätsel unseres Jahrhunderts bleiben.«
»Ein Umstand trägt zur Klärung bei, Herr Leß. Der Mensch

hat die seltsame Eigenart, sich selbst und seine gesamte Lebensweise sehr schnell auch an negative Umweltbedingungen anzupassen. Denken Sie nur an den Krieg. Es würde doch in Friedenszeiten keinem Familienvater einfallen, auf den Familienvater eines anderen Staates zu schießen. Im Kriegsfall aber tut er es.«

»Aber er schießt doch im Krieg auch in Notwehr oder handelt im rechtfertigenden Notstand«, gibt Leß zu bedenken.

»Und der Bomberpilot, der gar nicht angegriffen wird, sondern nur seine todbringende Last über einer Stadt abwirft, oder der Soldat, der 100 km von der Front entfernt eine Rakete abschießt?«

Leß meint, daß hier wieder die Grenze zum Verbrechen gegeben sei, jedenfalls wenn es sich um Exzesse handele. »Das Massaker von My Lai durch Leutnant Calley, der Abwurf der Atombomben auf Hiroshima und Nagasaki, die Schüsse an der Mauer, die Morde und Sprengstoffanschläge in Nordirland, die Bombenangriffe auf Dresden, wo in der Nacht zum 14. 2. 45 durch drei Angriffe britischer und amerikanischer Bomberverbände mit Brand- und Sprengbomben 60000 unschuldige Frauen und Kinder getötet wurden, das alles sind Verbrechen an der Menschheit.«

»60000, ist diese Zahl richtig?« fragt Göttmann ungläubig.

»So die Berechnungen des Statistischen Bundesamtes. Die Stadt war vollgestopft mit schlesischen Flüchtlingen. Und die Zerstörung übertraf alles, was sonst deutsche Städte im Verlauf des Zweiten Weltkrieges erlitten. *Sechzigtausend*, das übersteigt mein Begriffsvermögen. Das sind 2000 Schulklassen à 30 Kinder. Ich stelle mir immer eine, zehn oder 20 Klassen vor, aber 2000 kann ich nicht erfassen.«

»Schrecklich.« Göttmann sinniert darüber nach, wieviel Elend Kriege über die Menschheit gebracht haben und ob man dafür die Regierung, ein Volk oder auch einzelne verantwortlich machen kann. »Es ist die Frage, ob sich so ein Bomberpilot auf Befehlsnotstand berufen kann. Meines Erachtens hätte er sich weigern können und auch müssen.«

»Er will sich gar nicht weigern«, ist Leß überzeugt. »Ich habe die Aussagen des Leutnant Calley gelesen. Er war nämlich gerne in Vietnam. Und er sagte, wenn ihm jemand befiehlt: ›Los, massakrieren Sie tausend Kommunisten!‹, dann werde er tausend Kommunisten massakrieren. Er mache das, was ihm gesagt werde, er werde nicht dagegen revoltieren. Er stelle das amerikanische Volk über sein Gewissen. Außerdem habe ihm ein Brigadegeneral gesagt, in diesem gottverdammten Gebiet gebe es keine Vietnamesen, das seien alles Vietcong. Im Elternhaus, in der Schule, in der Armee habe er gelernt, daß Kommunismus schlecht sei, wie auch Nigger schlecht seien. Das sei für ihn Gesetz. Er habe nicht zum Vergnügen getötet, denn er war nicht in My Lai, um menschliche Wesen zu töten, sondern um eine Ideologie zu vernichten. Mit dieser Rechtfertigung war Calley zu jeder Greueltat fähig.«
Göttmann hat Leß gespannt zugehört. »So – und warum können Menschen auf diese Weise oder als Aufseher in einem KZ diese schrecklichen Dinge tun? Weil der Mensch in Ausnahmezuständen jegliche Maßstäbe verlieren kann.«
»Heißt das auch«, fragt Leß, »daß jemand nach dem zweiten Raubüberfall auch den fünften und zehnten begehen kann?«
»Genau, und nach dem zehnten Einbruch auch den dreißigsten und fünfzigsten.«
»So daß folglich das Unnormale normal, das Gesetzlose gesetzmäßig für ihn wird.«
»Wenn alle es tun oder die Umwelt es überwiegend billigt oder sich ein einzelner so verrennt, daß er total die Übersicht für sich verliert. Wir erleben es doch oft, daß ein Verbrecher nach einer Serie schwerster Straftaten zur Besinnung kommt und sich selbst nicht mehr versteht, nicht begreift, wie er so handeln konnte, es für persönlichkeitsfremd hält.«
Dies leuchtet Leß ein, und er versteht jetzt auch, warum in den NS-Prozessen die Beschuldigten häufig Ähnliches beteuerten.
»Glauben Sie, daß sich so etwas wie im Dritten Reich wiederholen kann?«
Göttmann zögert mit der Antwort. Dann sagt er stockend: »Ich

meine nicht, ich hoffe nicht, ich weiß es nicht. Ich traue der Masse von uns Deutschen nicht. Marschmusik, Fahnen, Deutschland, Deutschland über alles und ein Verführer als Führer, eine gefährliche Zusammensetzung. Schauen Sie sich doch mal Wahlveranstaltungen an, da kann Ihnen angst und bange werden, wie Polemik linker oder rechter Demagogen umjubelt wird.«

»Obwohl ich sicher bin«, erwidert Leß mit Nachdruck, »daß die junge Generation, auch bei der Polizei, sich einen Hitler nicht bieten ließe.«

»Ich glaube es auch nicht, Herr Leß. Wie sagt Faust so schön: ›Nur der verdient sich Freiheit wie das Leben, der täglich sie erobern muß.‹ Aber sehen Sie, wie die Gewohnheit uns alle prägt. Ihnen ist bei der ersten Obduktion schlecht geworden. Bei der zehnten Obduktion als Kriminalist denken Sie nur noch an den Fall, an die Sache. Haben Sie schon einmal eine Bahnleiche gesehen, die zerstückelt auf 50 Meter zwischen den Schienen liegt, oder eine stinkende Wasserleiche oder eine vier Wochen alte Leiche in einem geheizten Zimmer, wo Ihnen ganze Armeen von Maden entgegenkommen?«

»Noch nicht.«

»Für den Kriminalisten ist es Alltag, er hat sich daran gewöhnt, der Bürger würde sich an den Kopf fassen, wie man mit einem solchen Beruf leben kann.«

»Nun«, äußert Leß, »das ist aber notwendig. Die Hauptsache ist, wir gewöhnen uns nicht daran, unsere Machtmittel falsch einzusetzen.«

»Das, junger Freund, wollte ich Ihnen eigentlich mit diesem Gespräch klarmachen. Und noch etwas. Sie haben selbst erkannt, wozu blinder Gehorsam führt. Die meisten der jetzt älteren Leute sind zum Gehorsam erzogen worden. Im Dritten Reich gab es viele Calleys, die glaubten, ein Befehl erfordere immer Gehorsam. Auch bei der Polizei war das so. Sie, Herr Leß, haben noch vierzig Dienstjahre vor sich. In dieser Zeit kann viel passieren. Was immer man künftig von Ihnen bei der Polizei verlangt, fragen Sie Ihr Gewissen, Herr Leß. Lassen Sie

sich das Warum erklären. Haben Sie den Mut, Widerstand zu leisten. Sie sind dazu verpflichtet –, wenn jemand seine Macht mißbraucht. Illegale Gewaltanwendungen, Festnahmen, Durchsuchungen, Beschlagnahmungen ohne rechtsstaatliche Ermächtigungsgrundlage, sollte es je dazu kommen, erfordern Ihren Widerstand. Nur wenn alle so denken bei der Polizei, verhindert man am Tage X, daß sie ein willfähriges Instrument in den Händen der falschen Leute wird. Und ohne die Polizei oder gegen die Polizei läßt sich keine Diktatur errichten.
Zum Schluß noch etwas ganz anderes, Herr Leß. Ein Vater, welcher eine Vermißtenanzeige bei uns erstattet, hat in seiner Sorge um sein Kind eine schlaflose Nacht hinter sich. Wir behandeln ihn aber mit kühler Gelassenheit, weil wir wissen, daß sich 99,9 % der Vermißtenfälle als harmlos erledigen. Haben Sie Verständnis, denken Sie an ein nettes Wort, wer auch immer unser Kunde sein mag und egal, auf welcher Seite er steht.«
Leß erhebt sich. Er nimmt seine Pistole vom Schreibtisch, der schwere Stahl liegt kalt, gefährlich und doch beruhigend in seiner Hand. »Rechtsstaat, Menschlichkeit und polizeiliche Gewalt dürfen kein Widerspruch sein«, denkt er und laut sagt er zu Göttmann, auf dessen letzte Worte eingehend: »Das hat wohl auch der Polizeipräsident gemeint, als er mir riet, das Mitleid nicht zu vergessen. Wer mit der Polizei zu tun hat, so oder so, verdient unter anderem auch Mitleid.«

◇

Jochen Menges und Heinz Flock unternehmen einen letzten Versuch, den Berufsverbrecher Sippel in der Haftanstalt zu vernehmen.
»Herr Sippel, Sie haben doch Erfahrung mit uns und dem Gericht. An dem Kilo Heroin geht kein Weg vorbei. Wenn alles ohnehin bewiesen ist, können Sie mit einer Aussage doch nur Ihre Lage günstig beeinflussen.« Menges spricht ruhig auf ihn ein.
»Ich sage nichts.«

»Das ist doch töricht«, hält ihm Flock vor. »Jeder Richter honoriert ein Geständnis.«
Sippel blickt Flock mit Verachtung an. »Mit Ihnen rede ich gar nicht. Ihren Faustschlag vergesse ich nicht, lassen Sie mich nur erst wieder draußen sein.«
Diese Drohung geht Menges zu weit. »Was soll der Unsinn?«
»Unsinn?« antwortet Sippel heftig. »Er hat mich geschlagen. Ohne Grund.«
»Sie haben mich getreten und wollten abhauen!«
Sippel springt auf. »Ich kenne euch, wie gut kenne ich euch! Ihr dreht es so, wie es euch paßt, euch kann nichts passieren. Das dumme Schwein bin ich, aber wartet ab!«
»Wollten Sie Heroin verkaufen oder wir?« stellt Menges sachlich fest.
»Heroin, was ist das?« fragt Sippel und grinst blöde. Dann winkt er ab. »Ach laßt mich doch in Ruhe. Schade um meine Zeit.«
»So seien Sie doch vernünftig«, redet ihm Flock zu.
Sippel fängt wieder an zu schreien, und Menges denkt, daß er ein Choleriker sein muß. »Vernünftig? Wissen Sie eigentlich, wie das ist, hier eingesperrt zu werden? Was es heißt: Hose 'runter, Arschbacken auseinander, es könnte ja eine Säge drin sein? Als ich die letzten sechs Jahre verbüßt hatte und entlassen wurde, konnte ich nicht einmal mehr Straßenbahn fahren. Stand wie ein Ochs vor dem Scheunentor, wußte nicht, wie die Türe aufgeht, weil man einen Druckknopf bedienen muß.« Er macht eine Pause und atmet heftig. »Nein, an euch verkaufe ich meine Seele nicht, an euch gewiß nicht! Ich will zurück in meine Zelle.«
Menges zuckt mit der Schulter. »Komm, Heinz, es hat keinen Zweck.«

◇

Leß ist gerade nach Hause gekommen und in seiner Bude dabei, die Schuhe auszuziehen, als er erst von dem Pudel und dann von Frau Schön begrüßt wird. Mit der guten Frau Schön

weht ein Duft von Küche und Zwiebeln in sein Zimmer.
»Na, heut sinn Se awer ausnahmsweis früh daheim.«
»Ja, heute war es ruhig im Dienst.« Er tätschelt Prinz, der ihm die Finger leckt.
»Sie mache viel zu viel Dienst, die ganz letzt Zeit, un so oft nachts«, wirft Frau Schön ihm vor.
»Im letzten Monat hatte ich 79 Überstunden«, gibt Leß zu. »Es war halt viel los, aber es kommen auch ruhigere Zeiten.«
»Die Welt is so schlecht, Herr Leß. Passe Se nur uff, daß Ihne net emal was passiert.«
»Nein, nein, ich bin schon vorsichtig.«
Frau Schön setzt sich auf einen Stuhl. »Mei Freundin, die Lisbeth Scheurich, Sie kenne se doch, die sächt immer: ›Es ist noch kaaner entlasse worn, der zu wenich gemacht hat, aber schon viele, die wo zu eifrich war'n.‹ Ei wisse Se, dere ihrn Mann ist aach Beamter, ich glaab beim Einwohnermeldeamt.«
»Dann ist mir alles klar«, lacht Leß.
Frau Schön nimmt eine Klammer aus dem Haar, beißt mit den Zähnen darauf, biegt sie auseinander und steckt sich eine lose Haarsträhne fest. »Wenn ich e Tochter hätt, die mißt aach'n Beamte heirate, von weche de Sicherheit. So'n Schwiechersohn wie Sie, der tät mer schon gefalle.«
»Aber, liebe Frau Schön, sie kennen mich noch nicht«, sagt Leß und ist insgeheim beruhigt, daß es keine Tochter Schön gibt.
»Soll ich Ihne e paar Bratkartoffel mache, ich hab noch was ibbrich von heut mittag?«
»Heute habe ich nichts dagegen, Frau Schön, das wäre sehr lieb von Ihnen.«

◇

»Meine Herren, ich habe eine große Überraschung für Sie.« Mit diesen Worten eröffnet Göttmann die Frühbesprechung, so daß selbst Flock neugierig wird, der sonst um diese Zeit noch anderen Gedanken nachhängt.
»Sie erinnern sich, der Neger hat 2 Schüsse abgegeben und wir

haben auf den Bahngleisen 2 Hülsen sichergestellt, Kaliber 7,65 mm.«
»Ja richtig«, bestätigt Schickl.
»Liegt das Ergebnis vor?« fragt Herle.
»Ja«, sagt Göttmann, »es ist folgendes FS vom BKA gekommen: ›Betr.: Mordsache Angelika Nottebrock; hier: Schußwaffen-ED.‹ Und jetzt der Text: ›Die von einem unbekannten flüchtigen Farbigen abgegebenen 2 Schüsse stammen nach schußwaffenerkennungsdienstlicher Untersuchung der beiden Hülsen mit Sicherheit aus derselben Tatwaffe, aus der die Schüsse auf die getötete Angelika Nottebrock verfeuert wurden. Die Hülsen von beiden Tatorten weisen die gleichen individuellen Merkmale auf. Bei der Tatwaffe handelt es sich um eine Pistole SIG, Kaliber 7,65 mm.‹«
»Donnerwetter«, entfährt es Flock.
»Das heißt, unser Neger ist mit hoher Wahrscheinlichkeit der Mörder von Angelika Nottebrock«, folgert Menges.
»Ja, jedenfalls ist er im Besitz der Tatwaffe«, meint Göttmann.
»So langsam kommt Klarheit in die Sache, wird ja auch Zeit«, freut sich Schickl, und Flock lästert: »Wer da alles umsonst Haare gelassen hat!«
»Jetzt müssen wir uns auf den Neger konzentrieren«, stellt Menges fest: »Wenn wir nur wüßten, ob er wirklich Joe White heißt.«
»Ein Schlüssel dazu ist Nobby Lenz«, bemerkt Göttmann. »Er hatte die gleichen falschen Papiere im Besitz, mit denen der Mercedes von Joe White ausgerüstet war.«
»Außerdem kann er als Zuhälter der Angelika etwas wissen«, erwähnt Leß.
»Dann müssen wir nochmals an das Nuttchen Sabine ’ran«, sagt Göttmann. »Was ist mit Moritz Sippel?«
»Ist mit Sicherheit zwecklos, schweigt wie ein Grab«, antwortet Menges.
»Herr Leß, machen Sie bitte einmal eine EDV-Abfrage hinsichtlich Joe White«, beauftragt ihn Göttmann.
Leß klappt einen Aktendeckel auf. »Das war eigentlich meine

Überraschung für heute morgen. Die EDV-Abfrage habe ich nämlich gestern abend bereits gemacht.« Er faltet den EDV-Bogen auseinander und liest vor:
»›Joe White, richtig John Whistler, 14. 6. 40 Colorado Springs/USA, Aliasname Joe White, international gesuchter Rechtsbrecher, Auslieferungsersuchen der USA bei Generalsekretariat Interpol Paris, in Erscheinung getreten wegen Zuhälterei, verbotenen Glücksspiels, Verbreitung falscher US-Dollarnoten, Hehlerei, Waffen- und Rauschgifthandels. In den USA 7 Jahre wegen schweren Raubes, verbüßt bis 1971. Benutzt falsche Pässe. Vorsicht Schußwaffe.‹«
»Na, da haben wir uns aber einen Erzganoven eingehandelt«, stellt Flock fest.
»Dann mal an die Arbeit.« Göttmann verteilt die einzelnen Aufträge, und die Beamten verlassen nach und nach sein Büro. Als Leß gehen will, sagt Göttmann zu ihm: »Gut geschaltet, Herr Leß, mein Kompliment.«
»Danke, Herr Göttmann. Ich habe übrigens das Lichtbild des Joe White telefonisch beim BKA angefordert. Es wird mit Telebild überspielt.«
»Prima.« Göttmann schaut ihm lächelnd nach.

◇

Mit einem frechen Grinsen betritt Norbert Lenz die Vernehmungszelle der Haftanstalt, wo Göttmann und Herle ihn erwarten. »Welch eine Ehre, die Crème de la Schmier.«
»Ganz Ihnen angepaßt, Herr Lenz«, erwidert Göttmann. »Sie gehören doch auch zur Crème der Loddel, oder?«
»Wie mir das schmeichelt.«
»Wie geht es Ihnen?« Göttmann schlägt einen verbindlichen Ton an.
»Ausgesprochen beschissen. Könnt ihr euch nicht mal was anderes einfallen lassen?«
»Deswegen sind wir hier.«
Lenz wendet sich an Herle. »Hast du mal ’ne Aktive?« Herle gibt ihm die gewünschte Zigarette.

»Herr Lenz, wir glauben den Mörder der Angelika zu kennen.« Göttmann prüft die Wirkung seiner Worte.
»Na bestens, Sie sprechen gerade mit ihm«, entgegnet Lenz spitz.
»Hören Sie zu«, fährt Göttmann fort. »Sie kommen von Ihrem hohen Roß 'runter, wir reden nicht von Zuhälterei, schreiben auch nichts auf, Sie helfen uns, und ich werde mich für Ihre Haftentlassung einsetzen.«
Lenz fläzt sich auf seinen Stuhl, streckt die langen Beine weit aus und muß das Angebot erst verdauen.
»Also ich soll Kordel lassen? So einfach ist das nicht. Ich fahre schon 15 Jahre Kies, und euch sehe ich am liebsten von hinten. Wer sagt mir, daß ich nicht gelinkt werde?«
»Ich.«
»Der Herr Göttmann persönlich.« Er wiegt nachdenklich den Kopf. »Der Name bürgt für Qualität.« Und nach einer Pause: »Was wollt ihr wissen?«
»Kennen Sie einen Joe White?«
»Nie gehört.«
Herle wird böse. »Nobby, jetzt fang nicht schon wieder an. Die Angelika kennst du wohl auch noch immer nicht?«
»Mit der war ich verlobt.«
»Mit der Angelika und der Sabine gleichzeitig?« will Herle weiter wissen.
Mit der Zigarette im Mundwinkel antwortet er: »Ist das verboten?«
Göttmann schiebt ihm das Lichtbild des White über den Tisch. »Kennst du den?« Es scheint Lenz zu gefallen, daß Göttmann zum vertrauten Du übergegangen ist.
»Ja, das ist Joe. Ein Kunde der Angelika.«
»Na also.«
»Hättet ihr mir gleich sagen können, daß es ein Bimbo ist. Ist das der Mörder?«
»Vermutlich.«
»Sieh mal an, dieses Schwein. Ich weiß nicht viel über ihn. Kam einmal in der Woche, hat sehr gut bezahlt. War pervers, wollte die Peitsche.«

»Wo wohnt er?« fragt Göttmann.
»Keine Ahnung. War sehr vorsichtig, hatte meines Erachtens Lampen. Fuhr einen weißen Mercedes 280.«
»Was weißt du von seinen Rauschgiftgeschäften?« klopft Herle auf den Busch.
»Von Joe? Nichts.«
»Wo sind deine falschen Blanko-Papiere her?«
Lenz fährt herum. Die Frage Göttmanns betrifft ihn direkt und paßt ihm gar nicht.
»Muß das sein?«
»Ja, hängt mit dem Mord zusammen.«
»Kann ich mir nicht vorstellen. Die Fleppen habe ich von so einem Graumann aus Offenbach.«
»Name?«
»Mensch, ich brenn' doch wie eine Fackel, wenn ich das sage.«
Göttmann läßt nicht locker. »Du mußt, es ist wichtig.«
»Ihr habt mich ganz schön auf der Rolle«, beschwert sich Lenz. »Wenn ich 'rauskomme, kann ich einem Gesangverein beitreten.«
»Du willst doch auch, daß der Mörder der Angelika gefangen wird?«
»Natürlich, bei Mord hört die Freundschaft auf.«
»Na also.«
Lenz seufzt. »Also, er heißt Johann Collas.«
»Was ist das für ein Mann?«
Lenz setzt wieder ein impertinentes Grinsen auf. »Er gehört zu einem Club von Leuten, die das Hobby haben, teure Autos auszuführen. Die Besitzer dieser Autos haben das aber nicht so gerne.«
»Gehört Joe White zu diesem Club?«
»Weiß ich nicht.« Lenz zögert. »Moment mal, der Collas hat mal erwähnt, daß ein Bimbo zu seiner Mannschaft gehört. Das könnte dieser Joe sein. Aber konkret weiß ich das nicht.«
»Warum wurde Ihr Mercedes nach Ihrer Festnahme, kurz bevor wir ihn sicherstellen konnten, in der Garage aufgebrochen?« Lenz rutscht auf seinem Stuhl hin und her.

»Mhm. Das geht doch wohl nur mich etwas an.«
Wieder bleibt Göttmann hartnäckig. »Wir wollen Klarheit darüber, um beurteilen zu können, ob es mit dem Tod der Angelika zusammenhängt.«
»Haste noch 'ne Aktive?« bittet Lenz.
Herle gibt ihm die Zigarette.
»Typisch Schmier. Ihr zieht mich ganz schön über die Rolle. Wenn man euch den kleinen Finger reicht . . . Um aus dem Knast 'rauszukommen, muß ich aber reichlich löhnen.«
»Nun, was ist?« drängt Göttmann.
»Also, mein Ballermann war doch im Auto. Der mußte 'raus, ist doch klar.«
»Wer hat das erledigt?«
»Ha, ha«, Lenz lacht hämisch, »wozu hat man einen Rechtsanwalt? Ein Riese extra!«
»Sagtest du wirklich *Rechts*anwalt?« fragt Göttmann bitter.
»Rechts- oder Links-, auf jeden Fall Anwalt.«
»Was war das für eine Waffe?«
»Meine Puste?« Lenz sagt es nicht ohne Stolz. »Eine 7,65 Walther. Fragen Sie die Sabine.«
»Gut, Herr Lenz. Das war's für heute.« Göttmann ist zufrieden. »Wie sagt man so schön: Wir danken für das Gespräch.«
Lenz steht auf. »Eigentlich müßte ich vor mir ausspucken.«

◇

Zu der Zeit, als die Befragung des Norbert Lenz stattfindet, treffen Schickl und Flock mit Sabine Freisfeld auf der Dienststelle ein. Die Dame ist nicht besonders guter Laune, was Flock darauf zurückführt, daß man Nutten nicht vormittags in der wohlverdienten Nachtruhe stören soll.
»Seit mein Nobby verschütt gegangen ist, macht die Liebe keinen Spaß mehr.« Ohne Kriegsbemalung und in Hosen hat sie wesentlich an Reiz verloren, wenn man von den Rundungen ihres Pullovers absieht.
»Jeder ist seines Schmückes Glied«, meint Flock vielsagend.
»Was wollt ihr wissen?« fragt sie weinerlich.

»Kennst du den?« Schickl gibt ihr das Bild von White.
»Das ist Joe.«
»Erzähl mal, was weißt du über ihn?« fordert Flock sie auf.
»Nicht viel. Ich hab' euch doch gesagt, daß ich mich mit der Angelika ausgesprochen habe. Ich bin zu ihr gegangen. Es war gerade ein Kunde bei ihr, eben dieser Joe. Sie waren schon fertig. Er hat uns beiden Haschisch gegeben, dann ist er bald gegangen. Er sagte, er müsse nach Hamburg.«
»Was hatte er für ein Auto?«
»Keine Ahnung.« Sabine gähnt laut und unverhohlen.
»Wo wohnte er, wovon lebte er?«
»Das weiß ich alles nicht. Meine einzige kurze Begegnung mit ihm war bei Angelika.« Sabine ist offensichtlich desinteressiert.
»Habt ihr das Haschisch geraucht?«
»Nach der Aussprache haben wir uns sozusagen versöhnt. Sie hat doch gesagt, daß sie weg will von hier. Da haben wir uns einen Joint gedreht und geraucht.«
»Den gesamten Shit?«
»Nein, es blieb noch ein Stück übrig. Die Angelika hat es in Silberpapier gewickelt und behalten.«
Flock schaut Schickl an.
»Das hatte sie in der Handtasche am Tatort.«
»Genau.«
Das Telefon klingelt. Göttmann ruft aus der Haftanstalt an und gibt einen knappen Bericht über die Aussage des Norbert Lenz durch. Schickl legt den Hörer auf und fragt:
»Was hat der Nobby für eine Waffe?«
»Stell mir mal eine leichtere Frage.« Sabine steht auf und macht Anstalten, wegzugehen.
»Dein Nobby hat gesagt, daß du es uns erzählen sollst.«
»Ihr könnt mir viel erzählen.« Mit einem schnippischen Gesichtsausduck ergreift sie ihre Handtasche.
»Nobby hat zugegeben, daß die Waffe auf Veranlassung von Rechtsanwalt Gersing aus dem Mercedes geholt wurde.«
Wie elektrisiert fährt sie herum. »Was«, sagt sie gedehnt, »das wißt ihr?« Sie setzt sich wieder auf den Stuhl.

»Du siehst, es stimmt. Wenn du willst, daß der Nobby entlassen wird, mußt du die Frage beantworten.«
Sabine zögert und überlegt. »Na schön. Es ist eine Pistole, wie sie die Polizei hat. Ich glaube eine Walther oder so ähnlich.«
»Wo ist die Pistole jetzt?«
»Bei mir zu Hause.«
Flock erhebt sich. »Komm, Sabine, kleine Biene, wir gehen bei dir zu Hause eine Tasse Kaffee trinken.«
»Hoffentlich war das kein linker Trick.«

◇

Göttmann steht am Rednerpult und gibt einen Überblick über die Mordsache Nottebrock. Der Sitzungssaal ist wie jeden Montagmorgen zur großen Dienstversammlung hoffnungslos überfüllt. Es ist sehr still, und alle hören ihm zu. Diese ungeteilte Aufmerksamkeit kann der eine oder andere als Schwätzer angesehene Kommissariatsleiter nicht für sich in Anspruch nehmen.
»Meine Damen und Herren, in einem entwendeten Mercedes 280 haben wir fünf Aktfotos aufgefunden, die ich Ihnen gleich vorführen werde. Das Fahrzeug wurde von dem Farbigen John Whistler alias Joe White gefahren, der im dringenden Verdacht steht, Angelika Nottebrock ermordet zu haben. Dieser Whistler oder White ist flüchtig.«
Die elektrisch betriebene Fensterverdunklung setzt sich mit leisem Quietschen in Bewegung, und die Neonbeleuchtung flammt im Saal auf.
Göttmann fährt fort: »Auf den Fotos sind der Farbige und das Opfer sowie eine bisher unbekannte Frau, vermutlich eine Prostituierte, abgebildet. Diese Unbekannte wird als Zeugin dringend gesucht. Ich bitte um Mitteilung, wenn sie jemand erkennt. Das erste Bild bitte.«
Das Licht geht aus, und mit einem Episkop wird das erste Foto vergrößert an die Leinwand gestrahlt. Es stellt Angelika Nottebrock dar, die nackt auf einem Bett kniet. Ein Beamter pfeift leise zwischen den Zähnen. Dann ist die Unbekannte zu sehen

und, begleitet von Göttmanns Kommentaren, folgen nach und nach die restlichen Bilder. Aus dem dunklen Raum ertönen hin und wieder Bemerkungen wie »o lala«, »nicht schlecht gebaut« oder »black and white«.

Als alle 5 Fotos gezeigt sind, meldet sich ein Beamter zu Wort.

»Kann ich das Bild mit den zwei Frauen noch einmal sehen?«

Schallendes Gelächter bricht los.

Das gewünschte Bild erscheint auf der Leinwand. »Links ist das Mordopfer, rechts die Unbekannte«, erklärt Göttmann.

Der Beamte spricht erneut: »Meines Erachtens handelt es sich bei der rechten Dame um Uschi Wildhagen. Sie steht gewöhnlich in der Moselstraße. Wir haben eine Kriminalakte über sie.«

»Schönen Dank, Kollege«, sagt Göttmann.

Ein weiterer Beamter meldet sich: »Ich glaube, ich kenne den White – oder wie er heißt. Da war vor einiger Zeit eine Messerstecherei im ›Club Seveneleven‹, die habe ich bearbeitet. Ich war auch dort und meine den White gesehen zu haben.«

»War er in die Messerstecherei verwickelt?« fragt Göttmann.

»Nein. Ich wollte nur den Hinweis geben, vielleicht verkehrt er im ›Seveneleven‹ und könnte dort eventuell festgenommen werden.«

»Vielen Dank, Manfred.«

◇

»Ich versteh' gar nicht, warum ihr hier alles auf den Kopf stellt.« Sie schüttelt verständnislos den Kopf. An sich ist sie eine Frohnatur, immer freundlich, ständig gut aufgelegt, etwas naiv. Sie verkörpert den angenehmen Typ Nutte, dem das Billige, Verruchte, Abgeschmackte fehlt.

»Bist du auf dem Foto mit White abgebildet oder nicht?« fragt Herle.

»Natürlich«, antwortet sie nicht unfreundlich, »ich habe doch zugegeben, daß ich ihn kenne.«

»Er kann doch die Tatwaffe bei dir versteckt haben«, hält ihr Herle vor.

»Der?« Sie lacht. »Da kennt ihr ihn aber schlecht. Der traut doch nicht einmal seinem eigenen Hintern.«
Während dieser Unterhaltung haben Menges und Leß die Durchsuchung des Zimmers fortgesetzt. Aus einer Tischschublade, in der allerhand Krimskrams liegt, zieht Fred Leß einen Briefumschlag, entnimmt den Brief und überfliegt ihn.
»Herr Menges, hören Sie mal zu: ›An die Kripo. In dem Mordfall Angelika Nottebrock möchte ich auf einen Joe White aufmerksam machen. Er hat die Angelika gut gekannt. Vielleicht ist er für Sie wichtig. Hochachtungsvoll, gez. Ursula Wildhagen.‹«
»Uschi, was ist mit dem Brief?« will Menges überrascht wissen.
»Den hab' ich euch geschrieben.«
»Ja und?«
»Der kam zurück. Ich hatte ihn mit 40 Pfennig frankiert, es hätten aber 50 sein müssen. Stand auf dem Umschlag: ›Nachporto, Annahme verweigert‹. Da habe ich mir gedacht, wenn der Kripo ein Hinweis nicht zehn Pfennig wert ist, kann sie mich mal. Dabei stand in der Zeitung: ›Die Polizei ist auf Unterstützung aus der Bevölkerung dringend angewiesen.‹«
»Es ist zum Kotzen. Uschi, Sie haben völlig recht«, gesteht Menges ein. »Entschuldigen Sie bitte.«
»Der Waldi, so ein Blödmann«, murmelt Herle.
»Warum dachten Sie denn, daß Joe White für uns wichtig wäre?« fragt Menges und versucht, die peinliche Situation durch eine schnelle Fortsetzung der Unterhaltung zu überspielen.
»Wissen Sie, das war nur so ein Gefühl. Ich halte ihn für einen ganz brutalen Kerl und traue ihm alles zu.«
»Hatte er denn Streit mit der Angelika?«
»Davon ist mir nichts bekannt. Er war ein guter Kunde der Angelika, kam jede Woche. Er wird garantiert gesucht, hat Lampen.«
»Warum?« Die drei Beamten haben die Durchsuchung eingestellt und konzentrieren sich auf die Aussagen der Uschi Wildhagen.

»Wenn der mit seinem Mercedes fuhr, hat er immer in seinen Rückspiegel gesehen und aufgepaßt, ob ihm einer folgt.«

»Also sind Sie mit ihm gefahren«, folgert Leß.

»Ja einmal.« Sie beginnt, alle Gegenstände – Schlüssel, Gummiringe, Kugelschreiber,Tesafilm, Schere und Schuhanzieher – wieder geduldig in die Schublade zurückzuräumen. »Das kam so. Die Angelika hat mich angerufen, sie hätte einen Freier, der möchte gern mit zweien. Dann haben die beiden mich abgeholt und wir sind zu dem Joe in die Wohnung gefahren.«

»Ich werd' verrückt, du weißt, wo der wohnt?«

»Sicher weiß ich das, er hat einen Turm.«

»Turm?« Leß blickt verständnislos.

»Eine sichere, nicht verlampte Wohnung«, erklärt sie. »Jedenfalls sind wir auf Umwegen dorthin gefahren, und er hat auch sein Auto nicht direkt beim Haus abgestellt.«

»Raffiniert.«

»Dort sind auch die Fotos gemacht worden, die Sie haben«, erzählt Uschi weiter. »Davor und danach habe ich ihn nie wieder gesehen. Er hat gut bezahlt, vier Scheine für jeden. Aber er hat mir nicht gefallen. Kam mir mißtrauisch, verschlagen und gefährlich vor.«

»Wer hat fotografiert?«

»Er selbst, mit einer Polaroid. Wo wir zu dritt drauf sind, hat er die Kamera hingestellt und den Selbstauslöser benutzt.«

»Und wo ist seine Wohnung?«

»In Zeppelinheim, Forsthausweg. Ein Appartementhaus.«

»Donnerwetter, gar nicht weit vom Tatort.«

◇

Es bedurfte einiger Überredungskunst, bis ihnen der Hausmeister glaubte, wer sie sind, denn wer kann sich heute keinen falschen Ausweis besorgen? Deswegen ist Göttmann sogar froh, wenn die Leute mißtrauisch sind. Schließlich hat der Hausmeister ihnen den Schlüssel gegeben. Das Mietverhältnis mit White besteht noch. Jetzt sind sie im 8. Stock und stehen vor der Tür Nr. 811. Vorsichtig und leise steckt Göttmann den

Schlüssel in das Schloß, während Menges, Herle und Leß gespannt hinter ihm warten. Göttmann dreht lautlos den Schlüssel und öffnet die Tür einen Spalt breit. Sie lauschen, können aber nichts hören. Als Göttmann die Tür weiter aufschiebt, erschrecken sie durch ein Geräusch. Aber Göttmann selbst war die Ursache, der mit seiner Pistole, die er in der linken Hand hält, gegen den Türrahmen stieß. Nun müssen sie damit rechnen, gehört worden zu sein. Mit einem Handzeichen gibt Göttmann das Signal zum Überraschungsangriff. Sie stürmen in die Wohnung und hasten durch die Räume. Dabei wiederholen auch sie den uralten Fehler der Polizei, nicht genügend auf Eigensicherung zu achten, die Zimmer nur unter gegenseitiger Sicherung zu betreten und nicht alle gleichzeitig eine Zielscheibe abzugeben. Da es neunundneunzigmal gut geht, verführt dies zum Leichtsinn, im hundertsten Fall kostet es ein Menschenleben. Aber die Wohnung ist leer. In dem möblierten Appartement sind die Betten abgezogen. Schränke stehen offen, Papierreste und Asche liegen auf dem Teppichboden. Speisereste im Kühlschrank sind bereits angeschimmelt und deuten daraufhin, daß White seit mindestens einer Woche die Stätte verlassen hat.

Göttmann blickt aus dem Fenster. Etwa in gleicher Höhe setzt in der Entfernung von einem Kilometer ein Flugzeug zur Landung auf dem Rhein-Main-Flughafen an.

»Der Vogel ist ausgeflogen«, stellt Menges fest und steckt seine Waffe wieder weg.

»War auch zu erwarten«, sagt Göttmann, »nach der Festnahme seines Mittäters Moritz Sippel.«

Herle zeigt aus dem Fenster auf das Waldstück. »Da hinten liegt der Tatort.«

Göttmann ist in Gedanken versunken und starrt aus dem Fenster. Dann unterbricht er sein Schweigen. »Ich fahre zurück. Jochen, warte du auf den Erkennungsdienst. Es darf kein Quadratzentimeter bei der Spurensuche ausgelassen werden. Wir müssen Fingerabdrücke Whites und des Mordopfers finden, um die Verbindung zwischen beiden und zur Tatortnähe zu beweisen. Sorge bitte dafür. Außerdem fotografiert auch Bett und Tapete, wie sie auf den Aktfotos zu sehen sind.«

◇

»Was soll ich davon halten, Herr Zellmann?« Göttmann wirft wütend den Briefumschlag auf den Schreibtisch. Zellmann nimmt den Briefumschlag in die Hand.
»Ein Briefumschlag, Nachporto, Annahme verweigert, ganz klar, was soll das?«
»Was das soll?« fragt Göttmann laut. »Wir hätten einen Mörder festnehmen können, und Sie haben es verhindert!«
»Ich? Wie kommen Sie mir vor?« Erregt wippt er mit dem Bleistift zwischen seinen Fingern.
»Sie haben diesen Brief zurückgehen lassen. In ihm stand der Hinweis auf einen Mörder zu einem Zeitpunkt, als wir ihn noch greifen konnten. Und das wegen 10 Pfennig. Unglaublich!«
»Erstens habe nicht ich die Annahme verweigert, sondern die Poststelle«, verteidigt sich Zellmann.
»Aber die Poststelle untersteht Ihnen!«
»Zweitens gibt es ganz klare Vorschriften, die besagen, daß falsch frankierte Sendungen von einer Behörde nicht angenommen werden.«
»So ein Unsinn«, kanzelt ihn Göttmann ab. »Ich frage mich, wieviele wichtige Informationen uns auf diese Weise verlorengehen, wenn jemand der Polizei wirklich mal etwas mitteilen will und überhaupt nicht frankiert. Erkennen Sie nicht die Tragweite dieser falschen Vorschriften?«
»Vorschrift ist Vorschrift!« entgegnet Zellmann. »Wenn ich einen Brief schreibe, klebe ich auch die richtige Marke drauf. Daran soll sich gefälligst der Bürger halten. Außerdem kann sich die Verwaltung nicht nach solchen Einzelfällen richten, Verwaltungshandeln ist auf die Allgemeinheit abgestellt.«
»Beschissene Verwaltung!«
Zellmann springt empört, aber sprachlos auf, Göttmann ergreift den Briefumschlag und verläßt wütend das Zimmer.

Am Konferenztisch im Büro des Polizeipräsidenten sitzen der Leiter der Kriminalpolizei, ferner Gruppenleiter Stanelle und Göttmann. Dr. Wegner hat die Herren begrüßt und begründet, warum er sie zu sich gebeten hat, nämlich um über die Mordsache Nottebrock etwas näher informiert zu werden. Der Kripo-Chef schlägt vor, Herrn Göttmann gleich zu Wort kommen zu lassen, da er alle Details am besten kenne. Dr. Wegner nickt zustimmend.
»Herr Dr. Wegner, gestatten Sie, daß ich Ihnen anhand einer Skizze die Zusammenhänge erläutere.«
Göttmann rollt einen Papierbogen auf, sucht nach einer Befestigungsmöglichkeit und hängt den Bogen an einen Bilderhaken über das Bild an der Wand.
Göttmanns Vortrag ist ruhig, knapp und logisch aufgebaut. Er deutet jeweils auf die Verbindungen, die in der Skizze dargestellt sind.
»Die 24jährige Prostituierte Angelika Nottebrock wurde in der Nähe des Rhein-Main-Flughafens erschossen aufgefunden. Fundort ist Tatort. Nachdem ihre Putzfrau Vermißtenanzeige erstattet hatte, konnte sie identifiziert werden. In der am Tatort gefundenen Handtasche konnte ein kleines Stückchen Haschisch festgestellt werden. Außerdem befanden sich auf einem Zettel die Namen Maurice Pirot und Wennekamp. Diese Zusammenhänge sind bisher ungeklärt, weil Pirot in der Strafanstalt Selbstmord beging und das Ehepaar Wennekamp, welches mit Pirot in Verbindung stand, angeblich unterwegs ist nach Fernost.
In einen ersten Tatverdacht kam der Zuhälter des Opfers, ein gewisser Norbert Lenz. Bei seiner Festnahme konnten total gefälschte Blanko-Ausweise sichergestellt werden. Lenz ging in U-Haft.
Über eine Rauschgiftsache, bei der 20 kg Haschisch beschlagnahmt wurden, konnte ein Marokkaner mit Namen Hassan Ouriaghli als V-Mann gewonnen werden. Durch seine Tätigkeit kam es zu der Sicherstellung von 1 kg Heroin und der Festnahme eines Moritz Sippel, der als Berufs- und Gewohn-

heitsverbrecher unter Überwachung steht. Sein Mittäter, ein farbiger Amerikaner, der sich des Aliasnamens Joe White bedient, konnte fliehen.«
»War das die Sache mit der Schießerei?« fragt Dr. Wegner.
»Ja, richtig. Wie inzwischen durch den Schußwaffen-ED feststeht, hat Joe White, übrigens ein international gesuchter gefährlicher Gangster, dieselbe Waffe benutzt, mit der auch Angelika Nottebrock erschossen wurde.
Auch fuhr White einen Mercedes 280. Eine solche Spurbreite wurde am Tatort durch Reifenspuren festgestellt. Ferner befanden sich in dem von White bei der Schießerei zurückgelassenen Mercedes Aktfotos des Opfers.«
»Höchst interessant«, meint Dr. Wegner.
Göttmann fährt fort. »Joe White, der flüchtig ist, gehört offensichtlich einem Autoverschieberring an, zu dem auch der Zuhälter Lenz Verbindung hat. Falsche Papiere desselben Ursprungs wurden bei Lenz und in dem gestohlenen Mercedes 280 des White festgestellt. Lenz, der gestern aus U-Haft entlassen wurde, hat auf einen Johann Collas aus Offenbach als weiteres Mitglied dieser Bande hingewiesen.«
»Wie soll es jetzt weitergehen?« erkundigt sich Dr. Wegner.
»Wir werden uns jetzt auf diesen Collas und die anderen Bandenmitglieder konzentrieren, weil auf diesem Weg vielleicht White festgenommen werden kann.«
»Sehr gut.« Dr. Wegner ist zufrieden. »Ist denn ein Motiv für den Mord bekannt?«
»Bis jetzt tappen wir da vollkommen im dunkeln.«
Dr. Wegner erhebt sich. »Meine Herren, ich bedanke mich für die Information. Ein recht komplizierter Fall, Herr Göttmann, ich wünsche Ihnen weiterhin Erfolg.«
»Danke schön.« Göttmann rollt seine Skizze wieder zusammen. Beim Verlassen des Vorzimmers sagt Stanelle zu Göttmann: »Sie hätten den Herrn Polizeipräsidenten ruhig mit Herr Präsident anreden können.«
Göttmann antwortet darauf nicht, sondern sieht Stanelle nur abschätzig an, schüttelt den Kopf und geht einen anderen Weg.

»Wer hat denn gestern abend im Fernsehen den Krimi gesehen?«
Die Frage von Menges löst im »Hansa-Eck« eine Diskussion aus.
»Meinst du ›Der Tod des Francesco C.‹?«
»Ja, das war vielleicht ein Schinken.«
Göttmann bemerkt, er schalte so etwas nicht mehr ein, sehe nur die fachlichen Fehler und müsse sich ärgern.
»Die meisten sind ja auch dümmer, als die Polizei erlaubt«, lautet das vernichtende Urteil Flocks.
»Ich verstehe nicht, warum man sich nicht bei uns erkundigt, wie es in der Wirklichkeit aussieht«, wundert sich Schickl.
»Die Wirklichkeit ist einerseits zu hart und andererseits zu langweilig«, antwortet Göttmann. »Der Zuschauer will aber Entspannung durch Spannung.«
»Das Dumme ist aber«, sagt Menges, »daß trotzdem viele uns mit dem Bild identifizieren, das ihnen schablonenhaft vorgesetzt wird.«
»Weil sie keine Vergleichsmöglichkeiten haben.«
Göttmann berichtet, daß er neulich über die deutschen Krimis ein vernichtendes Urteil in der Zeitung gelesen habe. Unsere konservativen Krimihelden seien humorlose Biedermänner, die Geborgenheit vermitteln und eine heile Welt verkörpern, die viele sich wünschen. Das in der Öffentlichkeit vorherrschende Bild einer sauberen und erfolgreichen deutschen Polizei dürfe nicht getrübt werden.
»Eine Sonntagspolizei«, stellt Flock fest.
»Dadurch erreichen die Serien eine perfekte Irrealität – zu schön um wahr zu sein«, meint Schickl.
Leß hält es für fraglich, ob der Zuschauer überhaupt mit der Realität konfrontiert werden wolle. Die Krimis würden eine Welt, die in Gut und Böse geteilt ist, zeigen. Da jeder Mensch ein potentieller Verbrecher sei, habe er hier die Gelegenheit, sich mit dem Guten zu identifizieren in dem satten Gefühl, so nicht zu sein wie der Verbrecher auf der Mattscheibe.
Menges erkennt an, daß es bei aller Kritik einzelne sozialkriti-

sche oder psychologisch aufgezogene Krimis gebe, die nicht schlecht seien.

»Es gibt aber auch Krimis«, äußert Flock, »in denen das Verbrechen verharmlost und der Verbrecher-Held mit überaus sympathischen Zügen dargestellt wird, wie z. B. in dem Film über den Raub auf den Postzug in England. Das gefällt mir gar nicht.«

»Oder Krimis«, ergänzt Schickl, »die zur Nachahmung anreizen, wie z. B. der Rififi-Film, anstatt zum Ausdruck zu bringen: *crime doesn't pay.*«

»Man müßte einmal einen Krimi schreiben, in dem alle Fehler vermieden werden, die unsere Fernsehkollegen machen«, schlägt Menges vor.

»Den würde niemand sehen wollen«, ist Herles Meinung. »Der Fernsehdetektiv braucht z. B. nie etwas zu schreiben. Er besitzt offensichtlich ein phänomenales Gedächtnis und eine große intuitive Begabung. Andererseits, wie soll man es machen? Eine einzige Vernehmung dauert ja meistens schon über eine Stunde.«

»Allerdings könnte man viele Kardinalfehler vermeiden, zum Beispiel, daß man Zeugen in Gegenwart anderer Zeugen oder des Beschuldigten befragt.«

»Oder das Verhalten am Tatort. Da kann man die Mordkommission oft als Spurenvernichtungskommission bezeichnen. Gleiches gilt für die Behandlung von Beweisstücken.«

»Oder die unsinnige Art der Überwachung, wenn zwei Beamte in unauffälliger Auffälligkeit direkt vor dem Zielobjekt im Dienst-Pkw sitzen bzw. so ungeschickt mit dem Auto hinterherfahren, daß es selbst der dämlichste Ganove sofort bemerken müßte.«

Jeder vom 10. K. hat etwas auszusetzen, was nicht mit seiner beruflichen Praxis in Einklang zu bringen ist. Menges stört, daß man Ganoven so schildert, wie sie nicht sind, ebenso wie der Personenkult, der mit dem Fernsehdetektiv getrieben wird.

»Diesen Allroundman, der alles alleine macht, den Supermann, der mit der Pistole in der Hand kämpft, diesen Starermittler, für den es keine gesetzlichen Schranken zu geben scheint, kennen wir gottlob nicht.«

»Das ist richtig, Jochen«, pflichtet ihm Göttmann bei. »Bei uns ist fast alles Teamwork. Ein Einzelkämpfer dieser Art müßte sehr schnell scheitern.«

»Und dann die Darstellung der Schutzpolizei«, beschwert sich Schickl. »Entweder sind es Proleten, Bullen, oder sie werden zu Adjutanten, Kaffeekochern, Boten degradiert. Dies ist dem Image unserer Kollegen von ›S‹ sehr abträglich und auch sehr ungerecht, weil die meisten von ihnen ausgezeichnet arbeiten.«

Leß erwähnt eine andere offenkundige Krimischwäche: »Eine regelrechte Verdummung des Zuschauers ist die Manipulation des Verdachts. Es wird doch häufig zu Anfang des Stückes der Verdacht auf eine völlig harmlose Person gelenkt, während der unschuldig Wirkende sich zum Schluß überraschend als Täter herausstellt.«

»Genau«, stimmt Flock zu. »So läuft es doch bei uns so gut wie nie. Meistens haben wir überhaupt niemanden oder bereits zu Beginn eines Falles den Richtigen im Verdacht oder andere, die aber garantiert keine Unschuldslämmer sind. Jedenfalls läuft der Verdacht nur selten in völlig falsche Richtung.«

Göttmann kritisiert die künstlich getrimmte Spannung, die oft nur aufgrund phantastischer Zufälligkeiten und Unwahrscheinlichkeiten konstruiert werde. »Gewiß ist es auch bei uns hier und da mit Nervenkitzel verbunden, aber niemals mit dieser Häufigkeit, wie dies in jedem Krimi produziert wird.«

»Sonst wären wir alle inzwischen die reinsten Nervenbündel«, meint Flock. »In Wirklichkeit werden ja auch selten Mörder im Nebel, in leerstehenden Bauernhäusern oder im Keller eines Schlosses festgenommen, wohin in Krimis die Schritte des Detektivs häufig so gerne gelenkt werden.«

»Statt dessen klappern wir einen ganzen Straßenzug ab, müssen Klinken putzen, hundert Familien fragen, ob sie nicht doch etwas gesehen oder gehört haben.«

»Oder müssen dreißig Geschäfte wegen eines gekauften Hutes überprüfen.«

»Oder die Besitzer von dreihundert Ford-Capri kontrollieren, von denen einer das Tatfahrzeug sein kann, aber nicht muß.«
»Ich glaube, Freunde«, beschließt Göttmann das Thema, »das alles kann man nicht in einem Krimi zeigen, da würde es dann an Action fehlen, niemand will so etwas sehen, weil es ganz einfach langweilig ist. Wir müssen eben hinnehmen, als Schokoladenkripo verkauft zu werden, mit Rosinen im hohlen Kopf, lacküberzogen, nur von gutem Geschmack und in Silberpapier eingewickelt, immer frisch und knackig, ohne Fehl und Tadel, Reklamation ausgeschlossen.«

◇

Die Dunkelheit ist bereits hereingebrochen, als Heinz Flock und Dieter Herle zwischen vielen anderen Menschen dem Block B des Frankfurter Waldstadions zustreben.
»Woher will eigentlich Hassan wissen, daß Joe White heute diese Boxveranstaltung besucht?« fragt Flock.
Herle zieht Flock etwas zur Seite, um nicht von den Leuten, die neben ihnen gehen, gehört zu werden.
»Angeblich hat er im ›Club Seveneleven‹ erfahren, daß White zu diesem Zweck extra aus London 'rüberfliegt.«
»Ist niemand am Flughafen?«
»Doch, unser Durchläufer mit Beamten der Flughafenwache.«
Sie nähern sich der Kartenkontrolle und stehen dicht gedrängt in einer Schlange, so daß eine ungestörte Unterhaltung nicht mehr möglich ist.
»Ich wünschte, ich hätte schon von Waldi das Geld für die Eintrittskarte zurück«, meint Flock.
Sie betreten den Innenraum der Tribünen und werden von dem hellen, fahlen Flutlicht geblendet. In der Mitte des Spielfeldes ist der zusätzlich beleuchtete Boxring errichtet. Um den Ring sind Sitzplätze aufgebaut. Die Fußballtore sind entfernt und die Sprunggruben abgedeckt. Eine große Menschenmenge bevölkert bereits das Stadion, ein Brodeln und Lärmen erfüllt die Luft. Die Ausdünstungen der Massen und Tabakrauch liegen wie Nebelschwaden in der kühlen Abendluft über dem Stadion

und verdampfen an den unzähligen Lampen der vier gebogenen Flutlichtmasten.
Flock und Herle gehen durch die Zuschauerreihen, an Hunderten von Menschen vorbei, schauen ihnen ins Gesicht, vor allem den Schwarzen, und sind nach kurzer Zeit ganz verwirrt.
»Neger gibt es jede Menge«, stellt Flock fest. »Sieht einer wie der andere aus. Das ist die berühmte Stecknadel im Heuhaufen.«
Um sich zu vergewissern, schauen sie nochmals unauffällig auf das dreiteilige Lichtbild des White. Herle findet, daß es für einen Europäer ausgesprochen schwer ist, einzelne Neger an ihrer Physiognomie zu unterscheiden. Flock ist auch der Ansicht, genauso sei es bei Japanern oder Chinesen. Allerdings möge sich Herle nicht so geschwollen ausdrücken und lieber von »Visage« reden.
Im Ring werden die letzten Vorbereitungen getroffen. Er wird von Reportern umlagert, zwei Fernsehkameras machen Probeeinstellungen und der Ringrichter überprüft die Seile.
Die beiden Kämpfer sind noch nicht zu sehen. Es handelt sich um einen Australier und einen farbigen Amerikaner, 4. und 7. der Weltrangliste in der Schwergewichtsklasse. Der Amerikaner ist besonderer Anziehungspunkt für die zahlreich anwesenden amerikanischen Soldaten.
Es liegt eine eigenartige Erregung in der Luft.
»Außer Amis sehe ich nur Nutten, Zuhälter und Berufsverbrecher«, sagt Herle.
»Eigenartig, welche Anziehungskraft Boxkämpfe auf dieses Gelichter ausüben.«
»Hier sitzen mehrere tausend Jahre Knast im Rund des Stadions.«
»Ich muß ehrlich zugeben«, gesteht Flock, »ich sehe Boxen auch gerne.«
»Das geht mir ähnlich«, bestätigt Herle, »obwohl ich sonst Gewalt ablehne und es sich um einen gefühllosen und rohen Sport handelt. Es herrschen Gesetze wie im Tierreich. Das Tier folgt zwar seinem Aggressionstrieb, hat aber bei Artgenossen

eine angeborene Tötungshemmung und will nur dessen Unterwerfung. So ähnlich ist es auch beim Boxen. Geht der eine k. o., tut der andere ihm nichts mehr.«

»Ich habe gelesen«, bemerkt Flock, »daß man durch das Zuschauen und die Gefühlsäußerungen dabei eigene aufgestaute Aggressionen abbaut, so als eine Art Ersatzhandlung für den früher ausgetragenen Kampf Mann gegen Mann.«

»Richtig«, stimmt Herle zu, »obwohl bei den Loddels nicht viel davon zu merken ist, daß sie weniger aggressiv werden. Es ist überhaupt die Frage, ob sich durch das Betrachten von Gewaltdarstellung Aggression auflädt oder ableitet.«

Beide sind jetzt auf der Seite gegenüber der Haupttribüne angelangt.

»Sieh mal, da unten bei der Clique sitzen auch Norbert Lenz und Sabine Freisfeld.«

In der Gruppe von circa zwanzig Dirnen und Zuhältern kreist eine Asbach-Flasche, die jeder an den Mund setzt. Entsprechend ist die Stimmung.

»Aber von White keine Spur. Schau mal, Inge und Uschi sind mit ihren Kavalieren ebenfalls in der Nähe.«

Jetzt treffen die beiden Hauptkämpfer ein. Mit elastischem Schwung steigen sie unter den Seilen durch in den Ring. Ein tosendes Klatschen setzt ein, begleitet von Pfeifen und Gejohle. Die Boxer tänzeln mit Imponiergehabe in ihren bunten seidenglänzenden Mänteln mit groß aufgestickten Namen und Phantasiewappen auf dem Rücken. Schmarotzende Manager helfen beim Entkleiden, und der Ringrichter prüft die Boxhandschuhe.

»Jetzt kommt gleich der Gong zur ersten Runde. Da können wir unmöglich weiter hier herumlaufen«, meint Herle.

»Da unten sind noch ein paar Ringplätze frei. Setzen wir uns solange dorthin«, schlägt Flock vor.

»Sehr schön. Kostet ein Platz um die 200 Mark. Ich hoffe, es kommt niemand. Wir sind ja im Dienst.«

◇

Während der eine Schwergewichtler dem anderen die Rechte gegen den Solarplexus schmettert, was diesen aber aufgrund verminderter Schmerzempfindlichkeit unbeeindruckt läßt, da sein Gehirn nicht nur in dieser Beziehung unterentwickelte Zonen aufweist, während dieser Zeit sitzen Jochen Menges und Horst Schickl in einem Verkaufsbüro in Offenbach. Das Büro ist nicht nur von Natur aus schmutzig, wie dies beim Gebrauchtwagenhandel durch den Umgang mit Fett, Benzin und Öl teilweise unvermeidlich ist. Es ist vielmehr darüber hinaus schmuddelig, ungepflegt und unordentlich.
So wie das Büro sieht auch der Geschäftsinhaber aus. Er ist über fünfzig, hat einen stinkenden Atem und kaut auf einer kalten Zigarre herum.
»Also, was wollen Sie sonst noch wissen? Ich bin Gebrauchtwagenhändler, da habe ich selbstverständlich auch Mercedes, sogar jede Menge.«
»Heiße und kalte, was?« sagt Menges anzüglich.
»Sie haben doch alles durchsucht, den ganzen Tag lang Fahrgestell-Nummern notiert. Ist einer geklaut?«
»Ihre Buchhaltung – oder das, was Sie dafür halten – ist beschlagnahmt. Dafür werden sich unsere Kollegen von der Steuerfahndung interessieren. Schon was von Steuerschätzung gehört? Ziemlich teure Angelegenheit! Nein, gefunden haben wir sonst nichts, aber was beweist das?«
Schickl blickt wieder auf den an der Wand hängenden Playboy-Kalender, dessen Poposchönheit im wohltuenden Widerspruch zu der sonstigen Umgebung steht.
»Was das beweist?« erregt sich der Gebrauchtwagenhändler. »Daß ich unschuldig bin. Die Kundschaft habt ihr mir verjagt, das ganze Büro in Unordnung gebracht, was sollen die Leute von mir denken? Ich werde Sie wegen Geschäftsschädigung verklagen!«
Menges entschließt sich zu einem harten Umgangston, bevor der »Pferdehändler« Oberwasser bekommt. »Nun bleiben Sie aber auf dem Teppich, Herr Collas. Wie soll man denn in diesem Saustall Unordnung anrichten? Außerdem – haben wir Sie

heute mittag Norbert Lenz gegenübergestellt oder nicht? Haben Sie ihm die Blanko-Papiere verkauft oder nicht?«
»Er hat es ja gesagt, also wird's schon stimmen.« Collas ist wieder kleinlaut geworden und beißt auf seine ausgefranste Zigarre.
»Das klingt schon besser.« Schickl nickt zufrieden.
»Dann kann ich ja gehen«, meint Collas mit einem vorsichtig fragenden Unterton.
»Na bitte«, fordert ihn Menges auf.
»Was? Wirklich?« Collas kann es nicht fassen.
»Tun Sie, was Sie für richtig halten«, bietet auch Schickl an.
Die freudige Erregung bei Collas wandelt sich in Mißtrauen. Er versucht seine Zigarre mit Spucke zu reparieren. »Und was passiert weiter?«
»Wir lassen uns schon etwas einfallen«, sagt Menges sibyllinisch.
»Was denn?« will Collas verunsichert wissen.
»Zum Beispiel Sie vier Wochen lang Tag und Nacht beobachten.«
»Das wäre mir aber sehr unangenehm.«
»Kann ich mir vorstellen.«
Collas nimmt die Zigarre aus dem Mund und läßt seine beiden Goldzähne blicken. Mit schmieriger Freundlichkeit sagt er: »Also, meine Herren, ich bin Geschäftsmann. Machen Sie mir ein Angebot.«
Menges und Schickl nehmen ihn in die Zange.
»Wer sind die Mitglieder der Autoschieberbande in Offenbach, zu der Sie auch gehören, Herr Collas?«
»Sie sind verrückt!«
»Gut, dann eben keinen Kuhhandel.«
»Aber ich gehöre doch keiner Bande an.«
»Von wem sind die Papiere?«
»Die verkauft ein Georg Mackey, genannt Mecki. Von ihm habe ich sie.«
»Hier in Offenbach?«
»Ja.«

»Was macht dieser Mackey sonst noch?«
»Der Mecki? Das, was Sie vermuten. Aber ich ganz bestimmt nicht!«
Menges grinst. »*Audiatur et altera pars*, würde unser Chef sagen.«
»Hä?« Collas versteht nicht.
»Nichts.«
»Wie kann ich meine Lage bei Ihnen verbessern?« fragt er unterwürfig.
»Indem Sie mit Mackey Verbindung aufnehmen und uns einen weiteren Satz der Papiere bringen.«
Das »playmate of the month« lächelt Horst Schickl vom Kalender herunter an. Sie sind schneller weitergekommen, als er erwartet hatte. Auch Jochen Menges pafft zufrieden an seiner Pfeife.

◇

Frühbesprechung beim 10. K. Göttmann scheint ungehalten zu sein.
»Meine Herren, ich habe hier ein recht merkwürdiges Schreiben von der Staatsanwaltschaft: ›Betr.: Bearbeitung einer serienmäßigen Brandstiftung und Festnahme des Täters. Sehr geehrter Herr Polizeipräsident Dr. Wegner! Nach Abschluß der Ermittlungen und Überführung des Täters erlauben Sie mir, für die ausgezeichnete Arbeit des Kriminalobermeisters Dieter Herle zu danken, dessen Engagement und taktisch klugem Vorgehen es zu verdanken ist, daß der Feuerteufel gefaßt wurde. Ich stelle anheim, den Beamten zu belobigen und dieses Schreiben zu seinen Personalakten zu nehmen. Mit vorzüglicher Hochachtung! Dr. Mommer, Oberstaatsanwalt.‹ – Herr Herle, wie kommt es zu diesem Brief?«
»Keine Ahnung.«
»Ich habe gestern mit dem Sachbearbeiter der StA gesprochen . . .«
»Nachtigall, ick hör dir trapsen . . .«, wirft Flock ein.
»Und der stellt die Sache etwas anders dar.«

»Nun sagen Sie nur, ich hätte das Schreiben bestellt.«
»Das zwar nicht, aber der Sachbearbeiter hat Ihnen die Belobigung vorgeschlagen und Sie hatten nichts dagegen.«
Menges mischt sich ein. »Nun laß doch, Karl, wenn es ihm gut tut.«
»Keineswegs«, beharrt Göttmann, »ich finde es sehr befremdend, Herr Herle, wenn die ganze Truppe hart arbeitet und ein einzelner die Lorbeeren ernten will.«
»Ich war gar nicht sicher, daß er wirklich etwas schreibt«, erwidert Herle geknickt.
»Sie hätten ablehnen müssen«, wirft ihm Göttmann vor, »dagegen protestieren. Gewiß, Sie haben das Geständnis erzielt, aber nicht allein. Genauso hätte Heinz Flock Lob verdient.«
Flock winkt ab. »Ich verzichte auf eine solche Belobigung. Außerdem ist das Schnee von gestern. Die Brandserie ist abgehakt, jetzt interessiert mich der Fall Joe White.«
Schickl will ebenfalls schlichten. »Ich finde auch, wir sollten zur Tagesordnung übergehen.«
Aber Göttmann hat sich noch immer nicht beruhigt. »Wo kommen wir hin, wenn sich jeder für ein gutes Aufklärungsergebnis solch einen Wisch schicken läßt? Erstens ist es unsere selbstverständliche Arbeit, und zweitens hat den Erfolg nie einer alleine erzielt. Also bleibt es für alle anderen Kollegen eine Ungerechtigkeit. Haben wir uns da für alle Zeiten verstanden, Herr Herle?«
»Ja.«
»*Quod non vetat lex* usw.«, zitiert Göttmann, »das wußten schon die alten Lateiner: Was das Gesetz nicht verbietet, verbietet der Anstand.«
Flock wendet sich ungeduldig an Göttmann: »Jetzt möchten wir aber endlich über die Observation des Boxkampfes von gestern abend berichten.«
»Ja bitte.«
»Der Australier hat gewonnen.«
»Und weiter?«
»Das war's.«

»Sehr aufschlußreich.« Göttmann ist heute nicht zum Spaßen aufgelegt.
»Dafür hat uns der schmierige Collas einen der Kfz-Verschieber verraten: Georg Mackey, genannt Mecki«, berichtet Menges.
»Dann wollen wir uns mal heute um die Firma Collas, Mackey und Komplizen kümmern«, sagt Göttmann.

◇

Die schlecht beleuchtete Straße befindet sich am Stadtrand von Offenbach. Jetzt um Mitternacht liegt sie ruhig da – keine Fußgänger, kein Fahrzeugverkehr. Sie wirkt so verlassen, daß Flock sich schon zu der Bemerkung hatte hinreißen lassen, er wundere sich, daß um diese Zeit die Bürgersteige noch nicht hochgeklappt seien. Nur von der weiter entfernten Umgehungsstraße hört man ab und zu das Geräusch eines fahrenden Autos. Heinz Flock und Fred Leß gehen langsam und unauffällig die Straße hinunter.
Freundschaftlich stößt Flock Leß von der Seite an. »Das finde ich dufte von dir, Fred, daß du dich als Durchläufer auf so ein linkes Ding mit mir einläßt.«
»Was ist schon dabei?«
Sie gehen ein Stück weiter und nähern sich dem am Straßenrand parkenden Mercedes des Georg Mackey, dem Ziel ihres nächtlichen Ausflugs.
Vorsichtig bleiben sie neben dem Fahrzeug stehen. »So, das ist die Luxuskutsche des sehr ehrenwerten Herrn Mackey.« Flock blickt die Straße 'rauf und 'runter, es ist keine Menschenseele zu sehen. »Nun steh mal gut Schmiere.«
Flock zieht einen Schweißdraht aus dem Ärmel. Dann bückt er sich und macht sich an der Motorhaube zu schaffen. Leß bleibt neben ihm stehen und beobachtet. Aus seiner gebückten Haltung heraus sieht Flock zu Leß hoch. »Am Abend ist mit zunehmender Dunkelheit zu rechnen.«
»Sei doch leise, Mensch!«
»Geht schwerer, als ich dachte.«

Flock hantiert weiter.
»Achtung, ein Auto!«
Flock duckt sich unter den Mercedes, und Leß tritt in den Schatten eines Hausflures. Das Auto fährt vorüber.
Flock kriecht wieder hervor und fordert Leß auf:
»Achte auf das Fenster, wo das Licht brennt.«
Flock arbeitet weiter, und die Motorhaube klappt mit einem Geräusch auf.
»Verdammt.«
Leß hat das Gefühl, als hätte das Scheppern wie Donner in der Straße widergehallt.
Beide warten. Es bleibt ruhig. Der Mercedes steht mit hochgeklappter Motorhaube recht auffällig da.
Flock leuchtet mit einer kleinen Taschenlampe nach dem Typenschild und findet die Fahrgestellnummer.
»Ich hab' sie: 23 A 748 III 66/31.«
Leß spricht die Nummer gleichzeitig auf sein Memocord. »Alles klar, komm!«
Flock drückt mit einem Knall die Motorhaube zu, und beide gehen wie unbeteiligt weiter. Irgendwo wird ein Rolladen hochgezogen.
Sie erreichen den einige Straßen weiter abgestellten Dienstwagen. Leß nimmt das Funkmikrophon und stellt die Verbindung zu dem Funksprecher her. Er gibt die Fahrgestellnummer zur EDV-Abfrage durch.
Sie warten gespannt.
»Hoffentlich haben wir Glück«, sagt Flock. »Ist das Auto geklaut, war unsere Aktion legal, ist es nicht geklaut, illegal.«
»Ist doch eigentlich schizophren«, meint Leß.
»Main 61 für Main kommen.«
»Hier Main 61.«
»EDV-Abfrage negativ.«
»Scheiße.«
»Bitte achten Sie auf Funkdisziplin«, mahnt die Funkzentrale.

◇

Karl Göttmann schlägt die Lichtbildmappe auf und sagt zu Jochen Menges, der gerade in sein Büro hereinkommt: »Eben sind die Bilder gekommen.«

»Von dem Treffen Collas mit Mackey gestern im Air-Port-Hotel?«

»Genau, mal schau'n, wie sie geworden sind.«

Menges lehnt sich über den Schreibtisch, und sie betrachten die Fotos gemeinsam.

»Da wartet Collas vor dem Eingang. Jetzt kommt Mackey mit seinem 280 SL, leider nicht geklaut.«

»Hier parkt er und steigt aus.«

Göttmann blättert um.

»Nächstes Bild. Aha, Mackey in Großaufnahme. Nun Begrüßung zwischen den beiden. Die Aktentasche von Mackey ist gut zu sehen.«

»Fortsetzung im Restaurant. Beide sitzen am Tisch. Dieses Bild ist aber nicht gelungen.«

»Was beweist, daß nicht nur Kripobeamte, sondern auch Farbfotos einen Stich haben können«, lacht Menges.

»Jetzt nimmt Mackey die Aktentasche hoch.«

Göttmann blättert weiter. »Da. Er zieht einen Umschlag heraus.«

»Und übergibt ihn Collas. Sehr gut getroffen. Collas überreicht Geldscheine. Shake-hands zum Abschied.«

Göttmann klappt die Mappe zu.

»Ist doch sehr ordentlich, was unser Durchläufer fabriziert hat«, meint Menges anerkennend.

»Leß ist Hobbyfotograf.«

»Wie geht es weiter?« fragt Menges.

»Ja, der Collas hat zwei Sätze Blanko-Papiere der bekannten Serie erhalten und uns übergeben. Mackey hat angeblich zur Zeit fünf Mercedes stehen, von denen drei in den Libanon gehen. Zwei Fahrzeuge will er an Collas liefern.«

»Ist doch Klasse.«

»Die Sache hat einen Haken«, erwidert Göttmann. »Der schmierige Collas wittert das Geschäft. Jetzt will er Geld von uns, sonst spielt er nicht mit.«

»Dieser Pferdehändler«, schimpft Menges. »Wieviel?«
»Pro Wagen 2000. Er sagt, wir müßten das Risiko bezahlen, die Jungens seien bewaffnet. Außerdem wisse er, daß diese Leute erst vor kurzem eine Schießerei hatten.«
»Mensch, das bestätigt doch, daß wir am Drücker sind!«
»So ist es. Die Papiere sind übrigens wieder aus derselben Fälschungsserie. Mit ein bißchen Glück fangen wir White.«

◇

»Herr Zellmann, ich brauche 4000 Mark aus der Handkasse.«
»Einen so hohen Betrag? Wofür?«
Göttmann beobachtet Zellmann, wie dieser mit dem Bleistift zwischen den Fingern wippt, obwohl er offensichtlich gerade mit einem Kugelschreiber geschrieben hat. Göttmann schließt auf irgendeine Zwangsneurose. Er erklärt Zellmann, daß er das Geld für einen V-Mann benötige, der zwei gestohlene Mercedes mit Tätern liefere.
»Schön und gut, wer erstattet Ihnen das Geld?« fragt Zellmann ungeduldig.
»Das muß ich noch klären.«
Zellmann macht große Augen. »Was heißt noch klären?«
»Das heißt«, sagt Göttmann betont ruhig, »daß ich noch mit der Versicherung, dem Eigentümer, der Staatsanwaltschaft oder Gott weiß wem verhandeln muß.«
»Dann tun Sie es gefälligst vorher.«
Göttmann hat sich schon gedacht, daß das Gespräch ungefähr diesen Verlauf nehmen wird. »Sie haben vielleicht Vorstellungen! Wie soll ich mit einer Versicherung oder dem Eigentümer reden, wenn ich die gestohlenen Autos noch gar nicht kenne.«
Zellmann schüttelt energisch den Kopf. »Auf so eine unsichere Sache lasse ich mich nicht ein.«
»Seien Sie doch vernünftig, Herr Zellmann. Das ist überhaupt kein Risiko. Jeder Wagen ist gute 20000 wert.«
Zellmann steht hinter seinem Schreibtisch auf und scheint damit anzudeuten, daß er das Gespräch für beendet hält. Gleich-

zeitig sagt er: »Nein, nein. Nachher ist das Geld ausgegeben, und wir laufen hinterher. Womöglich bezahlen Sie oder ich es aus der eigenen Tasche.«

Göttmann bleibt bewußt sitzen. »So ein Quatsch.«

Zellmann reagiert nicht darauf. »Überhaupt, wo ist denn ein Vorgang, haben Sie Akten?«

»*Quod non est in actis, non est in mundo.*«

»Bitte?« Zellmann ist irritiert.

Göttmann klärt ihn auf. »Sie meinen wohl auch, was nicht in einem Vorgang steht, kann nicht existieren?«

Zellmann macht eine abwehrende Handbewegung. »Also nur über meine Leiche. Da müßte es schon der Polizeipräsident persönlich anordnen.«

Jetzt steht auch Göttmann auf. Mit nicht mehr ganz so leiser Stimme sagt er: »Habe ich es mir doch gedacht. Da kann man hundert Jahre alt werden, bis so ein Verwaltungsbulle tatsächlich mal hilft!«

»Ich verbitte mir das«, raunzt Zellmann. »Sie immer mit Ihren krummen Sachen! Den Dienstwagen haben Sie auch kaputtgefahren! Von Buchhaltung, von seriöser Vereinnahmung des Geldes, von ordnungsgemäßer Verwaltung haben Sie keine Ahnung!«

»Gott sei Dank!«

◇

Am Stammtisch im »Hansa« halten die Männer des 10. K. Kriegsrat, wie man Mackey das Handwerk legen und gleichzeitig White fangen kann. Karl Göttmann hat allen über den letzten Stand der Ermittlungen berichtet und daß er Collas den Auftrag gab, den angeblichen Kauf der beiden Mercedes von Mackey in die Wege zu leiten.

»Wie soll denn die Übergabe der Mercedes vonstatten gehen?« fragt Schickl.

Göttmann weiß es noch nicht.

»Auf jeden Fall müssen wir vorsichtig sein«, meint Schickl. »Mindestens White schießt sofort.«

»Wenn er dabei ist«, zweifelt Menges.
Flock hat eine Idee. »Wir haben doch die große Garage für zehn Pkws in der Nähe des Präsidiums. Da locken wir sie ’rein!«
»Du bist verrückt, in eine Polizeigarage!« Herle zweifelt an Flocks Verstand.
»Warum nicht?« fährt Flock fort. »Man sieht es der Garage nicht an, die Dienstwagen kommen ’raus, und es ist doch durchaus üblich, geklaute Autos in eine Garage zu bringen.«
»Aber nicht in die Nähe des Präsidiums«, hält ihm Herle entgegen.
Flock ist nicht zu beirren. »Gerade das wirkt echt, denn so viel Frechheit traut uns niemand zu.«
»Ich werde es mir überlegen«, sagt Göttmann, der sich auch noch nicht so recht mit dem Gedanken anfreunden kann.
Leß fragt Göttmann, ob er denn schon die 4000 Mark habe.
»Leider nein. Aber wir machen erst einmal den Einsatz. Werden die beiden Mercedes dabei sichergestellt, bekomme ich schon irgendwie das Geld, denn wir haben ja den Gegenwert der Fahrzeuge. Klappt es nicht, hat Collas ohnehin keinen Anspruch.«
»Ich frage mich«, äußert Leß, »was das eigentlich für Menschen sind. Der White schießt skrupellos auf Menschen, dieser Mackey klaut en masse hochwertige Pkws, Moritz Sippel verkauft bedenkenlos kiloweise Haschisch und Heroin. Wie muß man sein, um sich so einfach über die Rechte anderer hinwegzusetzen?«
Göttmann hält die Frage von Leß nicht für unberechtigt, obwohl sie nach seiner Ansicht verallgemeinert nur schwer zu beantworten ist. »Da erhebt sich die grundsätzliche Frage, wie wird ein Mensch kriminell?«
»Ich glaube, das ist in erster Linie eine Frage der Veranlagung«, sagt Schickl. »Solche Eigenschaften sind bereits im Erbgut festgelegt wie Intelligenz, Geschlechtstrieb, Geltungstrieb, Aggressionstrieb, Selbsterhaltungstrieb sowie andere positive und negative Fähigkeiten.«
Menges erwidert: »Da bin ich anderer Ansicht. Ich finde, daß

der Einfluß der Umweltbedingungen ausschlaggebend ist.«
»Das kann nicht stimmen«, ist Schickl überzeugt. »Wer kriminell veranlagt ist, der wird trotz der besten Umwelt straffällig. Denk doch mal an die Inge, sie ist Nutte und stammt aus einer Pfarrersfamilie.«
Leß vertritt den Standpunkt, daß Herr Schickl recht habe, soweit es sich um Triebverbrecher handele. Da seien endogene Faktoren ausschlaggebend.
»Oder bei Verbrechern, die krankheitsbedingt handeln«, ergänzt Herle.
»Ansonsten dürften aber soziologische Komponenten ursächlich sein«, glaubt Menges. »Es ist doch zum Beispiel wissenschaftlich erwiesen, wie wichtig in den ersten Monaten und Jahren der Kindheit die richtige Bezugsperson, sprich Mutter, Nestwärme und Familie sind. Da werden die Weichen für das ganze Leben gestellt.«
»Sehr richtig, Jochen«, stimmt Göttmann zu. »Wir wissen doch von den meisten unserer Kunden, daß sie eine unglückliche Kindheit hatten. Asozialenmilieu, Waisenhaus, Vater Trinker, Mutter Dirne. Oder aber Reichtum, jedoch schlechte Ehe der Eltern, Kind verwöhnt, zuviel Geld. Diese Sozialisationsdefizite können nie wieder aufgeholt werden.«
»Nehmen wir Joe White«, äußert Menges. »Mit hoher Wahrscheinlichkeit ist er in Amerika in einem der Negerslums aufgewachsen. Er ist sozusagen ein Opfer der amerikanischen Gesellschaft, nämlich des Rassenkonflikts. Zwangsläufig hat er sich mit anderen – kriminellen – Leitbildern seiner Umgebung identifiziert, folglich schon in seiner Jugend kriminelle Verhaltensmuster regelrecht erlernt.«
»Und mußte sich dann in dieser Subkultur rollengemäß verhalten«, ergänzt Göttmann.
»Also kein Wunder«, meint Menges, »daß er so ist, wie wir ihn kennengelernt haben.«
Schickl protestiert. »Jetzt kommen mir aber gleich die Tränen. Na ja, auf mich hat White bisher noch nicht geschossen.«
»Du verstehst das falsch, Horst«, beruhigt ihn Göttmann. »Wir

wollen und können das Verhalten von Joe White erklären. Das bedeutet aber noch lange nicht, daß ihn seine negative Entwicklung entschuldigt.«
Leß wirft ein, daß es im Grunde keine kriminelle Veranlagung gebe, sondern daß zahllose individuelle Faktoren zur Delinquenz führen können, aber nicht zwangsläufig müssen. Leß hat sich während seiner Ausbildung an der Polizeischule sehr intensiv mit dieser Frage befaßt.
»Sonst wären ja – beispielsweise – in einem Neger-Getto alle ohne Ausnahme kriminell. Was nicht der Fall ist«, fügt Menges hinzu.
»Genau«, bekräftigt Göttmann. »Und es hat jeder die persönliche Freiheit, sich für das eine oder andere zu entscheiden, falls er nicht echt krank ist.«
»Und wegen dieser Möglichkeit der freien Willensentscheidung bleibt die persönliche Schuld«, konstatiert Leß. »Die eigene Entwicklung kann sich allenfalls strafmildernd auswirken.«
Göttmann zitiert Friedrich Schiller: »Das Leben ist der Güter höchstes nicht, der Übel größtes aber ist die Schuld.«
Flock weist darauf hin, daß der falsche Eindruck entstanden sei, als wären Neger besonders kriminell.
»Fest steht«, sagt Menges, »daß in den USA viele Straftaten vorwiegend von Negern begangen werden. Aber das hat die schon genannten Gründe. Die Neger werden gesellschaftlich diffamiert, sozial unterdrückt und benachteiligt. Die Folgen sind unausbleiblich. Mit einer vernünftigen Lösung der Rassenfrage würde auch ihre Kriminalität aufhören.«
»Davon ist Amerika aber noch weit entfernt«, meint Herle. »Die meisten Weißen lehnen die Neger als Nachbarn oder am Arbeitsplatz ab, von Mischehen ganz zu schweigen.«
»Eben«, stimmt Flock zu. »Diese Vorurteile aus Abneigung, Haß, Verachtung und offener Feindschaft pflanzen sich doch von Generation zu Generation fort, weil sie sich über die Erziehung auf die Kinder übertragen.«
»Und durch die Diffamierung der Neger als untüchtig, unsau-

ber, minderbegabt, faul, unmoralisch und kriminell versuchen doch die Weißen, ihr eigenes Selbstwertgefühl zu erhöhen«, ergänzt Herle. »Dies führt dann zu dem circulus vitiosus, daß sich die Neger gemäß der ihnen aufgezwungenen Rollenerwartung auch tatsächlich verhalten.«
Schickl wendet sich an Flock. »Die Gretchenfrage, lieber Heinz: Angenommen, du hättest eine Tochter. Würdest du ihr erlauben, einen Neger zu heiraten?«
Flock überlegt nur kurz. »Wenn es so ein feiner Kerl wäre wie unser farbiger Kollege Donald Snyder vom CID, hätte ich nichts dagegen.«
»Bravo, Herr Flock«, sagt Göttmann. »Aber von einer heiratsfähigen Tochter sind Sie noch weit entfernt. Nun, daß Joe White ein Neger ist, erklärt zwar einiges, entschuldigt aber gar nichts. Außerdem haben wir von der Güteklasse auch weiße Ganoven. Im übrigen gilt es für alle gesellschaftlichen Randgruppen, daß sie Kriminalität produzieren. Seien es Angehörige aus Asozialenvierteln, aus dem Dirnenmilieu, aus der Rauschgiftszene, Rocker oder Zigeuner.«
»Womit klar ist«, meint Leß, »daß Kriminalitätsbekämpfung primär ein gesellschaftspolitisches Problem ist, bei dem die Polizei nicht alleine gelassen werden darf.«

◇

Das Telefon hat schon mindestens zehnmal geklingelt, als Frau Schön im Morgenmantel in den Flur schlürft. Es ist kurz nach 23 Uhr.
»Hier Schön«, meldet sie sich verschlafen. »Ja, ei freilich, der Herr Leß wohnt bei mir. Horche Se mol, es ist doch mitte in de Nacht, der Junge schläft schon. – Ja, ja. Wer sinn Sie denn überhaupt? – Herr Göttmann, ja, ja, ach so, der Chef vom Herrn Leß. Na, gut, daß ich Sie sprech. Sache Se emal, was der Jung in der letzt Zeit für'n Dienst macht, des geht ja uff ka Kuhhaut. Bitte? Mhm, ja, ja. – Ei, Sie sinn doch als Chef verantwortlich dafür. Des is doch noch en junge Borsch. Der braucht sein Schlaf. – Ebe, ebe. – Wird besser? Ja, ja. Abge-

macht, Herr Göttmann. Ich verlaß mich druff. Also ich hol'n jetzt.«
Frau Schön läßt den Telefonhörer an der Strippe 'runterbaumeln und klopft an die Tür.»Herr Leß, Telefon!« Von innen hört man Geräusche, und Leß erscheint im Schlafanzug, während Frau Schön fluchtartig in ihr Schlafzimmer verschwindet.
»Leß. – Guten Abend, Herr Göttmann. – Nicht schlimm. – Die gute Frau Schön. –Ja. – Ich verstehe. – Wie spät ist es jetzt? 23.10 Uhr, aha. – Hamburg, okay, ja, Eurasierin, ja, White ihr Zuhälter, Copacabana-Bar. Ja, gut. Wird gemacht, Durchsuchung auch, in Ordnung. – Verstehe. – Ich wiederhole: Um 00.30 Uhr mit Heinz Flock im Hauptbahnhof, Gleis 11, treffen. 00.35 Uhr mit Zug nach Hamburg. Dort morgen nach Hinweis Hassan in Copacabana-Bar eine Eurasierin ermitteln, die dort stript. White ist ihr Zuhälter, Bar überwachen, ob White anwesend. Unterstützung durch Kripo Hamburg zugesagt. Alles klar, Herr Göttmann, klasse Einsatz, bin schon unterwegs! – Danke schön, Wiederhören.«

◇

Hamburg, nachts, Reeperbahn. Lichtermeer, Leuchtreklame, Gaststätten, Menschen. 2480 registrierte, 1500 bis 2000 nicht registrierte Prostituierte, Straßenstrich, Autostrich, Lokalstrich, Hausfrauenstrich, Teenagerstrich, Homostrich. 16128 Untersuchungen auf Geschlechtskrankheiten jährlich. Herbertstraße: 240 Absteigen; Palais d'Amour: 135 Absteigen; Eros-Center: 180 Absteigen.
Sie sind im Gästezimmer des Polizeireviers Davidswache untergebracht, unter dem Dach, direkt neben der Kammer mit dem riesigen Uhrwerk, dessen Ticken und Schläge, Rasseln und Fauchen jeden Schläfer stören würden, hätte er nicht vorher die Reeperbahn besucht.
Vor der Striptease-Bar »Copacabana« bewegt sich ein schmieriger Anreißer in der schmuddeligen Uniform eines Seeoffiziers, seine langen ungepflegten Haare quellen unter der Mütze hervor. Seine laute Stimme ist nicht zu überhören.

»Kommen Sie 'rein, die nächste Vorstellung beginnt. Striptease nach Art des Hauses. Natascha mit der Kerze, Oben-, Unten-, Mitte-Ohne, so was haben Sie noch nicht erlebt. Hier sehen Sie alles, was Sie nicht sehen dürfen. Fruchtwasser in der Badewanne, zwei Lesbierinnen auf offener Bühne, treten Sie näher, Liebe in Schwarz und Weiß, Lili aus Jamaika, ungeahnte Formen, treten Sie näher, das müssen Sie gesehen haben!«

Ein angetrunkener Penner mit einer halbvollen Wermutflasche torkelt auf den Anreißer zu und will ihn umarmen.

»Meine Herren – hau ab, du Arschloch –, hier vergessen Sie Ihre eigene Frau, keine Filme, alles echt.«

Der Anreißer gibt dem Penner einen Stoß, so daß dieser hinfällt und sich das Gesicht auf dem Pflaster verletzt.

Die Flasche zerschellt, es verbreitet sich ein intensiver Wermutgeruch.

Flock und Leß kommen gerade hinzu, als sich der Penner erst schimpfend, dann gröhlend davontrollt. Der Anreißer greift Flock am Arm und flüstert beiden mit nach Alkohol stinkendem Atem zu:

»Echte Nummer auf der Bühne, zehn Stellungen. Gehen Sie 'rein, das hat die Konkurrenz nicht.«

»Nimm die Pfoten von mir!« herrscht ihn Flock an.

Im Innern der Bar erscheint ihnen alles in Rot: die schwache Beleuchtung, die Tapete, die Plüschsessel mit Tischen im ovalen Halbkreis um die Bühne, deren Vorhang, die Nischen entlang der Wand, die als Chambres séparées für zahlkräftige Gäste mit Sonderwünschen genutzt werden.

Das Lokal ist nur mäßig besucht, überwiegend von älteren Herren; meist sitzen sie alleine und verloren herum, einige scheinen Ausländer zu sein. Nur an einem Tisch herrscht offensichtlich Stimmung. Vier Geschäftsleute feiern mit vier Barmädchen, Sektkübel werden gebracht, die Herren sind schon ziemlich beschwipst. Leß muß an Generaldirektor Dr. Mandler denken, und daß hier vielleicht irgendein Aktiengeschäft begossen wird, bei dem einer über das Ohr gehauen wurde, ohne es bisher zu wissen, und daß die Rechnung von der Steuer

abgezogen wird und der Bund der Steuerzahler nichts dagegen hat.
Mehrere Animierdamen sitzen auf Barhockern an der kleinen Bar, schauen mißgünstig zu ihren feiernden Berufskolleginnen hinüber und wetteifern darin, das langweiligste Gesicht zu machen.
Flock und Leß suchen sich einen Platz an der Seite des Raumes, von der sie den besten Überblick haben. Ein Kellner, dessen blasse Gesichtsfarbe und Unsicherheit dem Fachmann einen erst vor kurzer Zeit beendeten Gefängnisaufenthalt verraten, nimmt ihre Bestellung entgegen. Zwei Herrengedecke à DM 27.50.
»Nachdem wir heute den ganzen Tag bei der Kripo Hamburg Akten gewälzt haben, ist dieser Szenenwechsel etwas hart.« Leß blickt sich erwartungsvoll um.
»Das war die Pflicht, jetzt kommt die Kür.« Flock schmunzelt.
»Hoffentlich hat sich der Götte das gut überlegt, daß er uns beide hierher geschickt hat – was, Heinz?«
Leß wird das Gefühl nicht los, daß es hier nach Mottenkugeln stinkt.
Zwei Barmädchen gleiten von ihren Barhockern und kommen mit einem Gang, den sie für aufreizend halten, auf Flock und Leß zugeschlendert.
Sie fragen mit einem langbewimperten Augenaufschlag und einer leichten Verbeugung, die tiefe Einblicke in Zonen gestattet, die eine abschlägige Entscheidung schwer machen sollen, ob sie den beiden Herren die Zeit vertreiben dürfen.
Flock verhält sich ablehnend.
Aber die beiden Damen geben so schnell nicht auf. Was an Stoff bei der einen vorne zu wenig ist, fehlt bei der anderen auf dem Rücken. Zudem wählt sie jetzt eine Beinstellung, daß ihr hoch geschlitztes Kleid erkennen läßt, was die Trägerin von Vorbeugung gegen Erkältungskrankheiten hält, nämlich gar nichts. Offensichtlich hat sie überhaupt nichts darunter an.
Dies würde die Sinne Flocks an sich schon reizen, aber er kennt sich aus in dem Metier.

»Hau ab, Puppe«, sagt er barsch. »Wir beide sind schwul.«
Mit Schmollen und Achselzucken trollen sich die Mädchen wieder zu ihren Barhockern.
Leß wirft Flock vor, daß er ziemlich unhöflich gewesen sei. Flock erklärt ihm, daß dieser Ton angebracht sei, denn nur so hätten sie für den Rest des Abends Ruhe. Diese bedauernswerten Geschöpfe müßten nämlich zwischen ihren Auftritten die Gäste animieren, Getränke zu spendieren, und er habe keine Lust, sich wie eine Weihnachtsgans ausnehmen zu lassen, wenn eine Flasche Bier mit einem Kognak bereits 27,50 koste. Die Taktik sei immer die gleiche. Erst einmal hinsetzen, dann komme der Kellner und frage, ob er den Damen auch etwas bringen dürfe. Der Kavalier lasse sich nicht lumpen, und der Kellner serviere einen Paradiescocktail für 18,– DM, der eigentlich aus 1/6 Apricot Brandy, 2/6 Orangensaft und 3/6 Gin gemixt sein müßte, sich hier aber aus 6/6 Orangensaft zusammensetze und dank Jaffa vielleicht einen Wert von zwanzig Pfennig repräsentiere. Die nächste Stufe sei die Erlaubnis zu einer allgemeinen körperlichen Annäherung – z. B. näher zusammenzurücken oder die Hand auf den Arm zu legen. Jetzt sei aber bereits der zweite Drink fällig, denn reiner Orangensaft trinke sich schnell und die Dame bekomme 20 % des Rechnungsbetrages später ab. Die Vorbereitung der dritten Bestellung ermögliche es dem Gast, den Arm um die Evastochter zu legen, und spätestens jetzt verliere er die Übersicht. Der Geruch des intensiven Parfüms (man kann ja nicht nach jedem Strip duschen), die beginnende leichte alkoholische Benebelung und die nackte weiche Haut unter den Händen, auch wenn es nur die Schulter sei, entfesselten die Libido. Das Überich streiche die Segel, habe den Machtkampf verloren, mache das Licht aus und gehe schlafen. Darauf hätten die Triebgefühle nur gewartet, schon die ganze Zeit hätten sie in der Es-Schicht auf der Lauer gelegen, jetzt überrumpelten sie das Ich und lachten sich ins Fäustchen. Das alles registriere natürlich unser Gast nicht bewußt, weil er inzwischen seine Finger spazierengehen lasse. Spätestens bevor sie den Busen unter dem Kleid erreichten, sei allerdings die

nächste Bestellung fällig. Im übrigen könne man jetzt ruhig auf Sekt übergehen, die Flasche für DM 80,– (incl. Mehrwertsteuer und Bedienung, Reingewinn DM 76,10). Flock hält es für müßig, die Fortsetzung im Detail zu beschreiben. Die Fummeleinheiten würden in Sektflaschen umgesetzt, und das Versprechen, mit dem Gast nach Arbeitsende in irgendein Bett zu gehen, halte ihn weiter bei Laune und überbrücke vorübergehend auftauchende Müdigkeit oder Unlustgefühle, weil das Überich aus dem Tiefschlaf in hellere Zonen überzuwechseln drohte. Schließlich komme die Rechnung in Höhe von 1150,– DM, die Dame habe 230,– DM verdient und sei verschwunden. Jede Bar der Welt habe zu diesem Zweck einen Hinterausgang. Ausnahme von der Regel könne natürlich sein, daß sie tatsächlich mit dem Spender ins Bett gehe, wenn es sich z. B. um einen Generaldirektor Dr. Mandler handele. Übrigens, das Datum werde seltener auf der Rechnung hinzuaddiert, als man glaube. Dafür stimme aber meist die Zahl der berechneten Getränke nicht, oder es schlichen sich kleine »Irrtümer« beim Wechselgeld ein. Die Ungenauigkeiten wüchsen proportional zum Trunkenheitsgrad des Gastes.
Leß bedankt sich bei Flock für den Kurzlehrgang in den Nachtbarwissenschaften. Flock erwidert, inzwischen seien alle Mädchen darüber informiert, daß die Masche bei den beiden Schwulen nicht ziehe, und somit seien sie vor weiteren Belästigungen sicher.
Nunmehr tritt ein Ansager, eine interessante Mischung aus Zuhälter und Conférencier, an das Mikrophon neben der Bühne. Ein elektronischer Trommelwirbel kündigt seinen Auftritt an.
»Meine sehr verehrten Damen und Herren, der Copacabana-Club präsentiert Ihnen jetzt seine Nonstop-Striptease-Show. Ich begrüße insbesondere die Herren in der ersten Reihe, das sind nämlich unsere Höhlenforscher. Es kommt zu Ihnen die bezaubernde Natascha mit der Kerze. Meine Herren, Hände aus den Hosentaschen, es geht los. Viel Vergnügen mit Natascha und ihrer Kerze.«

Das Licht im Zuschauerraum verlöscht, und der Vorhang der kleinen Bühne hebt sich. Auf den Brettern, die die Welt der Stripperinnen bedeuten, stehen Couch, Stuhl, Tisch mit Telefon und ein Kerzenständer mit brennender Kerze.
Natascha tritt auf. Ihr russisch klingender Name ist eine Täuschung, denn die mondän gekleidete Blondine macht eher einen skandinavischen Eindruck.
Der Spieler an der Hammond-Orgel intoniert »Je t'aime«, der Welt beste Stripteasemelodie, die schon für sich alleine prikkelnde Erotik bedeutet.
Mit den Gesten, die allen geübten Stripperinnen zu eigen sind und die jeder kennt, beginnt Natascha Handschuhe, die beiden Strümpfe, das Kleid, BH und Slip auszuziehen.
Als sie schließlich nackt, wie Gott sie schuf, und in makelloser Figur dasteht, klingelt das Telefon. Natascha ergreift den Hörer, lauscht der Stimme und wispert schließlich: »Du kannst nicht kommen, ach mein Geliebter, wie machst du mich traurig.«
Nach dieser banalen Feststellung legt sie auf und scheint enttäuscht.
Doch was jetzt kommt, geht weit über das hinaus, was Flock in dieser Hinsicht aus eigener Erfahrung kennt.
Ihr Blick fällt auf die Kerze, sie nimmt sie aus dem Ständer, das Licht auf der Bühne verlöscht, und wie eine Statue steht Natascha da, von dem natürlichen Kerzenlicht weich umspielt. Das blonde Haar fällt ihr offen auf die Schulter – ein ästhetisch schönes Bild.
Nun setzt die Musik wieder ein, und sie beginnt sich leise im Rhythmus zu wiegen. Das flackernde Licht erzeugt Licht und Schatten auf ihrem Körper.
»Mir ist so freundlich in der Hose«, flüstert Flock.
Natascha beginnt einen Tanz, dem klassischen Stil nachgeahmt.
»Hat tatsächlich Ballettunterricht gehabt, die Kleine.« Leß verkraftet nicht sofort den Widerspruch zwischen der Anmut, die noch betont wird durch das Kerzenlicht, und seinem Wissen über Stripperinnen.

»Unsere Eurasierin ist es mit Sicherheit nicht«, sagt Flock. Natascha bewegt jetzt ihre Arme wie eine Tempeltänzerin. Immer wenn sich die Kerze dabei ihrem Gesicht nähert, benetzt sie mit spitzer Zunge ihre Lippen und blickt lüstern auf das Phallussymbol. Das bringt Leß wieder auf den Boden der Tatsachen zurück und stößt ihn gleichzeitig ab.
»Du, Heinz, da fällt mir ein Gedicht von Erich Kästner ein.«
Natascha tanzt nun über den vollen Raum der Bühne, und Leß sagt leise, mehr für sich als für Flock, das Gedicht auf:

»Sie war am ganzen Körper blond,
soweit sie Härchen hatte.
Bis zum Betthimmel reichte ihr Horizont,
Ihre Seele war scheinbar aus Watte.«

Natascha wirbelt herum, ihre Haare fliegen, sie folgt der schneller werdenden Musik. Sie umtanzt die Couch in Pirouetten und wirft ihre Beine abwechselnd bis in die Höhe ihres Kopfes.

»Sie griff sich an wie teurer Velours
von der allerzartesten Sorte.
Sie war eine waagerechte Natur
und marschierte am liebsten am Orte.«

Die Musik wird wieder langsamer. Natascha reibt ihren Busen an der Stuhllehne, setzt sich mit gespreizten Beinen auf den Stuhl, zieht dann die Beine hoch und biegt ihren Oberkörper sachte nach hinten, bis der Hinterkopf den Fußboden berührt.

»Sie hatte den Mund auf dem rechten Fleck
und viele andere Schwächen.
Sie war das geborene Männerversteck,
zerbrechlich, doch nicht zu zerbrechen.«

Dann schlängelt sie sich an dem Stuhl hoch, tanzt weiter bis zur

Couch, setzt sich rittlings auf die Rückenlehne, wirft sich wild auf die Kissen, liegt auf dem Rücken, streichelt mit der Kerze über ihren Körper, wirft sich herum und macht beischlafähnliche Bewegungen im Takt von »Je t'aime«.

»Noch ehe man klopfte, rief sie Herein,
und fand die Natur ganz natürlich.
Doch manchmal wurde sie handgemein –
ich fürchte, ich bin zu ausführlich!«

Natascha kommt wieder auf die Beine, balanciert geschickt ihre Kerze, und mit raschen Schritten erreicht sie das Telefon, ergreift den Hörer und reibt ihn sich an verschiedenen Stellen ihres Körpers, die man als erogen bezeichnet.

» Wie dem auch sei, sie starb zum Schluß
(obwohl sich das nicht schickte)
bei einem komplizierten Kuß,
an welchem sie erstickte.«

Die Musik wird jetzt immer schneller, mit zuckenden Bewegungen rast sie über die Bühne, wirft sich zu Boden, wälzt sich über den Teppich, krümmt und biegt sich.

»Das war sehr peinlich für den Mann.
Er pfiff, soviel ich glaube:
›Rasch tritt der Tod den Menschen an.‹
Dann machte er sich aus dem Staube.«

Natascha bäumt sich auf, läßt sich wieder fallen, windet sich wie in Ekstase, bearbeitet ihren Körper mit der Kerze, ein Wunder, daß die Flamme nicht erlischt, heißes Wachs tropft auf ihre Haut, sie schwenkt herum, deponiert die Kerze in einem zentralen Punkt ihres Körpers, und mit einem leisen Aufschrei sackt sie in sich zusammen und bleibt erschöpft liegen.
Der Vorhang fällt.

Im Zuschauerraum geht das Licht an, und nur zögernd kommt Applaus auf, weil viele sich erst aus dem Bann dieses Tanzes lösen müssen.
»Jetzt weiß ich nicht, ob Erich Kästner oder die Kerzen-Natascha besser war«, meint Flock.
»Wenn ich bedenke, daß der Waldi unseren Aufenthalt hier bezahlen muß«, feixt Leß, »bereitet mir das ein doppeltes Vergnügen.«
Heinz Flock gibt sich einen Ruck. »Zurück zum Dienst. Hier im Zuschauerraum ist White nicht.«
»Nein, ist auch meine Feststellung. Warten wir auf Lili, die Eurasierin.«
Flock kommt nochmals auf Natascha zurück: »Das Faszinierende an dem Tanz waren die gekonnt vorgetäuschte Leidenschaft, ihre tänzerischen Qualitäten und die Beleuchtung mit nur einer Kerze, wodurch man stellenweise alles und im Grunde doch nichts sehen konnte. Eigentlich ist aber eine Striptease-Tänzerin noch unmoralischer als eine Nutte.«
»Warum?«
»Weil sie sich einer anonymen Männermasse preisgibt, während es bei der Nutte eine intime Zweisamkeit bleibt.«
Ihr Gespräch wird von dem Loddel-Ansager unterbrochen, der erneut an das Mikrophon getreten ist.
»Natascha wird Ihnen unvergessen bleiben, meine Damen und Herren. Aber wir setzen unsere einmalige Nonstop-Revue fort mit unserer Lesbierinnen-Show. Genießen Sie die reizende Yvonne und die gestrenge Eurasierin Lili in ihrem aufregenden Auftritt: ›Einbruch bei Nacht‹.«
Wieder öffnet sich der Vorhang, auf der kleinen Bühne stehen diesmal ein Bett und ein Nachttisch. Yvonne, in einem durchsichtigen Nachthemd, kämmt sich ihr Haar, entledigt sich ihres Schmuckes, legt ihn in die Nachttischschublade, gähnt, begibt sich zu Bett und löscht das Licht. Dann huscht der Lichtkegel einer Taschenlampe suchend über die Bühne und bleibt auf der Nachttischschublade stehen. Jetzt tritt Lili mit der Taschenlampe als Einbrecherin verkleidet auf.

»Das ist sie«, raunt Leß Flock zu.
Flock antwortet leise: »Wenn man davon ausgeht, daß sie für White arbeitet, könnte er jetzt hier irgendwo sein.«
»Wenn überhaupt, dann jetzt«, ist auch Leß' Ansicht.
»Paß auf, wir gehen jetzt unauffällig nach hinten und kontrollieren die Toiletten, Büro, Küche und Garderobe.«
»In Ordnung.«
Auf der Bühne hat inzwischen Lili aus dem Nachttisch den Schmuck genommen und eingesteckt. Im Schein der Taschenlampe entdeckt sie die schlafende Yvonne und wendet sich ihr zu.
Flock und Leß haben den Barraum durchquert und sind in den Gang links neben der Bühne gelangt. Sie öffnen den Garderobenraum. Vor einem Spiegel sitzt die wieder bekleidete Natascha und pudert sich. Sie dreht sich um: »Raus hier!«
Jetzt öffnen sie die Küche. Hier ist niemand anwesend. Ins Auge fallen ungespültes Geschirr, Schmutz und eine große Blechdose mit angeschimmelten Würstchen.
Die nächste Tür ist das Büro. Sie hören, daß darin gesprochen wird. Ohne anzuklopfen, gehen sie hinein. Der Ansager, vermutlich in Personalunion auch Geschäftsführer, sitzt an einem von Papieren übersäten Schreibtisch und telefoniert. Er sagt gerade: »Leck mich doch am Arsch, Charly, das ist viel zu teuer für das Miststück aus Bangkok. Mit Thais können wir schon die Straße pflastern, die kannst du dir an den Hut stecken, laß sie im Puff in Frankfurt.« Dann fährt er herum und schnauzt:
»Moment mal, was wollen Sie denn hier?«
»Entschuldigung, wir haben uns verlaufen, wo ist der Ausgang?« Flock sieht ihn unschuldig an.
»Wohl besoffen, was? Entgegengesetzte Richtung!«
Flock und Leß treten den Rückzug an. Sie müssen wieder durch den Zuschauerraum, wo mittlerweile auf der Bühne sich Yvonne und Lili miteinander beschäftigen.
Das Ergebnis ihrer Kontrolle der Toilette ist ebenfalls negativ. Sie erreichen den Ausgang.

»Wir warten«, schlägt Flock vor, »bis diese Lili den Schuppen hier verläßt. Mal sehen, was sie macht.«
»Gut, hängen wir uns dran.«

◇

Am nächsten Morgen telefoniert Flock mit Frankfurt. Leß hat sich zu ihm in die Telefonzelle gezwängt.
»Nein«, sagt Flock, »weder im Copacabana noch auf dem Heimweg, noch in der Umgebung ihrer Wohnung eine Spur von White. Herr Göttmann, ich schlage vor, wir kommen zurück und bitten die Hamburger Kollegen, die Lili ab und zu zu observieren. – Gut, alles klar. – Können wir zurück nicht fliegen? – Nein? Chef, das würde eine Menge Zeit sparen. Der Waldi kann uns gestohlen bleiben. – Also geht nicht. Nicht zu ändern.«
»Schönen Gruß«, spricht Leß dazwischen.
»Schönen Gruß von Fred Leß«, übermittelt Flock an Göttmann, »und von der Natascha mit der Kerze. Bis bald. Tschüss.«
Flock hängt ein.

◇

Es ist nicht mehr weit bis Frankfurt. Der Zug fährt über mehrere Weichen und rüttelt Flock und Leß aus ihrem Dämmerzustand. Sie haben ein ganzes Abteil für sich alleine und sind der Ansicht, daß sich folglich das Defizit der Bundesbahn kaum geändert hätte, wenn sie geflogen wären.
»Wie lange wird es wohl noch dauern«, mokiert sich Flock, »bis sich die deutsche Kripo zeitgemäßer Mittel bedient?«
»Wir hängen schon über sechs Stunden auf der Bahn.« Leß reckt sich.
»Wären wir geflogen«, stellt Flock fest, »könnten wir längst im Büro sitzen . . .«
»Und hätten vielleicht schon White gefangen.«
»Witzbold!«
»Unsere Arbeit ist doch wichtig genug«, meint Leß. »Wenn

man bedenkt, was sonst so an Steuergeldern verplempert wird . . .«
»Besonders durch Politiker. Da fliegen Untersuchungskommissionen des Bundestages mit zehn Mann in der Gegend 'rum für Feststellungen, die auch ein einzelner treffen könnte. Oder es fliegt ein Hinterbänkler auf Steuerkosten nach Südamerika oder Fernost, ohne daß man einen Sinn darin erkennt.«
»Vor allen Dingen fliegen auch die Ganoven. Da hinken wir doch immer hinterher.«
Der Zug hält mit kreischenden Bremsen im Bahnhof Gießen. Leß hört die Lautsprecherdurchsage und beobachtet die Menschen auf dem Bahnsteig, ein sich immer und überall wiederholendes Bild von Hast, Unruhe, Wiedersehensfreude und Abschiedsschmerz.
»Übrigens Fred, zwischen dir und mir bestehen echte Klassenunterschiede.«
»Wieso?«
»Weil nach dem Reisekostengesetz du als Kriminalmeister nur 2. Klasse reisen darfst, ich als Kriminalhauptmeister aber 1. Klasse Deutsche Bundesbahn bezahlt bekomme.«
Fred Leß muß laut lachen. »Dann hau doch ab in die 1. Klasse. Du bist sowieso first-class.«

◇

»Also das ist so, Fred«, erklärt ihm Flock. »Normalerweise bekommen wir 30 Mark monatlich Bewegungsgeld.«
»Wofür?«
»Für Gaststättenbesuche usw. Gibt man nachweislich mehr aus, wie wir in Hamburg, dann muß man dieses Formular ausfüllen.« Flock reicht ihm den Vordruck 'rüber.
»Noch ein Formular?«
»Ja, noch ein beschissenes Formular.«
Göttmann kommt ins Büro.
»Ich möchte nur wissen, was ihr beide den ganzen Vormittag geschafft habt?«
»Wollen Sie uns auf den Arm nehmen?« fragt Flock.

»Nein, eigentlich nicht.«
»Das macht mir aber Spaß«, erwidert Flock ärgerlich. »Wir sitzen seit drei Stunden und machen die Abrechnung von Hamburg.«
»So lange? Kann ich mir gar nicht denken«, stichelt Göttmann. Aber Flock ist nicht zum Spaßen aufgelegt. »Das Denken nehmen die Formulare ab. Wer diese Formulare erfunden hat, den müßte man auf den Mond schießen, aber ohne Rückfahrkarte.«
»Nun übertreiben Sie!«
»Mir reicht es ohne Übertreibung schon: Reisekosten für Bahn, Tagegeld, Übernachtungsgeld – dreifach –, Dienst zu ungünstigen Zeiten – dreifach –, Überschreitung des Bewegungsgeldes – dreifach –, V-Geld für einen Mann der Hamburger Fahndung – dreifach –, da kann man doch verrückt werden. Ausgesprochen schade, daß wir nicht in Hamburg als hessische Beamte mit einem Hamburger Dienstwagen einen Verkehrsunfall gegen einen Jeep der Bundeswehr hatten. Verkehrsunfallanzeige achtzehnfach!«
»Wirklich, Herr Göttmann«, schaltet sich Leß ein. »Ich hätte mir das auch rationeller vorgestellt.«
»Ratio? Als ob's bei der Verwaltung Ratio gäbe«, schimpft Flock.
»Kann man das nicht vereinfachen?« will Leß wissen.
»Man könnte selbstverständlich«, bejaht Göttmann. »Aber wissen Sie, woran das liegt? Mangelndes Vertrauen, sprich Mißtrauen.«
Flock wettert weiter: »Und die Unterschriften! Ich könnte wahnsinnig werden. Zuerst unterschreibe ich, danach unterschreiben Sie, Herr Göttmann, als Kommissariatsleiter, Herr Stanelle als Gruppenleiter, dann der Sachbearbeiter der Verwaltung, dann der Waldi, dann der Buchhalter, zuletzt der Kassierer. Macht in unserem Fall 5 × 3 Formulare, gleich 15 × 7 Unterschriften, plus das alles noch einmal für Fred, gleich 210 Unterschriften. Ist das denn noch normal? Ein Formular und zwei Unterschriften müßten doch genügen.«

»Totale Kontrolle.«
»Ja, einer schiebt die Verantwortung auf den nächsten. Restlos überorganisiert, dabei paßt keiner richtig auf.«
Leß schlägt vor, vieles zu pauschalieren, um Verwaltungsstellen einzusparen. »Selbst wenn im einen oder anderen Fall jemand zuviel bezahlt bekäme, würde das nur einen Bruchteil der Gehälter ausmachen, die der Staat einsparen würde.«
Flock hat sich entgegen seiner sonstigen Gewohnheit in richtige Erregung hineingesteigert. »Ich verstehe gar nicht, daß wir uns das gefallen lassen. Jeder hat unter diesem Formular-Krieg zu leiden, aber nein, wir füllen treu und brav aus. Es könnte ja sonst Ärger geben. Jeder hält den Mund, weil er befördert werden will. Jeder hat irgendeine Planstelle in Aussicht. Um dieser Stelle willen duckt er, fährt Rad, sagt nicht seine wahre Meinung, schließt sich der Auffassung seines Vorgesetzten an. Dieses Prinzip reicht von ganz oben bis ganz unten, nicht nur bei diesen Scheißformularen, sondern überhaupt.«
»Nun regen Sie sich doch nicht so auf, Herr Flock!«
»Das war schon immer so, da könnte jeder kommen, ist die Parole bei der Polizei!«
»Wenn Sie etwas sachlicher wären«, ermahnt ihn Göttmann, »müßten Sie eigentlich erkennen, daß Sie von Mitarbeitern umgeben sind, die genau so nicht sind, wie Sie sie an die Wand malen. Und das nicht nur im 10. K., übrigens einschließlich Durchläufer.«

◇

Alle zwölf Beamten sind weisungsgemäß im Kampfanzug erschienen, das heißt, nicht mit Schlips und Kragen, sondern in Pullovern, Jeans oder Cordhosen und Parka. Die Waffe ist untergeschnallt, zusätzlich hat jeder Schließwerkzeug und Taschenlampe.
Es ist 23.30 Uhr, als sie sich im Besprechungsraum neben der Kriminalwache versammeln. Das 10. K. ist vollzählig und mit Beamten anderer Kommissariate verstärkt worden.

Göttmann hat bereits einen Überblick über den Hintergrund des nächtlichen Einsatzes gegeben.
»Also, ich fasse nochmals zusammen. Wir besetzen jetzt die Garage. Der V-Mann hat den Schlüssel zum Tor. Er erwartet die Täter mit den zwei gestohlenen Mercedes auf der Straße, öffnet das Tor und läßt sie hereinfahren. Dann ist die Falle zu, und wir nehmen fest.«
Ein Kollege vom 4. K. fragt: »Mit wieviel Tätern ist zu rechnen?«
»Mindestens mit zweien, nämlich den Fahrern der Mercedeswagen. Es können aber mehr sein. Wir kennen als Bandenmitglieder bisher nur Mackey und White. Die Fotos habe ich Ihnen gezeigt.«
Ein Beamter des 7. K. hat eine weitere Frage: »Habe ich Sie richtig verstanden, Herr Göttmann: White ist Tatverdächtiger in der Mordsache Nottebrock und hat sich schon einmal durch Schußwaffengebrauch der Festnahme entzogen?«
»Ja, das ist richtig; wir müssen verdammt vorsichtig sein. Auf keinen Fall darf es in der Garage zu einer Schießerei kommen. Wir würden uns sonst womöglich gegenseitig treffen, denn in jeder Ecke ist einer von uns versteckt.«
»Ja, aber . . .«
»Kein Aber«, entgegnet Göttmann dem Kollegen. »In der Garage wird von uns nicht geschossen. Wir müssen die Leute überrumpeln. Klappt es nicht, warten vier Mann von uns draußen, aber aus der Garage lassen wir die Täter notfalls kampflos abziehen. Alles andere ist zu gefährlich. Gibt es sonst noch Fragen? Nein? Herr Herle, Sie sind zuständig für den Lichtschalter.«
»Mit Vergnügen. Bin ich nicht mehr im Verschiß, Chef?«
»Doch, wenn Sie weiter Chef zu mir sagen. – Meine Herren, denken Sie daran: Erst alle aussteigen lassen, damit die uns nicht mit dem Auto über den Haufen fahren. Einsatz nur auf mein Kommando. Also gehen wir.«
Die Beamten brechen auf. Drei von ihnen nehmen eine Maschinenpistole über die Schulter, eine äußerst gefährliche Waf-

fe, weil bei Dauerfeuer das Zielen sehr schwer ist und die Schüsse nach oben wegziehen. Das wissen sie alle, deshalb werden sie diese Waffe nur im äußersten Notfall anwenden. Viel wichtiger ist die moralische Wirkung, die von dem Anblick der Maschinenpistole ausgeht.
»Ein irrer Einsatz«, sagt der Beamte vom 7. K. zu seinem Kollegen vom 4. K.
»Der Götte spinnt doch«, antwortet dieser. »Um die Ecke das Präsidium und eine Polizeigarage. Die kommen nie. Schade um meine Nachtruhe!«

◇

Die Garage ist für das Unterstellen von circa zehn Fahrzeugen geeignet. Ehemals war hier eine Schlosserei, in der hinteren Ecke ist mit Glasbausteinen ein kleines Büro abgeteilt. Sechs neutrale Dienst-Pkws sind so abgestellt, daß im Hinterteil der Garage Platz für die erwartete Lieferung verbleibt.
Der Garagenraum ist dunkel. Wenn sich das Auge an die Dunkelheit gewöhnt hat, kann man jedoch alle Einzelheiten erkennen, weil etwas Licht durch die länglichen schmalen Fenster von der Straßenbeleuchtung und einer Leuchtreklame gegenüber hereinfällt.
Es herrscht jetzt absolute Ruhe in der Garage. Nur draußen hört man ab und zu ein Fahrzeug auf der regennassen Fahrbahn vorbeifahren.
Von den Beamten ist niemand zu bemerken. Göttmann, Menges und Leß stehen unbeweglich in dem kleinen Büro, durch dessen Fenster sie alles überschauen können. Der Kofferraum eines Pkws ist so geöffnet, daß ein Beamter nach außen beobachten kann. Zwei Beamte liegen auf dem Rücksitz je eines Autos und sind mit einer Decke zugedeckt. Sie haben sich den Innenspiegel so gestellt, daß sie die Einfahrt im Blickfeld haben. Herle steht hinter einem Stapel Reifen direkt neben dem Lichtschalter, und ein Beamter hat sich im Schatten zwischen Wand und einem alten Werkzeugschrank versteckt. Vier Kollegen sind außerhalb der Garage.

Leß blickt auf die Uhr. Es ist kurz vor zwei Uhr nachts, der vereinbarten Zeit. Er ertappt sich bei dem Gedanken, lieber jetzt nicht an diesem Platz sein zu wollen. Er fürchtet eine Schießerei, daß ihm etwas passiert, und findet, daß er dafür viel zu jung sei. Seine Augen suchen nach Möglichkeiten, wo er notfalls in Deckung gehen könnte. Menges und Göttmann neben ihm atmen ganz ruhig. »Verdammt noch mal, du darfst jetzt keinen Schiß haben«, denkt er bei sich. »Aber vielleicht kommen sie gar nicht.« Es wäre ihm ganz recht. Diese Einstellung ärgert ihn sofort, da er weiß, wie wichtig es ist, Joe White abzukassieren. »Mein lieber Fred, du bist ja ein ganz elender Feigling«, wirft er sich vor. »Du solltest dich schämen. Vielleicht solltest du doch lieber Straßenbahnschaffner werden.« Die Enge des Raumes, die Dunkelheit und das Warten gehen ihm an die Nerven. Wenn er wenigstens etwas tun dürfte. Er verlagert sein Gewicht auf das andere Bein. Eigentlich müßte er mal dringend zur Toilette. Aber das geht jetzt nicht. Dann greift er an den kalten Stahl seiner Waffe. Das beruhigt ihn. »Sollen sie ruhig kommen«, denkt er, »wenn es geht, sofort!« Er wird wieder zuversichtlicher. Außerdem hat er Göttmann und Menges neben sich, was soll ihm schon passieren? ›Wenn White dabei ist, werde ich mich sofort auf ihn stürzen, so schnell und überraschend, daß er keine Waffe ziehen kann.‹ Dieser Gedanke beschäftigt ihn weiter, und er sucht sich zwischen den Fahrzeugen den schnellsten Weg aus. Jetzt, da er weiß, was er will, wünscht er sich den Moment der Festnahme herbei. Leß weiß nicht, daß es keinen Beamten in der Garage gibt, den nicht ähnlich gemischte Gefühle aus Nervosität, Angst, Aufregung und Jagdfieber erfüllen. Und er weiß auch nicht, daß trotz wachsender Routine und Erfahrung er in solchen Situationen immer wieder Ähnliches empfinden wird, sich immer wieder neu überwinden und bewähren muß und daß es einem hinterher Genugtuung und Selbstsicherheit verschafft, wenn man seinen Mann gestanden hat.
Leß blickt wieder auf die Uhr. »Wir sind schon dreißig Minuten über die Zeit«, flüstert er Göttmann zu.

»Ist es schon halb drei?«
»Ja.«
»Die kommen nicht mehr«, meint Menges leise.
»Abwarten.«
Plötzlich fällt einem Beamten die Taschenlampe herunter. Es hallt laut durch die stille Garage.
»Mist«, sagt Menges.
Weiteres nerventötendes Warten. Göttmann beschließt, auf keinen Fall vor 3 Uhr abzubrechen. »Hoffentlich schlafen die Jungs auf dem Rücksitz nicht ein«, überlegt er. Er brütet über der Frage, warum es nicht klappt. »Treibt Collas ein falsches Spiel mit uns? Hat White, der schlaue Fuchs, Lunte gerochen? Ich muß den Collas nachher in die Mangel nehmen«, nimmt er sich vor.
Von ferne naht das Geräusch eines Autos. Bremst es nicht? Nein! Doch! Tatsächlich, ganz deutliches Motorengeräusch vor der Garage. Man hört eine kurze undeutliche Unterhaltung.
»Sie kommen!« sagt Göttmann.
»Jetzt können wir nur beten, daß Joe White dabei ist«, flüstert Menges zurück.
Schritte gehen zum Garagentor, ein Schlüssel wird ins Schlüsselloch gesteckt, Collas schließt auf und öffnet geräuschvoll die beiden Flügel des Tores. Vor der Einfahrt steht ein Mercedes mit abgeblendeten Scheinwerfern, man sieht in dem Lichtbogen den Regen, die Scheibenwischer klatschen hin und her. Jetzt biegt ein zweiter Mercedes um die Ecke, fährt ebenfalls in die Einfahrt und hält hinter dem ersten.
Collas steht im Gegenlicht, winkt zum Weiterfahren, woraufhin beide Fahrzeuge Gas geben und schwungvoll in die dunkle Garage fahren. Die Scheinwerfer gleiten über die Wand, streifen auch Göttmann, Menges und Leß, aber dies geht so schnell, daß niemand sie bemerken kann.
Die Wagen parken in zwei Lücken am Ende der Garage. Die Motoren werden abgestellt, die Lichter gelöscht. Collas schließt das Garagentor von außen. Die beiden Fahrer steigen aus und schlagen die Autotüren zu.

»Jetzt!« flüstert Göttmann.
Er öffnet geräuschlos die Bürotür und spricht durch ein Megaphon: »Hände hoch! Polizei! Sie sind umstellt!«
Die Worte schallen wie Donner durch die Halle. Gleichzeitig flammt die Neonbeleuchtung auf, in allen Ecken hört man Geräusche, und von verschiedenen Seiten richten sich Scheinwerfer auf die beiden Täter.
Diese stehen mit erhobenen Händen und entsetzten Augen da. Ein Farbiger ist nicht dabei. Die Beamten nähern sich den beiden, und Flock fordert sie auf, mit erhobenen Händen an die Wand zu treten. Beide gehorchen und werden durchsucht. Sie sind nicht bewaffnet. Anschließend werden ihnen Handschellen angelegt. Sie heißen Georg Mackey und Volker Stein.
Zwei Beamte bringen Collas herein. Auch seine Handschellen klicken. Es soll der Eindruck entstehen, als sei er ebenfalls festgenommen.
Die Blicke von Flock und Göttmann begegnen sich. Flock kennt seinen Chef. Er ist zwar nicht unzufrieden, aber ein voller Erfolg war es nicht.

◇

Inzwischen ist es fünf Uhr morgens. Jochen Menges hat die Schreibmaschine von sich weggeschoben und den Kopf in beide Hände gestützt. So findet ihn Schickl vor, als er in Menges' Büro hereinschaut.
»Ich hab' schon gehört, Jochen. War auch nicht anders zu erwarten. Mackey und Volker Stein haben die Aussage verweigert.«
Menges fährt hoch: »Liberallala, es lebe die freiheitlich demokratische Grundordnung«, schreit er. »Entschuldigen Sie, Herr Mörder, Herr Rauschgifthändler, Herr Sittlichkeitsverbrecher. Sie sollen mir selbstverständlich nichts sagen!« Menges steht auf und geht zornig im Zimmer auf und ab. »Ich belehre Sie, halten Sie den Mund. Morden Sie ruhig weiter, Joe, bis der Mast auch bricht, Gott ist Ihr Begleiter, er vergißt Sie nicht. ›Turnen‹ Sie ruhig ein paar Schulkinder an, Herr Rausch-

gifthändler, schänden Sie noch ein paar Knaben, Herr Sittlichkeitsverbrecher, klauen Sie noch weitere zwanzig Mercedes, Herr Mackie Messer, aber um Gottes willen sagen Sie bei mir nichts aus, ich brauche Sie dann auch nicht einzusperren. Entschuldigen Sie, Herr Polizeipräsident, wir haben heute nichts aufgeklärt!« Menges läßt sich in seinen Stuhl fallen.
Schickl ist ganz erschrocken: »Beruhige dich, Jochen. Es ist spät nachts, du bist müde, die Nervenanspannung war zu groß. Mach mal Pause.«

◇

Zwei Stunden später sitzen Horst Schickl und Dieter Herle noch immer an dem Bericht für die richterliche Vorführung von Mackey und Stein. Schickl diktiert Herle in die Maschine.
»So«, sagt Herle, »die Zusammenhänge Mordsache Nottebrock über Joe White bis zu heute nacht haben wir.«
Schickl gähnt. »So ganz klar denken kann ich jetzt auch nicht mehr.«
Herle blättert die acht geschriebenen Seiten durch. »Wir sind noch ganz gut. White ist der Mörder der Angelika, weil er dieselbe Tatwaffe führte, als er bei einem Heroin-Geschäft festgenommen werden sollte. Außerdem fuhr er einen Mercedes 280. Eine solche Reifenspur wurde am Tatort gesichert, und er hatte die Aktfotos des Opfers im Auto. Die Verbindung zwischen White und der Offenbacher Bande ergibt sich aufgrund der gleichen Fälschungsserie von Blanko-Papieren bei Norbert Lenz, Johann Collas, Georg Mackey und ihm.«
»Sowie aufgrund der im Besitz von White nachgewiesenen zwei Hamburger Mercedes«, ergänzt Schickl.
»Und der Aussage von Lenz, daß ein Neger der Bande angehört.«
»Machen wir weiter.« Schickl diktiert, Herle schreibt.

6. Die bei der Festnahme in der Garage sichergestellten beiden Mercedes wurden vor 6 Wochen in einer Nacht in München entwendet (Anlage 6, EDV-Ausdruck).

7. Im Kofferraum des einen Mercedes befand sich in einem Samsonite-Koffer eine zerlegte Maschinenpistole MP Beretta, Cal. 9 mm, 2 Magazine gefüllt mit je 20 Schuß Munition. Der Koffer trägt die Initialen J. W. (vermutlich Joe White). Siehe Asservat 3.
8. Im Handschuhfach des anderen Mercedes lag in einem Autoatlas ein Zettel mit dem Wortlaut eines FS des BKA über Joe Whistler alias Joe White (Anlage 7).

»Das ist überhaupt der dickste Hund«, schimpft Herle. »Wir haben eine undichte Stelle im Präsidium.«
»Oder im BKA. Jedenfalls ist es eine Sauerei. Aber wir brauchen gottlob niemanden aus unserem Kreis zu verdächtigen, sonst wären die uns heute nacht nicht in die Falle gegangen.«
»Es muß jemand sein, der nichts von dem Einsatz wußte oder wissen konnte.«
»Letzter Punkt.« Herle schreibt weiter.

9. Die beiden Festgenommenen, Georg Mackey und Volker Stein, haben die Aussage verweigert. Es besteht der dringende Verdacht, daß beide – wie auch Joe White und Johann Collas – einer internationalen Kfz-Verschieberbande angehören, die hochwertige gestohlene Autos in den Vorderen Orient verbringen. In den letzten 6 Monaten sind in Frankfurt 14 Mercedes-Pkw verschwunden und nicht mehr aufgetaucht.
   Neben dem dringenden Tatverdacht besteht Verdunkelungsgefahr, da sich Joe White noch auf freiem Fuß befindet. Als Tatsache der Verdunkelung ist der Text eines polizeilichen Fernschreibens im Besitz der Täter zu werten.«

»So, fertig, oder fällt dir noch was ein?«
Herle verneint.
»Gut, in Klammer Herle, Schickl. Urschriftlich der Staatsanwaltschaft mit der Bitte übersandt, Haftbefehl zu beantragen. Im Auftrag Göttmann.«

Herle spannt aus. »Das muß Götte noch unterschreiben, dann Schluß für heute.«

◇

Etwa zur gleichen Zeit hat Göttmann Besuch von Rechtsanwalt Gersing.
»Herr Göttmann, können Sie mir bitte Einzelheiten über die Vorwürfe gegen Mackey und Stein mitteilen?«
Göttmann fixiert den Rechtsanwalt und wundert sich, wie früh dieser aus den Federn gekommen ist.
»Von mir kein Wort. Fragen Sie doch Ihre beiden Mandanten.«
»Das ist aber keine rechtsstaatliche Einstellung«, beschwert sich Gersing.
Wie immer, wenn Göttmann übernächtigt ist und eigentlich müde sein müßte, denkt er besonders klar und messerscharf. Er erkennt, daß ihm ein gewagter Angriff nicht schaden kann.
»Ausgerechnet Sie, Herr Anwalt Gersing, sprechen von Rechtsstaatlichkeit. Ich mache Sie darauf aufmerksam, daß ich bei der Staatsanwaltschaft beantragen werde, daß Sie gemäß § 138 StPO von der Mitwirkung in dem Verfahren ausgeschlossen werden.«
»Was fällt Ihnen ein?« empört sich Gersing.
»Mir fällt zum Beispiel eine Pistole ein, die aus dem Auto von Norbert Lenz verschwunden ist und bei einer Sabine sichergestellt wurde.«
»Was geht das mich an?«
Göttmann registriert Unsicherheit bei Gersing.
»Dazu können Sie in einem Strafverfahren als Beschuldigter Stellung nehmen.«
Gersing schlägt mit der Faust auf Göttmanns Schreibtisch.
»Ungeheuerlich, ich werde gegen Sie vorgehen.«
»Ich freue mich darauf«, antwortet Göttmann ruhig.
Rechtsanwalt Gersing bebt vor Wut. »Was erlauben Sie sich eigentlich für einen Ton? Ich bin Rechtsanwalt, ich bin Jurist, ich bin Akademiker, vergessen Sie das nicht. Was haben Sie studiert?«

»Die Menschen, Herr Gersing. Für mich sind Sie Anwalt. Das Recht lassen wir lieber mal beiseite. Ich habe nämlich konkrete Vorstellungen von einem Rechtsanwalt. Seine Aufgabe ist es, Fakten in den Vordergrund zu rücken, die seine Mandanten entschuldigen, rechtfertigen oder entlasten. Der Rechtsanwalt sollte ein Teil der Strafrechtspflege sein und nicht ein Organ, das die Erforschung der Wahrheit unmöglich macht. Das, was Sie machen, Herr Gersing, den Nachrichtenaustausch zwischen Lenz, Sippel, Mackey und vermutlich White bewerkstelligen, Beweismittel beseitigen, immer und in jedem Fall zur Aussageverweigerung bei der Polizei raten, ist pure Obstruktion. Sie dienen nicht dem Recht, sondern stellen sich für klingende Münze auf die gleiche Stufe mit den Leuten, die Sie vertreten.«
Gersing springt auf. Er brüllt: »Ich weiß gar nicht, warum ich mir diesen Unsinn anhöre. Sie lernen mich noch kennen!«
»Sie schaden Ihrem Berufsstand auf das schwerste, Herr Gersing!« ruft ihm Göttmann nach.
Gersing stürzt aus dem Zimmer und stößt in der Tür beinahe mit Schickl zusammen.
»Eine Unterschrift, Karl«, sagt dieser belustigt. »Na, mir scheint, du hast dem kräftig die Meinung gestoßen.«
Er legt Göttmann den Bericht vor.
»Jetzt mach, daß auch du endlich ins Bett kommst, Horst.«
Göttmann unterdrückt ein Gähnen.

◇

Horst Schickl und Heinz Flock bummeln durch die belebte Kaiserstraße. In der Kantine des Präsidiums gibt es heute Nudeln mit Einheitssoße und Haschee, so daß sie sich entschlossen haben, eine Pizza zu essen.
»Ich habe gehört, Götte hat den Gersing gestern zur Schnecke gemacht«, freut sich Flock.
»Der kam aus dem Zimmer gestürzt, mit spitzer Nase und ganz weiß im Gesicht.«
»Übrigens, das ganze Präsidium lacht über unseren letzten Einsatz. Ist ja auch einmalig, die Täter in eine Polizeigarage zu locken.«

»Wenn man das in einem Krimi zeigen würde, fänden die Zuschauer das völlig unglaubhaft.«
Flock seufzt. »Aber was nutzt das alles, Joe White haben wir noch immer nicht.«
»Das nervt mich auch langsam.«
Sie bleiben an einer Fußgängerampel an der Ecke Moselstraße stehen und warten auf Grün. Für den Verkehr aus der Moselstraße zeigt die Ampel Rot. In vorderster Position steht ein heller Mercedes 280 SL. Zufällig streift ihn Flock mit einem Blick, schaut richtig hin und traut seinen Augen nicht. Das ist ohne Zweifel der Wagen, dessen Fahrgestell-Nummer er kennt. Auch Schickl bemerkt das Auto. Im gleichen Moment schaltet die Ampel um. Der Fahrer ist Mackey, der Beifahrer Volker Stein. Beide grinsen höhnisch, und Stein grüßt mit einer lässigen Handbewegung. Mackey drückt das Gaspedal durch, und mit quietschenden Rädern schießt das Fahrzeug davon.
»Träume ich?« Flock blickt den Schlußlichtern nach, als hätte er ein Geisterauto gesehen.
»Nein, du hast richtig gesehen.«
»Sind die ausgebrochen?« Flock kann es gar nicht glauben.
»Nein, vermutlich gar nicht erst eingesperrt worden.«
»So eine Sauerei, das darf doch nicht wahr sein.«
»Deutschland, deine Justiz.«

◇

Göttmann und Menges statten Haftrichter Dr. Reichert einen Besuch ab. Das 10. K. ist aus allen Wolken gefallen, daß Mackey und Stein nicht in U-Haft genommen wurden. Göttmann hat dies soeben auch Dr. Reichert unmißverständlich zu verstehen gegeben. Dr. Reichert kann diese Empörung überhaupt nicht begreifen.
»Warum haben Sie denn nicht in Ihrem Vorführungsbericht geschrieben, daß beide Herren einen festen Wohnsitz haben?« wirft er ihnen vor.
»Weil Fluchtgefahr überhaupt keine Rolle spielt«, versucht ihm Göttmann zu erklären. »Die vorläufige Festnahme erfolg-

te wegen dringenden Tatverdachts und Verdunkelungsgefahr. So müßte auch der Haftbefehl aussehen.«
»Trotzdem vermisse ich die Objektivität, und das verstimmt mich.« Dr. Reichert schaut pikiert.
Göttmann ist nicht einverstanden. »Meines Erachtens sind Tatverdacht und Verdunkelungsgefahr bewiesen, und das reicht aus.«
»Was ist eigentlich bewiesen?« Dr. Reichert blättert in der Akte. »Noch nicht einmal der Diebstahl durch Mackey und Stock.«
»Stein«, verbessert Menges.
»Wie bitte? Ja, Stein. Also bleibt allenfalls Hehlerei.«
»Aber das genügt doch für den Anfang.«
Dr. Reichert nimmt seine Brille ab, zieht ein Taschentuch hervor und beginnt umständlich die Gläser zu reinigen.
»Nur ist jetzt keine Verdunkelungsgefahr bewiesen, denn der Text des Fernschreibens bezieht sich nicht auf das Delikt der Hehlerei. Ich habe es geprüft, *sine ira et studio.*«
»Und die Maschinenpistole?« hält ihm Menges vor.
»Ein Verstoß gegen das Waffengesetz, aber auch hier fehlen zusätzlich Verdunkelungsgefahr und Fluchtverdacht.«
»Herr Dr. Reichert«, beschwört ihn Göttmann. »Sie müssen das doch als Richter pragmatisch sehen. Es handelt sich um eine gefährliche Bande, deren vermutlicher Kopf einen Mord begangen hat. Wie sollen wir sie denn zerschlagen, wie weiterkommen?«
Dr. Reichert hält seine Brille gegen das Licht und prüft, ob die Gläser blank sind.
»Nein, nein, dieses Drumherum interessiert mich nicht. Ich kann nur den vorgegebenen Sachverhalt unter einen gesetzlichen Tatbestand subsumieren und komme zu dem Ergebnis, es reicht nicht für einen Haftbefehl. *In dubio pro libertate,* meine Herren.«
Göttmann schüttelt den Kopf. »Mit Verlaub gesagt, etwas weltfremd, Herr Dr. Reichert.«
»Ihre Ansicht toleriere ich, Herr Göttberg.« Er setzt die Brille

wieder auf. »Aber sagen Sie, da war doch ein V-Mann im Spiel?«

»Ja.«

»Ein Agent provocateur also, wer weiß, ob der nicht alles in Szene gesetzt, dazu angestiftet hat.«

Menges muß an sich halten. »Aber die beiden Mercedes sind zu einem Zeitpunkt in München entwendet worden, als wir den V-Mann noch gar nicht kannten.«

»Wer weiß, wer weiß«, zweifelt der Richter. »Bei einem V-Mann bin ich immer konsterniert, Herr Göttberg.«

»Göttmann!« donnert Menges.

»Wie bitte?« Herr Dr. Reichert ist ganz erschrocken. »Ja, Göttmann. Also, meine Herren, kann denn die Polizei nicht auf diese dubiosen Methoden verzichten? Ich würde dringend dafür plädieren.«

Menges hat die Nase voll. »Ich hätte einen Vorschlag zu machen. Lassen Sie doch alle Polizisten einsperren, dann haben Sie keine Vorführungen mehr!«

Dr. Reichert blickt irritiert.

Göttmann biegt schnell ab. »Schönen Dank, Herr Dr. Reichert. Wir werden mit der Staatsanwaltschaft reden, sie wird Beschwerde gegen die Ablehnung des Haftbefehls erheben.«

»Schon gut. Und denken Sie daran: *In dubio pro libertate*, meine Herren. Herrliches Schachwetter heute, finden Sie nicht?«

Sie gehen aus dem Zimmer, Göttmann lehnt sich von außen an die Tür, hat die Augen geschlossen und murmelt vor sich hin.

»Was hast du denn, Karl?«

»Ach laß mich, Jochen.«

»Ist dir nicht gut?«

»Ich hab' nur ›Faust‹ deklamiert.«

»Laß doch mal hören.«

»Habe nun, ach! Philosophie,
Juristerei und Medizin,
und leider auch Theologie

durchaus studiert, mit heißem Bemühn.
Da steh ich nun, ich armer Tor!
Und bin so klug als wie zuvor!«

◇

Leß tippt auf der Schreibmaschine einige Briefe an Dienststellen, in deren Bereich Mercedesfahrzeuge entwendet wurden, um weitere Einzelheiten zu erfahren. Vielleicht gibt es gesicherte Spuren, oder es wurde ein Verdächtiger beschrieben bzw. ein Täterfahrzeug gesehen und es läßt sich eine Verbindung zur Bande Mackey und Komplicen herstellen.
Im selben Raum stehen Schickl, Flock und Herle vor einer an der Wand hängenden Deutschlandkarte.
»Ich habe es mir so vorgestellt«, sagt Schickl. »Wir stecken für jeden Mercedes, der in den letzten zwölf Monaten in der BRD entwendet wurde und nicht wieder auftauchte, eine Nadel am Tatort in die Karte.«
»Eigentlich eine Aufgabe des LKA oder BKA«, meint Flock.
»Da wird doch schon seit Jahren nicht mehr richtig ausgewertet, alle verlassen sich auf die EDV«, stellt Schickl fest.
Herle hat Bedenken. »Es gehen doch unmöglich alle Mercedes zwischen Lindau und Flensburg auf das Konto der Bande White.«
»Natürlich nicht«, verteidigt Schickl sein Konzept, »aber gewisse Schwerpunkte und Gesetzmäßigkeiten lassen sich feststellen.«
Flock schlägt vor, für jeden Monat eine andere Farbe zu nehmen, um auch zeitliche Zusammenhänge erkennen zu können. Das wird von allen akzeptiert.
Leß meldet sich. »Darf ich mal kurz stören. Ich komme hier nicht klar. Der eine Brief geht an das Staatliche Kriminalkommissariat, der andere an ein Kriminalkommissariat bei dem Landrat, dieser an die Kriminalabteilung beim Polizeipräsidenten, jener bei einer Polizeidirektion. Was stimmt nun? In Hessen ist doch die Polizei überall staatlich?«
»Jedes ist richtig, Fred. Die Dienststellen heißen nun mal so.«

»Warum schreibt man denn nicht einheitlich: An die Kriminalpolizei in Sowieso?«
»Das ist eine gute Frage, Fred.«
»Das wird noch viel komplizierter«, erklärt ihm Herle. »In Bayern gibt es zum Beispiel ein Kriminalamt Nord, Süd, Ost, West, in Hamburg Kriminalbezirke, in Schleswig-Holstein Kriminalpolizeistellen, in Niedersachsen Kriminalpolizeiinspektionen, anderswo Kriminalaußenstellen und in Rheinland-Pfalz gar Gendarmeriekommandos mit Kriminalpolizei.«
Schickl fährt fort: »In Nordrhein-Westfalen ist die Kriminalgruppe das, was bei anderen Kriminalabteilungen oder Kriminalinspektionen genannt wird . . .«
»Und in Niedersachsen gibt es ein LKP-Amt, während alle anderen Länder ein LKA haben«, ergänzt Flock.
»Ihr wollt mich wohl auf den Arm nehmen?« fragt Leß ungläubig. »In dem Durcheinander findet sich doch niemand zurecht.«
»Tröste dich, Fred, da blicken andere auch nicht durch«, sagt Herle.
»Es lebe der Föderalismus!« ruft Flock aus.
»Besonders in Bayern«, meint Schickl.

◇

Im Büro Göttmann findet die Frühbesprechung statt.
»In Zukunft unterliegen alle unsere Maßnahmen strengster Geheimhaltung. Polizeipräsident Dr. Wegner ist sehr besorgt, weil es offenbar irgendwo eine undichte Stelle geben muß. Wir müssen alle unsere Augen offenhalten, und ich bitte, mir jede Beobachtung mitzuteilen. Bitte auch keine Unterhaltungen über unsere Ermittlungen mit anderen Kollegen.«
»Man müßte diesem Burschen eine Falle stellen«, überlegt Menges, an seiner Pfeife ziehend.
»Das geht erst, wenn wir eine bestimmte Verdachtsrichtung haben«, sagt Göttmann.
Flock ist erbost. »Eine Schweinerei, wenn man jetzt quasi jedem Kollegen mißtrauen muß.«
»Ja, leider.« Göttmann findet den Gedanken ebenfalls unerträglich.

»Was liegt heute an? Horst, du kümmerst dich um den Text für Fahndungsplakate mit dem Foto White. Sie müssen noch in dieser Woche gedruckt werden. Herr Flock und Herr Herle, ihr klappert nochmals die Lokale ab, in denen Farbige verkehren.«
»Habt ihr schon einmal einen Neger im Tunnel gesehen?« fragt Flock.
»Jochen, du fährst mit Herrn Leß zur Haftanstalt. Moritz Sippel hat nach uns verlangt. Wahrscheinlich will er sich beschweren.«

◇

Als Kind hat ihm sein Vater einmal das Gefängnis von außen gezeigt. Damals hatte Leß mittelalterliche Vorstellungen, was hinter den dicken Mauern so alles passiert. Nun gut, ein bißchen muß er jetzt schon seine Ansicht revidieren, mit glühenden Zangen wird garantiert niemand mehr gezwickt, auch nicht auf ein Rad gespannt oder an eine dicke Kugel gefesselt. Aber andere Relikte sind gleichwohl noch erhalten – zum Beispiel werden immer noch alle Türen, auch im Innern des Gebäudes, abgeschlossen, und zwar jeweils mit einem anderen Schlüssel. Dies ist auch der Grund, warum Jochen Menges und Fred Leß seit zwanzig Minuten in der Vernehmungszelle auf Moritz Sippel warten müssen. Sippel muß nämlich von Abteilung zu Abteilung weitergereicht werden, wobei die Zwischentüren jeweils von einem anderen Wachtmeister zu öffnen sind.
»So ein Knast ist eine Welt für sich«, sagt Leß, während er das Mikrophon an das Tonbandgerät anschließt.
»Mit Eigengesetzlichkeiten, die schon seit über hundert Jahren Gültigkeit haben«, bestätigt Menges.
»Warum ändert man das nicht schneller?«
»Man versucht es ja, beispielsweise durch Einführung eines Stufensystems, welches bei Bewährung den Vollzug nach und nach lockert bis zum Freigängerhaus, wo der Gefangene nur noch schläft, sich aber sonst ganz an die Welt draußen anpassen kann.«
»Das finde ich aber großartig«, begeistert sich Leß.

»Ist es auch. Nur ist es längst noch nicht überall möglich, weil Geld, Planstellen und Fachleute fehlen.« Menges zündet seine Pfeife an und redet weiter. »Nicht bewährt hat sich in meinen Augen der Sozialurlaub. Da hat einer, sagen wir mal, sieben Jahre zu verbüßen, und kann schon nach zwei Jahren Sozialurlaub nehmen –und verschwindet auf Nimmerwiedersehen.«

»Angeblich sind es aber nur 7,5 %, die aus dem Sozialurlaub nicht zurückkehren.«

»Was heißt ›nur‹? Gerade unter diesen 7,5 % sind leider die Intensivtäter, welche so viele Straftaten begehen wie die anderen zusammen. Aber selbst wenn jemand nur aus Kurzschluß stiften geht, weil er die Wochenend-Freiheit nicht verkraften konnte, begibt er sich damit in die Illegalität und begeht zwangsläufig Straftaten, um existieren zu können. Außerdem verhält er sich rollengemäß, denn er wird von der Polizei gesucht, und jeder erwartet von ihm, daß er klaut, einbricht oder sonst ein linkes Ding dreht. Also tut er es auch, man traut ihm ja nichts anderes zu.«

Das leuchtet Leß ein. »Es kommt doch vor, daß wir in ein und derselben Sache jemanden bis zu viermal festnehmen müssen: auf frischer Tat, zur Gerichtsverhandlung, zum Strafantritt, nach dem Sozialurlaub.«

»Leider. Manche Straftaten werden sogar mit Absicht für die Zeit des Sozialurlaubs geplant und ausgeführt, weil bei einer oberflächlichen Prüfung das Gefängnis als Alibi durchgeht.«

Leß erinnert sich an die Diskussion von neulich: »Würde man die Gefängnisarbeit vernünftig bezahlen, könnte der Häftling Schaden wiedergutmachen, den eigenen Gefängnisaufenthalt finanzieren, Unterhaltszahlungen, Alimente bestreiten und hätte ein Startkapital.«

»Dann käme es nicht nach der Entlassung zu Lohnpfändungen, Arbeitsverlust und erneutem Straucheln.«

»Aber es wirkt doch grotesk«, stellt Leß fest, »wenn man das alles, etwa sozialtherapeutische Anstalten, in Gesetzen plant, wenn man es nicht finanzieren kann.«

»Ich glaube, im deutschen Knast ändert sich so lange nichts, wie man nicht mehr für das Aufsichtspersonal tut. Diese Leute sind so mangelhaft ausgebildet und so schlecht besoldet, was kann man da schon verlangen? Hinzu kommen die meist primitiven Gefangenen, die selbst erst motiviert werden müßten. Da ist unter dem Strich nicht viel zu erwarten.«

Endlich wird Moritz Sippel von einem Justizwachtmeister hereingeführt.

»Tag«, grüßt Sippel mürrisch und läßt sich schwer auf einen Stuhl fallen.

»Sie wollten uns sprechen?« beginnt Menges. »Zigarette?«

»Danke.« Er nimmt sich eine Zigarette aus der Packung, die Menges vorsorglich mitgebracht hat und steckt sie sich mit einem altmodischen Sturmfeuerzeug an. Menges bemerkt, daß seine Hände zittern, und schließt auf eine innere Erregung.

»Sie haben nichts dagegen, wenn das Tonband mitläuft?« fragt Leß.

»Doch«, antwortet er gepreßt. »Lassen Sie es aus!«

Sippel macht auf Menges einen nervösen und unruhigen Eindruck.

»Was können wir für Sie tun?«

»Wenn das so weitergeht, werde ich verrückt«, sagt er gehetzt. »Gestern habe ich die Zelle kurz und klein geschlagen. Ich halte das nicht aus!«

Menges ist überrascht. »Das hat man uns gar nicht gesagt.« Innerlich flucht er auf die Gefängnisverwaltung, die diesen wichtigen Umstand nicht mitgeteilt hat.

»Lebendig begraben ist man hier. Der White, dieses Schwein, läßt mich restlos hängen.Vorher die schönen Sprüche, verdammter Nigger!«

Sippel blickt niedergeschlagen und wütend zugleich. Von seiner früheren Eleganz mit gepflegtem Oberlippenbart und nakkenlangem Haar ist nur noch ein Abklatsch übrig.

»Ihr alter Kampfgenosse sorgt wohl nicht für Sie?« schürt Menges noch ein bißchen die Emotionen an.

»Keiner kümmert sich um mich, feine Kumpels. Noch nicht mal die Schmier kommt«, beschwert sich Sippel.

»Sie haben also einen Knastkoller?« stellt Menges fest.
»Die Decke fällt mir auf den Kopf. Die Mauern erdrücken mich. Ich kann nicht mehr atmen.«
Menges taxiert ihn. Vom Typ her eigentlich ein Betrüger. Rauschgifthandel paßt auch zu ihm, allenfalls noch Hehlerei. Als Einbrecher kann er ihn sich nicht vorstellen, höchstens als feinen Bandenchef, der sich die Hände selbst nicht gerne schmutzig macht. Jetzt scheint er ziemlich verstört zu sein.
»Aber Sie sind doch ein erfahrener Knastologe?«
»Man wird älter. Wenn ich mir vorstelle: mein halbes Leben fünf Schritte vor, fünf zurück ... Irgendwann ist Schluß. Ich bin ein Ganove, aber ist ein Ganove kein Mensch?«
»Wie oft haben Sie schon gesessen?« fragt ihn Leß.
»Von meinen vierzig Jahren bisher insgesamt vierzehn. Wer einmal aus dem Blechnapf frißt, junger Mann ... Aber noch nie hatten mich die Jungens vergessen.«
Sippel zieht eine Packung Tabak-Feinschnitt aus der Tasche, entnimmt ihr außerdem Zigarettenpapierchen und will sich eine Zigarette drehen.
Menges bietet ihm eine weitere Zigarette an, Sippel nimmt sie dankend.
»Und was erwarten Sie von uns?«
»Sorgen Sie dafür, daß dieser verdammte Schwule, der mich jeden Abend vernaschen will, von meiner Zelle verlegt wird.«
»Das dürfte nicht schwer sein.«
»Dann geht hier im Knast ein Gerücht, ich würde wegen dem Mord an der Nutte sitzen. Deswegen bin ich unten durch, keiner guckt mich an. Vom Mörder nimmt doch keiner ein Stück Brot im Knast.«
Menges meint, daß gegen die Gerüchteküche im Knast kaum etwas zu machen sei.
Sippel klagt weiter: »Sie wissen doch, Mörder, Arschficker und Vergewohltätiger sind hier der letzte Dreck. Die Betrüger kommen sich zwar besser als die Einbrecher vor, diese sind aber in der Überzahl und führen hier das Regiment. Die tun so, diese Proleten, als wäre ich kein ehrlicher Einbrecher.«

»Ehrlich ist gut.«
»Bringen Sie denen gefälligst bei, daß ich kein Mörder bin und auch nicht meine Tochter gevögelt habe.«
»Uns wird man nicht glauben«, gibt Menges zu bedenken.
Leß hat die ganze Zeit überlegt, wie man die Gemütslage des Sippel ausnützen könnte, und sich gewundert, warum Menges bisher nicht gezielt zur Sache gekommen ist. Jetzt hat er eine Idee.
»Wenn in der Zeitung stünde, wie es wirklich war, könnte man diese Leute vielleicht überzeugen«, schlägt er vor.
Sippel geht sofort darauf ein. »Dann schreiben Sie es doch in die Zeitung!«
»Ja, wir wissen ja gar nicht genau, was sich abgespielt hat.«
Leß ist unsicher, ob er etwas falsch macht, und schaut Menges an. Dieser nickt unmerklich mit dem Kopf.
»Der White, der verdammte Nigger, hat sie umgebracht. Das wißt ihr doch.«
»Das schon, aber viel mehr nicht.«
»Die Kleine sollte doch für ihn in den Rauschgifthandel einsteigen.«
Menges schaltet sich ein: »Jetzt haben Sie doch nichts mehr gegen das Tonband?«
»Von mir aus, ich habe nichts zu verlieren.«
Menges läßt das Band anlaufen. »Weiter, Fred.«
Leß hat den Einstieg gefunden, nach dem er selbst die ganze Zeit gesucht hat. Dann soll Leß auch weiterfragen.
»Also, die Angelika sollte für White Rauschgiftgeschäfte machen?«
»Nicht direkt, das war so: White wollte einen neuen Schmuggel von Heroin zwischen Amsterdam und Frankfurt aufziehen. Er kannte einen Franzosen, Maurice Pirot, der später im Knast die Mücke gemacht hat. Der Franzose hatte in Amsterdam eine Quelle für Hongkong-Rocks. White wollte den Laden finanzieren. Pirot sollte Zwischenhändler sein, und die Nutte sollte als Kurier eingesetzt werden.«
»Deswegen auch die Adresse von Maurice Pirot bei der Getö-

teten«, erwähnt Menges.
Leß fährt fort: »Was sollte Angelika Nottebrock genau tun?«
»Sie sollte wöchentlich einmal nach Amsterdam fahren oder fliegen und jeweils 50 g holen.«
»Wie?«
»Auf die Art, wie sie schon immer ihre Mäuse verdiente.« Sippel bleckt die Zähne anzüglich.
»Versteh' ich nicht.«
»Ganz einfach. Der Stoff kommt in einen Pariser und wird in der Scheide transportiert.«
»Und warum mußte sie sterben?«
»Diese Angelique, erst wollte sie mitmachen, dann wieder nicht, schließlich hat sie sich endgültig geweigert. White hat sie geschlagen und unter Druck gesetzt. Dann hat sie mit Polizei gedroht, da hat er sie erschossen. White ist ein brutaler Hund, der gefährlichste Verbrecher, den ich kenne.«
»Woher wissen Sie das alles?«
»Von ihm selbst. Er kam nach der Tat zu mir und hat gesagt, daß er sie in der Nähe des Flughafens im Wald erschossen hat. Dann habe ich ihm beim Umzug geholfen. Ich war sein Leibwächter.«
»Dann müßten Sie bei der Tat zugegen gewesen sein.«
»Nein, wenn White zu Nutten ging, bin ich nie mit.«
»Werden Sie das alles vor Gericht wiederholen?«
»Natürlich, nur wenn er rund um die Uhr bekommt, bin ich meines Lebens weiter sicher.«
»Rund um die Uhr?«
»Lebenslänglich.«
»Wie liefen die Rauschgiftgeschäfte vorher?«
»White und ich haben vom ›Seveneleven‹ aus zwei Jahre lang Haschisch und Heroin verkauft, unter anderem auch an den Hassan, den ihr mit mir festgenommen habt.«
»Und das Mercedesgeschäft?« fragt Menges.
»Das läuft seit einem Jahr.«
Menges übernimmt jetzt die Vernehmungsführung.
»Wieviele?«

»Etwa dreißig insgesamt.«
»Wo sind die Fahrzeuge hingekommen?«
»Nach Beirut, Athen, Sofia und Istanbul. Es waren oft Tauschgeschäfte. Mercedes hin, Rauschgift zurück.«
»Wer gehört noch zu der Bande?«
»Mecki und Stein.«
»Collas?«
»Unwichtige Randfigur.«
»Können Sie uns zu den Kfz-Verschiebungen Einzelheiten sagen?«
»Kommt morgen wieder, dann mehr zu Autos und Stoff. Für heute reicht es mir. Ich mußte mal mit vernünftigen Menschen reden, jetzt geht's mir schon besser. Diese Quatscherei im Knast geht mir auf den Wecker. Thema 1: Frauen. Thema 2: Wie kann man ausbrechen? Nur mit dieser Hoffnung können hier einige überleben. Thema 3: Wie dreht man das todsichere Ding? Thema 4: Rache an dem, der angeblich an der Festnahme schuld ist.«
»Haben Sie sonst noch Wünsche an uns?« erkundigt sich Menges.
»Sorgt dafür, daß die Story in die Zeitung kommt, damit ich hier wieder vernünftig leben kann. Und schafft mir diesen Schwulen vom Leib. Gestern haben sie hier einen Transvestiten eingeliefert, da wußten sie nicht, ob sie ihn in die Männer- oder Frauenabteilung legen sollten, war das eine Gaudi.« Sippel bricht in Lachen aus.
»Also gut, Herr Sippel, wir werden es versuchen.«
Sippel steht auf und packt seinen Tabak ein; Menges schenkt ihm die Zigarettenpackung.
»Noch eine Frage, zum Abschluß.« Leß stellt sie möglichst unauffällig, so als wäre es nur beiläufig wichtig. »Sie sagten, Sie hätten White beim Umzug geholfen. Wohin?«
»Nach Darmstadt, Kapellenstr. 17. Wenn ihr Glück habt, wohnt er noch da. Dann bis morgen.«
Sippel zieht ab, offensichtlich hat er sein seelisches Gleichgewicht wiedererlangt.

Leß schaltet das Tonbandgerät ab.
Menges ist voll des Lobes für seinen jungen Kollegen.
»Kompliment. Sie sind ein Naturtalent. Für einen Durchläufer ganze Arbeit! Sie haben ihn sehr gut draufgehoben und taktisch klug befragt. Fred, das hat mir Spaß gemacht.«
»Vielen Dank.«
»Da können Sie mal sehen, wie der Zufall spielt. Den Sippel hatten wir schon fast vergessen, es schien bei dem alten Fuhrmann aussichtslos. Hätten wir ihn in der letzten Zeit mehrmals aufgesucht, hätte er sich an uns abreagiert, und es wäre nie zu diesem wertvollen Geständnis gekommen.«
»Ich war auch völlig überrascht«, äußert Leß. »Es war auf die Minute der richtige Zeitpunkt. Er hat im eigenen Saft geschmort, das hat ihn zermürbt.«
»Seinen Zeitungsartikel soll er haben. Aber um sein Alibi müssen wir uns auch kümmern, ob er nicht doch die Finger mit im Spiel hatte bei dem Mord. Übrigens, der Hassan ist offensichtlich bei unserer Aktion nicht verbrannt. Nun, dazu werden wir auch noch Einzelheiten hören.«

◇

Die Kapellenstraße in Darmstadt ist eine Straße mit villenähnlichen Gebäuden aus der Zeit um die Jahrhundertwende; auch das Haus, in dem Joe White sein neues Domizil aufgeschlagen hat, ist im wilhelminischen Stil errichtet. Eine ausladende Treppe führt zu dem Eingang, über dem in Stein die Jahreszahl 1903 eingemeißelt ist.
1903! Was hat sich zu dem Zeitpunkt alles ereignet . . . Es ist faszinierend, welche direkten und indirekten Folgen Ereignisse und Erkenntnisse aus jener Zeit bis in unsere Tage haben, auch Auswirkungen auf die Polizeiarbeit: Am 1. 1. 1900 tritt das Bürgerliche Gesetzbuch in Kraft, eine Kommission für Strafprozeßreform bleibt 1903 genauso erfolglos wie heute, in Großbritannien errichtet man 1902 eine Anstalt für modernen Strafvollzug an Jugendlichen, in Norwegen wird die Todesstrafe abgeschafft und in Dänemark die Prügelstrafe für Gewaltver-

brecher eingeführt. Die Herren Fouché und Wiss erfinden das autogene Schweißen, wofür ihnen Panzerschrankknacker bis in die heutigen Tage dankbar sind. In Rußland gibt es 1903 schwere Judenpogrome, und ein Jahr später wird der Verband der deutschen Juden gegründet, im guten Glauben, daß ihnen Deutschland eine wirkliche Heimat ist. Aber noch vor der Kristallnacht erfindet Karl Ferdinand Braun den Kristalldetektor, und der drahtlose Funk macht seinen Weg bis in jeden Funkstreifenwagen der Polizei. Was wäre der Funk ohne das Auto? Wilhelm Maybach konstruiert 1901 den Mercedeswagen, Henry Ford gründet 1903 mit 100000 Dollar die Ford-Automobil-Gesellschaft, 1904 entsteht das Daimler-Werk in Untertürkheim, und in England werden die Rolls-Royce-Werke gegründet. (Letzteres Auto kann bei der Polizei leider nicht mehr als Dienstwagen eingeführt werden, da die Firma inzwischen bankrott gemacht hat.) 1903 wird die Daktyloskopie bei der deutschen und englischen Kripo eingeführt, und W. Fischer schreibt über »Die Prostitution und ihre Beziehungen zum Verbrechen«. Ein Jahr früher wird die Deutsche Gesellschaft zur Bekämpfung der Geschlechtskrankheiten gegründet, 1905 entdeckt Schaudinn den Syphiliserreger (spirochäta pallida). Für Kapitalverbrechen und Trunkenheitsdelikte ist noch heute relevant, was Paul Uhlenhuth bei seinen Blutuntersuchungen feststellte. Richard Küch konstruiert 1904 die Quarzlampe, deren UV-Licht auch heute noch an jedem Tatort nach latenten Blut- und anderen Spuren suchen hilft. Ein Hans Oswald verbreitet sich über die Rinnsteinsprache, in einem Lexikon über Gauner-, Dirnen- und Landstreichersprache, andere Autoren schreiben über »Mädchenhandel und seine Bekämpfung«, »Die Geschichte des Aberglaubens« und über den »Selbstmord als soziale Erscheinung«. Den Brüdern Wilbur und Orville Wright gelingt 1903 der erste Motorflug, aber mehr als 70 Jahre später ist diese bei Rechtsbrechern beliebte Fortbewegungsmethode für Kriminalbeamte immer noch zu teuer. Hans Groß schreibt über Kriminalpsychologie, Alfred Binet entwickelt eine Methode zur Intelligenzprüfung, der Amerika-

ner Small befaßt sich mit allgemeiner Soziologie, und Sigmund Freud äußert sich zur Psychopathologie des Alltagslebens. Der Russe Pawlow erhält den Nobelpreis für die Erforschung der Nerven- und Hirntätigkeit, und Theodor Boveri erkennt in den Chromosomen die stofflichen Träger der Erbanlagen. Ein gewisser Wilhelm Voigt alias Hauptmann von Köpenick beschlagnahmt die Stadtkasse in Berlin, und die SPD diskutiert den Massenstreik als politisches Kampfmittel. F. W. Taylor stellt den ersten Vanadium-Edelstahl her, und zahllose Einbrecher auf der ganzen Welt profitieren mit ihrem Einbruchswerkzeug davon. Aber was wäre die deutsche Rechtsprechung ohne die Farbfotografie, zu der die Gebrüder Lumière 1904 mit ihren Autochrom-Platten die Grundlagen schaffen. Ohne eine schöne bunte bluttriefende Lichtbildmappe vom Tatort käme doch heutzutage kein Geschworenengericht mehr zu einem anständigen Lebenslänglich. Der Verbesserer des Mikroskops und Leiter der Zeiss-Werke, Ernst Abbe, stirbt 1905. Sein Lebenswerk wird in jedem Polizeilabor täglich gebraucht.
Die Steintafel mit der Jahreszahl 1903 an der alten Vorstadtvilla erinnert an jene ereignisreiche Zeit. Aber die Beamten des 10. K. haben momentan nicht die Muße zu rückblickenden Betrachtungen.
Ein Anstreicher in Arbeitskleidung fährt mit dem Fahrrad an dem Haus Kapellenstr. 17 vor, stellt das Fahrrad an die Mauer, nimmt den Farbtopf von der Lenkstange und geht hinein. Die Tarnung steht Jochen Menges verblüffend gut, und Göttmann, der ihn vom Nachbargrundstück, zwischen Ziersträuchern versteckt, beobachtet, ist zufrieden.
In einer Garageneinfahrt des Hauses gegenüber steht verdeckt ein Pkw. In ihm sitzen Herle und Puhl. Das 10. K. ist für diesen Einsatz durch einige Kollegen aus anderen Kommissariaten verstärkt worden; einer von ihnen ist Puhl vom 5. K.
Jetzt fährt ein Lieferwagen vor. Das Fahrzeug hat die Aufschrift »Konditorei Hansmann«. Heinz Flock steigt aus. Er trägt einen Bäckeranzug und bringt eine Tortenschachtel in das Haus.

Im Treppenhaus treffen der Anstreicher Menges und der Konditor Flock zusammen. Beide müssen grinsen. »Was hast du denn da«, fragt Menges leise, »Schwarzwälder Kirsch oder Sahne-Käse?«
»Schau doch mal nach«, fordert Flock ihn auf.
Menges hebt den Deckel der Tortenschachtel hoch und muß sich sehr beherrschen, um nicht laut loszulachen. In der Tortenschachtel hat Flock nämlich Handschellen liegen.
»Du bist vielleicht ein Typ!«
Flock geht die Treppe so weit hoch, daß er von der Parterrewohnung nicht mehr zu sehen ist. Danach klingelt Menges an der Korridortür. An der Klingel sind die Buchstaben J. W. aufgeklebt. Es rührt sich nichts. Hinter den Scheiben der großen Wohnungstür sind Gardinen angebracht, die es aber ermöglichen, schemenhaft das Innere der Diele zu sehen, zumal eine Zimmertür offen ist und Sonnenlicht in die Diele fällt. Keinerlei Bewegung in der Wohnung.
Menges nimmt aus seinem Farbtopf ein Kleinfunkgerät.
»Karl für Jochen kommen.«
Göttmann antwortet aus seinem Gebüsch. »Hier Karl.«
»In der Wohnung ist alles ruhig. Auf Klingeln reagiert niemand. Sollen wir aufbrechen?«
»Ja.«
»Mit Schuhgröße 43 oder Schlosser?«
»Ich schicke dir einen Schlosser.«
»Ich warte mit Heinz hier.«
Im Eingang des übernächsten Nachbarhauses stehen verdeckt Horst Schickl und ein weiterer Kollege.
Etwa 100 m weiter warten in einer Seitenstraße in einem Pkw Fred Leß und ein anderer Kollege. Sie haben Einblick in die Kapellenstraße.
Flock ist die Treppe wieder heruntergekommen.
»Was machen wir, wenn ein anderer Hausbewohner kommt?« überlegt Menges.
»Dummes Gesicht und guten Eindruck.«
»Red' mal vernünftig.«

»In solchen Häusern wohnen meistens alte Leutchen, die können wir beschwatzen. Wir sagen, daß wir halt auf den farbigen Mitbewohner warten.«
Göttmann, bei dem sich ebenfalls ein weiterer Kollege befindet, spricht in sein Funkgerät.
»Hier Göttmann. Ich möchte wissen, ob mit allen die Funkverbindung klappt. Bitte melden!«
»Herle verstanden.«
»Horst verstanden.«
»Jochen und Heinz verstanden.«
»Leß verstanden.«
»Herr Leß, rufen Sie über den großen Funk die Vermittlung Darmstadt, sie sollen uns einen Schlüsseldienst besorgen.«
»Mach' ich. Moment mal, Achtung, ein Mercedes kommt gefahren.«
Leß sieht, wie ein Mercedes in mäßiger Geschwindigkeit ankommt und vor dem Haus Nr. 17 hält. Das Fahrzeug ist jetzt voll im Blickwinkel von Herle in der gegenüberliegenden Garageneinfahrt. Herle gibt durch: »Mercedes hält vor dem Objekt. – Fahrer schließt Schiebedach. – Steigt aus. – Ein Farbiger! – Es ist White!«
In diesem Moment springt plötzlich der neben Herle sitzende Puhl aus dem Auto. Herle schaut ganz entsetzt und versucht ihn vergeblich am Jackenärmel festzuhalten.
»Still«, zischt Herle, »was machst du, bist du verrückt?«
White nimmt gerade eine Tasche aus dem Auto. Puhl hört nicht, zieht seine Waffe und gibt zwei Schüsse in Richtung White ab.
White duckt sich wie eine Katze und springt in den Vorgarten. Herle springt ebenfalls aus dem Auto. »Du verdammter Idiot!« Aus allen Richtungen kommen die Beamten gelaufen. Mit riesigen Sätzen rennt White um das Haus herum in den hinteren Garten. Unterwegs wirft er seinen Mantel weg.
Die Beamten stürzen ihm nach, aber sein Vorsprung ist ziemlich groß. Er schwingt sich über eine Mauer und ist nicht mehr zu sehen, die Beamten springen hinterdrein.

Jetzt treffen Leß und der andere Kollege außer Atem ein, sie hatten den weitesten Weg. Göttmann hält sie auf und brüllt: »Zurück ins Auto! Löst Funkfahndung aus! Fahrt alle Nachbarstraßen ab!«
Die beiden machen kehrt und laufen zurück.
Die nun folgende Großfahndung schreckt die ruhige Gegend auf. Über Funk leitet Göttmann den Einsatz. Er sperrt alle Straßenzüge rund um das Viertel ab, circa 100 Polizisten durchkämmen mit Hunden alle Gärten, Garagen, offenen Keller, Balkone und Treppenhäuser. Lautsprecherwagen fahren die Straßen ab und geben die Fahndungsmeldung durch. Ein uniformierter Kollege kommt in Begleitung einer Rentnerin zu Göttmann und berichtet, daß die Frau zwei Straßenzüge weiter wohnt und beobachtet hat, wie vorhin vor ihrem Haus ein Neger in ein Auto stieg und davonfuhr. Das Auto habe schon mehrere Tage dort gestanden. Die alte Dame kann aber weder zum Typ noch zum Kennzeichen etwas sagen. Da bläst Göttmann die Fahndung ab. White hatte offensichtlich für alle Fälle ein Reservefluchtfahrzeug stehen gehabt. »Hol' ihn der Teufel, diesen listigen Hund mit dem Instinkt einer Urwaldkatze!«
Betrübt stehen im Garten der Kapellenstr. 17 die Angehörigen des 10. K. und ihre Verstärkung um den Mantel von Joe White herum.
»Nach einem hellen Auto ohne sonstige Merkmale kann man nicht einmal eine allgemeine Fahndung aufrechterhalten«, meint Menges.
»Wir können aufgeben«, resigniert Schickl.
»Wer hat geschossen?« fragt Göttmann böse.
»Ich«, sagt Puhl zerknirscht. »Es tut mir leid.«
Göttmann schreit ihn wütend an. »Sie sind der größte Esel, der hier in Darmstadt 'rumläuft! Ich möchte nur wissen, wer auf die Idee kam, uns mit Schreibtischhengsten zu verstärken.«
»Ich hab' die Nerven verloren, Herr Göttmann.«
»Dann bleiben Sie gefälligst zu Hause, wenn Sie keine Ahnung haben. Setzen Sie sich auf Ihre Akten, aber versauen Sie uns den Einsatz nicht. So etwas Blödes, fast hätten wir ihn gehabt, Sie Trottel!«

»Laß gut sein, Karl«, beruhigt ihn Schickl, der Göttmann selten so aufgebracht erlebt hat.
»Ich weiß auch nicht, was mit mir los war«, äußert Puhl kleinlaut.
»Wie konnten Sie nur schießen?« Göttmann ist immer noch in Fahrt. »Im Treppenhaus hätten wir ihn in der Falle gehabt. Alles umsonst, lassen Sie sich Ihr Lehrgeld wiedergeben.«
»Besser so, als hätte er White erschossen«, meint Leß.

◇

Als sie zurück nach Frankfurt kommen, beschließen sie spontan, erst noch gemeinsam ein Bier im »Hansa-Eck« zu trinken. Auf der Fahrt hat Fred Leß gedankenverloren neben Jochen Menges gesessen. Er hätte am liebsten das Glück zurückgeholt und stellte sich vor, daß White auf der Autobahn plötzlich vor ihnen fahren müßte, so daß sie ihn doch noch festnehmen könnten. Natürlich war das Unsinn, und es wurde ihm klar, daß man in der kriminalpolizeilichen Arbeit den Erfolg nicht erzwingen kann. Bei der Produktion irgendeines Gegenstandes läßt sich das Ergebnis genau berechnen. Investiert man mehr Zeit, mehr Arbeitskraft, die erforderlichen Maschinen und die Rohstoffe, kann man die Stückzahl beliebig erhöhen. Bei der Kripo ist das oft anders. Die Aufklärung von Verbrechen kann nicht nach Wunsch gesteigert werden, was immer man auch investiert. Es gibt zahllose Fälle, in denen unwahrscheinlich viel gearbeitet wurde, ohne daß ein greifbares Ergebnis erzielt wurde, weil das letzte kleine Stückchen zur Ermittlung oder Überführung eines Täters fehlte. Es gibt natürlich auch den seltenen Fall, daß der Täter bei einem Mord seinen Personalausweis am Tatort verliert. Glück und Zufall sind zwei nicht weg zu denkende Begriffe in der täglichen Routine.
Als Leß seine Gedanken Menges mitteilte, bestätigte der deren Ergebnis, meinte aber, daß der Vergleich mit der Industrie insoweit hinke, als man selbstverständlich die Produktion beliebig erhöhen könne, die Frage sei nur, ob man den Artikel auch mit Gewinn verkaufen könne. Also sei ein Risiko auf

beiden Seiten. Leß müsse sich aber daran gewöhnen, mit dem Mißerfolg zu leben, denn keine Deliktsgruppe werde 100%ig aufgeklärt, im Gegenteil, teilweise sei die Aufklärungsquote ausgesprochen schlecht. Fehlschläge seien daher immer einzukalkulieren und dürften nicht entmutigen. Der Fall White zeige außerdem, daß man zusätzlich auch noch die menschlichen Schwächen der Mitarbeiter einkalkulieren müsse.
Am Stammtisch herrscht gedrückte Stimmung.
Flock versucht sich und die anderen aufzumuntern. »Es hat doch keinen Zweck, daß wir den Kopf hängenlassen.«
»Laßt uns einen auf den Schreck von heute nachmittag trinken«, schlägt Schickl vor.
Aber sie nippen nur lustlos an ihren Gläsern.
»Wie konnte uns auch das 5. K. diesen Puhl zur Unterstützung geben?« beschwert sich Göttmann. »Jeder weiß doch, was für eine Flasche er ist.«
»Es gibt zu viele Puhls bei uns«, stellt Menges fest.
»Wenn er wenigstens getroffen hätte. Aber selbst dafür ist er zu blöd«, meint Flock.
»*Si tacuisses, philosophus mansisses.* Ich will einen Mord klären, aber keine Exekution veranstalten«, sagt Göttmann gereizt.
»Rechtlich war der Schußwaffengebrauch aber möglich?« fragt Leß.
»Im Moment der Schußabgabe nicht. Als White zu fliehen begann, ja, aber da ging alles zu schnell«, erklärt ihm Menges.
»Und dabei sah alles so gut aus«, ärgert sich Herle. »White wäre in das Haus gegangen. Im Treppenhaus hätten ihn Jochen und Heinz empfangen, und wir hätten inzwischen das Haus dicht gemacht.«
»Warum war eigentlich niemand hinter dem Haus im Garten postiert?« fragt Leß.
»Darüber habe ich mir auch schon Gedanken gemacht, Herr Leß«, erwidert Göttmann. »Es war ein Fehler in der Planung, meine Schuld. Ich könnte mich sonstwohin beißen.«
Menges schwächt die Selbstvorwürfe schnell ab. »Wir wußten

doch zunächst gar nicht, ob er in der Wohnung ist. Da konnten wir doch um das Haus keinen großen Bahnhof machen.«
»Ist doch jetzt sowieso nicht zu ändern. So schnell sehen wir den nicht wieder«, sagt Herle.
»Und wie soll es weitergehen?« fragt Schickl.
»Ich werde mit Hamburg telefonieren«, erklärt Göttmann, »die Fahndung soll die Lili lückenlos observieren.«
»Ich schlage vor, daß wir das gleiche mit Mackey und Stein machen«, sagt Menges.
Göttmann ist einverstanden. »Aber wir fangen erst morgen an. Für heute habe ich die Schnauze voll. Im übrigen ist White zu gerissen, bei denen heute noch aufzukreuzen.«

◇

Mehrere Fenster der Gaststätte »Schiefer Egon« sind geöffnet und das Gelächter und Gegröhle von Betrunkenen klingt nach draußen.
Auf dem Parkplatz der Kneipe, zwischen verschiedenen anderen Fahrzeugen, steht der Dienstwagen. Aus dem Autoradio klingt ein gemütvoller Schlager des ARD-Nachtprogramms. Menges schaltet das Radio aus.
Er sagt zu Leß: »Diese blöden Schlager. Die Textdichter müssen einen IQ von geistig Zurückgebliebenen haben.«
Leß streckt sich, so gut es die Enge des VW-Variant erlaubt. Für seine langen Beine ist zu wenig Platz.
»Nun ist es schon zwei Uhr. Von Polizeistunde halten die nichts.«
»Es ist zum Verzweifeln. Jetzt saufen Mackey und sein Kumpel schon zehn Nächte herum, und wir geben das Ehrengeleit von Kneipe zu Kneipe.«
»Ich möchte nur wissen, wovon die leben.«
»Das frage ich mich auch.«
»Entweder sind wir längst verbrannt, oder sie rechnen damit, beobachtet zu werden.«
»Auf jeden Fall wird White sich hüten, mit ihnen Kontakt aufzunehmen.«

Leß muß husten, und Menges öffnet schnell das Fenster einen Spalt, da er den Innenraum des Autos mit seiner Pfeife eingenebelt hat.
»Was nutzt es schon«, meint Leß, »wenn wir hier nächtelang warten und überall sonst, wo sich White gerade aufhält, die Kripo schläft. Er kann doch ungestört seine Geschäfte weitertreiben. In der EDV sind 130000 Personen zur Festnahme, Aufenthaltsermittlung oder Ausweisung gespeichert. Wer kümmert sich da ausgerechnet um ihn?«
»Während der Bürozeiten wird er kaum an die Tür des Fahndungskommissariats klopfen und sagen: Hier bin ich!«
»Zur Nachtzeit, wenn unsere Kunden arbeiten, müßten genauso viele Kripobeamte im Dienst sein wie am Tage.«
Menges dreht den Polizeifunk leiser, in dem gerade mehrere Funkstreifenwagen zu einer Schlägerei geschickt werden, und antwortet Leß:
»Vielleicht nicht überall, aber in den Großstädten schon. Es fahren doch ganze Täterbanden ungeniert quer durch Deutschland von und zu den Tatorten, transportieren Diebesgut mit Millionenwerten – das Risiko offensichtlich gleich Null. Die Schutzpolizei ist mit Straßenverkehr und Schwertransporten beschäftigt, die Kripo kommt schon am Tage mit der Arbeit nicht klar.«
»Also wäre tatsächlich die einzige Lösung eine kräftige personelle Verstärkung«, folgert Leß.
»Mit den richtigen Leuten, nicht solchen Typen wie Puhl.«
Die Tür der Gaststätte öffnet sich, Licht fällt auf die Straße, und ein Angetrunkener kommt aus der Kneipe. Leicht schwankend und ein Lied pfeifend geht er auf den Dienst-Pkw zu.
Menges und Leß drücken sich in die Polster.
Er bleibt neben dem Dienstwagen stehen, rülpst, und man hört ein plätscherndes Geräusch.
»Was ist denn das?« flüstert Leß.
»Das Ferkel pinkelt an unser Auto.«
»Dem werde ich Beine machen!« Leß macht Anstalten, auszusteigen. Menges hält ihn zurück. »Nein, laß ihn; wer weiß,

was er für ein Theater macht. Wir müssen Aufsehen vermeiden, Mackey und Stein könnten 'rauskommen, und sie kennen uns.«
Der Betrunkene zieht ab. Er pfeift eine Melodie, die eine entfernte Ähnlichkeit mit »O, du schöner Westerwald« hat.
»Also anpinkeln lassen müssen wir uns auch noch zu allem Unglück«, empört sich Leß.

◇

Leß sitzt in der Küche bei Frau Schön, die noch im Morgenrock ist. Genüßlich löffelt er sein Ei.
Frau Schön schimpft: »Ich steh uff, un Sie komme ham. Des geht jetzt schon 14 Daach so. Ei, sinn Se bei der Kripo oder Nachtportier?«
»Nicht böse sein, Frau Schön. Das ist ein schwieriger Fall, bei dem ich mitarbeite, danach schlafe ich wieder mehr.«
»Ihr'm Chef hab ich ja schon mei Meinung gegeicht, aber des is grad, als wenn mer'm Ochs ins Horn petzt.«
Leß schlürft seinen ausgezeichneten Kaffee. »Er macht den gleichen Dienst wie ich.«
»Ja, was mache Sie eichentlich?«
»Ich bin Durchläufer, Frau Schön.«
»Durchläufer? Da kann ich mir grad was drunner vorstelle.«
»Ein blöder Ausdruck, ich weiß. Also das bedeutet, daß ich ein Jahr lang durch alle Abteilungen durchlaufe und lerne, wie gearbeitet wird.«
»Un jetzt sin Se grad bei der Abteilung, die wo nur Nachtdienst mächt?«
»So ungefähr.«
Frau Schön gießt ihrem Pudel Milch in ein Schälchen.
»Dann sehn Se zu, schleunigst da die Platt zu putze, damit Se widder rechelmäßig schlafe.«
»Ja, ja«, antwortet Leß geistesabwesend.
Leß hat Frau Schön die »Bild«-Zeitung mitgebracht, weil er weiß, daß er ihr damit eine Freude macht. Frau Schön blättert in dem Revolverblatt.
»Hier steht, die Kriminalität tät immerzu steige.«

»Kann sein. Aber ich bin so müde, Frau Schön, daß mir alle Ganoven gestohlen bleiben können.«
»Ab marsch ins Bett, und schlafe Se gut!«
Göttmann hat die gesamte Mannschaft für 14 Uhr zu einer Besprechung zusammengetrommelt. Durch die fortgesetzten Observationen sehen sie sich seit drei Wochen nur noch bei der Ablösung.
»Ich hoffe, es wird allen guttun, wenn wir mal zwei Tage aussetzen«, beginnt er. »So geht es auch nicht weiter, der Horst hat Herzbeschwerden, Jochen ständig Magenschmerzen. Ist ja auch kein Wunder! Seit Monaten Überstunden, kein geregeltes Essen, Urlaub verschoben, zuviel geraucht, zu wenig Schlaf.«
»Ich fühle mich nachts am wohlsten«, bemerkt Flock.
»Ja, über Sie und Herrn Leß kann ich nur staunen«, sagt Göttmann anerkennend. »Mir geht es auch nicht besonders. Mich verfolgt im Schlaf immer der gleiche Traum. Ich stehe in irgendeiner Situation White gegenüber und schieße auf ihn. Aber die Kugeln verlassen im Zeitlupentempo den Lauf, fallen wie Klicker 'runter, springen über den Boden, treffen auf White, prallen von ihm ab. Bevor dann White schießt, wache ich schweißgebadet auf.«
»Mein lieber Chef«, lacht Menges, »da könnte ein Psychiater allerhand draus machen!«
»Mich stört am meisten das Fahndungsplakat, welches an jeder Litfaßsäule klebt«, äußert Herle. »Immer wenn ich Joe White ansehe, habe ich das Gefühl, daß er mich angrinst.«
»Ich bin auch für eine schöpferische Pause«, stimmt Schickl zu, »zumal die Observation von den beiden doch nichts bringt.«
Göttmann schlägt vor, nach der Unterbrechung nochmals eine Woche dranzuhängen. Führt immer noch keine Spur zu White, sollen Mackey und Stein endgültig festgenommen und eingesperrt werden. Das Material reiche mit Sicherheit. Die Tonbänder der Vernehmungen von Moritz Sippel seien inzwischen getippt, sein Lebensgeständnis umfasse 143 Seiten. »Außerdem habe ich vorhin mit Eduard Zimmermann telefoniert«,

fährt er fort. »Er ist bereit, in der nächsten XY-Sendung White zur Fahndung auszustrahlen.«
»Mit Film?« fragt Menges.
»Nein, nur das Lichtbild als Studio-Fahndung. Für einen Film reicht die Zeit nicht mehr, die Sendung ist in zehn Tagen. Herr Herle, würden Sie das Weitere mit Peter Hohl arrangieren. Die Telefonnummer gebe ich Ihnen.«
»In Ordnung. Darf ich gerade mal schnell meine Frau anrufen, Herr Göttmann?« fragt Herle. »Ich muß sie unbedingt informieren, daß ich morgen und übermorgen frei habe, sie kann die Scheidung noch einmal verschieben.«
»Okay, okay.« Herle stürmt hinaus, und alle lächeln verständnisvoll, sie kennen Herles Sorgen.
Das Telefon klingelt, Göttmann hebt ab.
»Göttmann, wer bitte? Ach Hassan, ja. – Nein, bis jetzt nicht. – So? Wirklich? – Ja, ja, aber wie sicher ist das? Mit dem Boxkampf und Hamburg war ja auch nichts. – Wie? Auf dem Boxkampf war er? Glaube ich nicht. – Ja, ich verstehe schon, Moment mal bitte.«
Göttmann hält die Sprechmuschel zu. »Da ist Hassan dran. Er sagt, daß ihn soeben White angerufen habe. White will ihn um 16 Uhr treffen.« Göttmann schaut auf die Uhr. »Also in einer guten Stunde.«
»Wo?« fragt Flock.
»Angeblich in dem Barackenlager in Bonames.«
»Weiß Hassan, welche Baracke?«
Göttmann spricht wieder in das Telefon: »Hassan, hörst du? Wo genau seid ihr verabredet? – Aha, ja. Moment bitte.«
Göttmann hält wieder die Sprechmuschel zu. »Es soll ein Marokkaner, Mohammed, dort wohnen. Eventuell Nr. 23. Wollen wir hin?«
»Natürlich, selbstverständlich, klar!« sagen alle wie aus einem Munde.
»Hassan, hör zu. Wir holen dich in 30 Minuten ab. Du bist zu Hause? – Ja, gut. – Nein, dir passiert nichts. Wir lassen uns was einfallen. Also bis gleich.«

Göttmann legt auf.
»Auf in den Kampf!« ruft Schickl.
»Aber ohne fremde Unterstützung«, schlägt Menges vor. »Wenn wir Mist machen, machen wir den selber.«
Auf einem abseits gelegenen Feldweg in der Nähe des Barakkenlagers von Frankfurt/Main-Bonames stehen sie mit ihren drei Dienst-Pkws. Sie haben sich um Göttmann gruppiert, nur Leß ist nicht dabei. Göttmann hat das Funkmikrophon durch das Fahrzeugfenster mit herausgenommen und steht in Funkverbindung mit dem Polizeihubschrauber, der im Anflug zu ihnen ist.
»Hummel 6 für Main 61 nochmals kommen.«
Der Hubschrauberpilot meldet sich: »Hier Hummel 6.«
»Haben Sie schon Sichtverbindung zu uns?«
»Ich kann Sie sehen.«
»Sind Sie noch außer Hörweite vom Barackenlager?«
»Ich glaube schon. Außerdem haben die Amis hier einen Hubschrauberlandeplatz, wir fallen nicht auf.«
Der Pilot fliegt in 3000 Fuß Höhe und kann die Fahrzeuggruppe im Feld genau ausmachen. Göttmann gibt ihm weitere Anweisungen:
»Sobald wir losfahren, verfolgen Sie uns. Wenn unsere äußere Absperrung um eine bestimmte Baracke steht, setzen Sie sich unmittelbar über diese Baracke und fordern White über Ihren Lautsprecher auf, herauszukommen.«
»Versteht der denn Deutsch?« fragt der Pilot.
»Ja, sogar gut.«
»Roger.«
»Es handelt sich um einen Farbigen, für den Fall, daß er fliehen will. Im übrigen besteht Haftbefehl wegen Mordverdachts.«
»Roger, also Schußwaffengebrauch möglich?«
»Nur wenn es sonst keinen Ausweg gibt.«
»Roger. Ihnen nähert sich ein Auto.«
Über den holprigen Feldweg mit tiefen Schlaglöchern schaukelt ein Taxi heran und bleibt bei ihnen stehen. Der Fahrer steigt aus. Es ist Fred Leß.

»Es kann losgehen!« sagt er schnell. »Ich habe Hassan abgesetzt. Es handelt sich um die Baracke 21. Vor der Baracke steht ein blauer Mercedes mit Münchner Kennzeichen.« Leß schaut auf die Innenfläche seiner linken Hand, wo er sich das Kennzeichen notiert hat. »M–RV 796. White müßte dasein!«

Die Beamten stürzen in die Fahrzeuge, und die Kolonne setzt sich, mit Leß in der Taxe an der Spitze, in Bewegung.

Der Pilot zieht die Maschine im Senkflug langsam nach. Aus der Luft verfolgt er, wie die Fahrzeuge von verschiedenen Seiten in das Barackenlager einfahren und sich sternförmig in Richtung auf eine bestimmte Baracke zu bewegen. Als die Pkws anhalten, fliegt er bereits eine Höhe von 90 Fuß. Unter ihm liegt ein typisches Asozialenviertel. Die Beamten gehen in Deckung, die Baracke ist umstellt.

Jetzt steht der Hubschrauber über der Baracke. Die Rotoren schlagen laut, der entstehende Luftsog wirbelt Kisten, Unrat und Abfall durch die Luft. Der Pilot schaltet den 450-Watt-Außenlautsprecher ein, der das Fluggeräusch übertönt.

»Hier spricht die Polizei! Mr. White, kommen Sie aus der Baracke! Sie sind umstellt!«

Nach einer kurzen Pause wiederholt er die Durchsage.

»Hier spricht die Polizei! Mr. White, kommen Sie ’raus! Widerstand ist zwecklos! Treten Sie mit erhobenen Händen vor die Baracke!«

Es vergehen etwa 30 Sekunden. Gebannt blicken die Beamten, die Pistole im Anschlag, auf die Barackentür. Man hört nur das Dröhnen des in der Luft stehenden Hubschraubers.

Dann öffnet sich die Tür. White tritt mit erhobenen Händen heraus. Seine Hose und sein Hemd flattern im Wind.

›*God shave the queen,* da ist er wirklich!‹ denkt Flock und geht auf ihn zu. White hält ihm die Hände hin, und Flock legt ihm die Handfesseln an.

»*Play cool, buddy*«, sagt White lässig.

Epilog

Fred Leß, Kriminalmeister auf Probe
Ich bin sicher, daß die junge Generation, auch bei der Polizei, sich einen Hitler nicht bieten ließe.

Karl Göttmann, Kriminalhauptkommissar
Ich glaube, wir vergessen oft, mit welchen Gefühlen Geschädigte zu uns kommen, die auf Unverständnis stoßen und gewaltig von der Polizei enttäuscht sind. Selbst wenn wir nicht helfen können, sollten wir wenigstens das Gefühl geben, daß wir unser Bestes tun. Routine macht unmenschlich.

Horst Schickl, Kriminalhauptmeister
Vielleicht fühlt man sich auch irgendwie mitschuldig, wenn man die Leute hinter den Mauern sieht. Nicht als Kripomann, sondern als Teil dieser Gesellschaft, die es bisher nicht verhindern konnte, daß so viele im Leben straucheln.

Heinz Flock, Kriminalhauptmeister
Sie zogen aus mit bunten Wimpeln und kehrten heim mit wunden Pimpeln.

Jochen Menges, Kriminalhauptmeister
Liberallala, es lebe die freiheitliche demokratische Grundordnung. Entschuldigen Sie, Herr Mörder, Herr Rauschgifthändler, Herr Sittlichkeitsverbrecher, Sie sollen mir selbstverständlich nichts sagen. Ich belehre Sie, halten Sie den Mund.

Dieter Herle, Kriminalobermeister
Wenn Staatsanwälte und Richter sich an den 8-Stunden-Tag hielten, brauchten sie nicht über Arbeitsbelastung zu klagen. Was wundert es, wenn von den jährlichen vier Millionen Strafverfahren zwei Drittel eingestellt werden?

Heinrich Stanelle, Erster Kriminalhauptkommissar
Sie hätten den Herrn Polizeipräsidenten ruhig mit Herr Präsident anreden können.
Wolfgang Puhl, Kriminalobermeister
Als ich zur Kripo ging, dachte ich, Kriminalist zu werden. Pustekuchen! Ich verwalte nur Akten, bin meine eigene Schreibkraft, arbeite nur für die Statistik.
Harry Nolte, Polizeihauptkommissar
Das Image der Kripo wird durch Presse und jeden Krimi im Fernsehen oder Kino ständig aufgebaut. Der Kriminalkommissar ist Held der Story, der Uniformierte erledigt Botengänge, ist Aufpasser und Schläger oder muß Kaffee kochen.
Waldemar Zellmann, Verwaltungsamtmann
Vorschrift ist Vorschrift.
Dr. Wegner; Polizeipräsident
Sie haben sich einen schweren Beruf gewählt, Herr Leß. Sie können bearbeiten, was Sie wollen, irgendwie geht es immer unter die Haut, werden Sie trotz Routine eigene Gefühle nie ausschalten können, immer Teilnahme empfinden für die Opfer des Verbrechers, mit ihnen leiden, mit-leiden. Vergessen Sie das Mitleid nie.
Frau Schön, Zimmerwirtin
Ja, ja, heutzudaach wird doch jeder für geisteskrank erklärt, auch bei uns. Der Verbrecher braucht doch nur zu sache: »Herr Richter, in meiner Kindheit bin ich mal uff de Kopp gefalle!« Und schon: Freispruch.
Dr. Reichert, Richter
Schon gut. Und denken Sie daran: *in dubio pro libertate,* meine Herren. Herrliches Schachwetter heute, finden Sie nicht?
Norbert Gersing, Rechtsanwalt
Was erlauben Sie sich eigentlich für einen Ton? Ich bin Rechtsanwalt, ich bin Jurist, ich bin Akademiker. Vergessen Sie das nicht. Was haben Sie studiert?
Norbert Lenz, Zuhälter
Also, ich soll Kordel lassen? So einfach ist das nicht. Ich fahre schon 15 Jahre Kies, und euch sehe ich am liebsten von hinten. Wer sagt mir, daß ich nicht gelinkt werde?

Sabine Freisfeld, Dirne
Bei einem Riesen am Abend höre ich immer auf. Fünf Scheine sind auf jeden Fall drin.
Ursula Wildhagen, Dirne
Da hab ich mir gedacht, wenn der Kripo ein Hinweis nicht zehn Pfennig wert ist, kann sie mich mal.
Dr. Mandler, Generaldirektor
Hätte mir das heute morgen jemand gesagt, wozu Sie mich als Generaldirektor im eigenen Haus mehr oder weniger freiwillig zwingen, ich hätte ihn 'rausgeworfen.
Maurice Pirot, Rauschgiftsüchtiger
Wie will ein deutscher Beamter das beurteilen? Alle Welt weiß doch, welche Musterexemplare bürokratischer Ordnung deutsche Beamte sind. Auch die Listen der Juden zum Transport in das KZ waren in Ordnung, und die Registrierung der entfernten goldenen Zahnplomben war in Ordnung: Hier ist immer alles in Ordnung.
Elke Wennekamp, Rauschgifthändlerin
Ihr Bullen seid doch alle die Diener einer vom US-Imperialismus besetzten Kolonie.
Hassan Ouriaghli, Rauschgifthändler
Bei Allah, Herr Göttmann, ich nicht lügen, sage Ihnen alles.
Johann Collas, Hehler
Also, meine Herren, ich bin Geschäftsmann. Machen Sie mir ein Angebot.
Moritz Sippel, Berufsverbrecher
Wissen Sie eigentlich, wie das ist, hier eingesperrt zu werden? Was es heißt: Hose 'runter, Arschbacken auseinander, es könnte ja eine Säge drin sein?
Joe White, internationaler Rechtsbrecher
Play cool, buddy!

Roger Borniche

Roger Borniche, geboren 1919, trat 1944 in den Polizeidienst ein. In seinen zwanzig Dienstjahren hat der erfolgreichste Kriminalinspektor Frankreichs den Rekord von 567 Festnahmen gesuchter Gangster zu verbuchen. In seinen spannenden Romanen fesselt der schreibgewandte Autor mit Fällen aus der eigenen Praxis.

»Realität von der ersten bis zur letzten Seite. Das Aufregendste, was ich seit langem gelesen habe.«
Jürgen Roland

Duell in sechs Runden
Kriminalroman. Band 1883

Schach und Matt
Kriminalroman. Band 1985

Pierrot le Fou ist nicht zu fassen
Kriminalroman. Band 2601

Tatort Côte d'Azur
Kriminalroman. Band 2619

Der Spitzel
Kriminalroman. Band 8061

CHLODWIG POTH

Elternalltag
Band 2441

Taktik des Ehekrieges
Band 2484

Wie man das Volk vertritt
Band 2491

Die Vereinigung von Körper und Geist mit Richards Hilfe
Ein heiterer Liebesroman
Band 8034

Fischer Taschenbuch Verlag